그들만의

어드벤처

그들만의 어드벤처 1

김성희 판타지 장편 소설

초판 1쇄 찍은 날 § 2003년 1월 29일
초판 1쇄 펴낸 날 § 2003년 2월 9일

지은이 § 김성희
펴낸이 § 서경석

편집장 § 문혜영
편집 책임 § 권민정
편집 § 장상수 · 이종민
마케팅 § 정필 · 강양원 · 이선구 · 김규진

펴낸곳 § 도서출판 청어람
등록번호 § 제1081-1-89호
등록일자 § 1999. 5. 31
어람번호 § 제1-0345호

주소 § 경기도 부천시 원미구 심곡1동 350-1 남성B/D 3F (우) 420-011
전화 § 032-656-4452 팩스 § 032-656-4453
http://www.chungeoram.com
E-mail § eoram99@chollian.net

ⓒ 김성희, 2003

값 7,500원

ISBN 89-5505-599-4 (SET)
ISBN 89-5505-600-1 04810

※ 파본은 본사나 구입하신 서점에서 교환하여 드립니다.
※ 저자와 협의하여 인지를 붙이지 않습니다.

김성희 판타지 장편 소설
그들만의
어드벤처
1
시작, 마치 꿈같은…
도서출판
청어람

목차

작가의 말

먼저 이 책을 손에 들고 계신 여러분께 감사하다는 말씀을 드리고 싶습니다.

안녕하세요? 김성희입니다.

『그들만의 어드벤처』는 사실 출판한다기보다 서랍 속에 꼭꼭 숨겨두고 완성되면 지인들끼리 돌려 보는 게 낫지 않을까 싶은 생각이었습니다. 그러나 제가 가장 아끼는 원고이기도 하고, 가장 하고 싶은 말을 속 시원히 할 수 있는 원고가 아닐까 생각하니 두려움이 앞서면서도 원고를 포기할 수가 없더군요.

페이지 한 장 한 장 써 내려가면서 가장 궁금했던 것은 독자님들께서 과연 이 글을 좋아해 주실까 하는 것이었습니다. 아무래도 새로운 시도의 글이고 글을 쓰는 사람으로서 보다 많은 독자님들께서 글을 읽어주셨으면 하는 욕심이 드니까요.

글은 쓰면 쓸수록 어려운 것이라는 걸 깨달아가고 있는 저로서는 이번 『그들만의 어드벤처』 작업이 유난히 힘들었던 것 같습니다. 그러나 책에 나오는 주요 캐릭터들은 사실 실존 모델이 있는지라… 재밌게 썼습니다.

독자님들께서 웃으며 보실 수 있고, 그리고 이 글이 조금이라도 기억 속에 남았으면 합니다.

· 고마운 분들.

이 글의 주요 인물로서 열심히 부딪치고, 깨지고, 망가지고 할 나의 사랑하는 친구 경희(가희님), 남주, 여러 가지로 도움을 주고 있는 이도(혜령님), 고마운 사람들에 꼭 적혀보고 싶었다는 나비 군, 원고 쓸 때마다 커피 끓여달라고 징징거려서 열받게 만들었던 우리 오빠(친오빠 맞수?), 지도 작업을 도와준 수경(빈님), 자작 클럽(특히 피아님, 진님, 운차이님, 리도스님 등등)과 아데스 칼럼(이멜님, 손별님, 라임님 등등)의 가족들, 그리고 이 책을 읽고 계신 모든 독자님들께 감사드립니다.

아, 매번 밤샘마다 활력이 되어주신 FM 음악도시 이소라 언니(그저 애청자일 뿐이지만) 감사드립니다.

새롭게 저의 담당이 되어주신 민정 씨, 차장님, 서경석 사장님, 장상수 대리님, 그리고 도서출판 청어람의 모든 분들께 감사의 말씀 드리고 싶습니다.

올해의 목표가 '성실 작가' 라면 믿어주시겠습니까(웃음)?

주요 인물 소개

설아:17세. 소설가 양성반의 학생으로 본인에게 글 쓰는 재능이 없다는 걸 알고 있지만 포기하지 않고 작가를 꿈꾼다. 좋아하는 사람과 싫어하는 사람에 대한 태도의 차이가 분명하며 다소 건방진 면이 있다. 밝고 명랑한 편. 시력이 나쁘지만 별도의 치료를 받기보다 안경을 즐겨 낀다. 까무잡잡한 피부, 검은 단발, 갈색 눈, 160cm가 조금 못 되는 키에 통통한 편. 홍차를 좋아한다.

왕빈:17세. 기자 양성반의 학생으로 커트 머리에 175cm가 넘는 장신. 중성적인 외모 때문에 종종 남자라는 오해를 사기도 한다. 스포츠를 즐겨 하며 시원시원한 성격으로 사람들에게 금방 호감을 얻는 편. 설아의 룸메이트로 남주와는 언제나 티격태격거리는 사이. 작은 눈에 콤플렉스를 느끼는 편이다.

이가희:17세. 소설가 양성반으로 재능이 뛰어난 편이지만 본인은 의식하고 있지 않다. 설아의 단짝이자 남주의 룸메이트. 평화주의자이며 모범생이다. 나서는 것을 좋아하지 않아 개성이 넘치는 세 사람에게 가려 존재감이 약한 것 같지만 의외로 한번 화가 나면 세 명이 달려들어 말린다 해도 감당할 수 없을 정도로 무서워진다. 아이들과 애완 동물을 좋아하며 예의 바르지만 상당히 엉뚱한 면도 있다. 설아와 비슷한 정도의 작은 키, 밝은 갈색의 긴 생머리, 유난히 하얀 얼굴에 날씬한 체형으로 보는 사람의 보호 본능을 일으키는 미소녀.

임남주:17세. 만화가 양성반의 아날로그를 고집하는 소녀. 아직도 손으로 그리는 그림을 고집하고 있으며 자기 주장이 확실하다. 게임을 좋아하고 빈과는 앙숙. 160cm의 키에 통통한 편. 흰 피부에 눈이 크고 목소리가 크다. 세상에서 가장 쉬운 것 중 하나가 그녀를 웃기는 일이라고 말할 정도로 잘 웃고 밝은 성격.

남과 똑같은 것을 싫어하고 한 가지 몰두하면 거기에 빠져 헤어나지 못한다.

※ 작가를 갈구기 전에 주의해야 할 사항들.

1. 설아의 시대는 미래입니다.

행여 '이 사람이 시대가 어느 시대인데 발전이 이것밖에 안 됐다고 생각하는 거야'라는 말씀은 하지 않으셨으면 합니다. 불행히 작가는 독자님과 같은 시대의 사람이기에 이곳의 배경은 그저 희망 사항일 뿐이지요. 설아의 시대가 마음에 들지 않으시는 분은 '이 작가 꿈이 소박하군'이라고 비웃어주시길…….

2. 드워프, 데이야 전기, 그 외 언급되는 책들을 찾는 고생은 마시길……. 이미 찾아보셨다면? 죄송합니다. 이것은 실재하지 않는 책이며 창작품 중 하나입니다. 앞서 말씀드렸듯이 작가는 현 시대의 사람입니다. 위의 책들은 설아의 세계에 존재하는 책이지요. 그, 그렇게 노려보셔도 할 말 없습니다. '속았다'라는 원망은 말아주세요.

3. 설정집을 필히 읽어주세요. 읽거나 읽지 않거나 똑같다고 생각한다면 설정집을 쓰는 작가는 없을 겁니다(웃음). 설정집은 약이나 가전제품의 설명서와도 같습니다. 필히 읽어주세요. 책을 읽기 전에 읽으시거나 책부터 읽고 난 후에 읽으시는 것은 독자님의 자유예요(웃음). 만일 괜히 읽었다는 생각이 드신다면 '정성을 봐서 한 번 봐줬다'라는 너그러운 마음을 가집시다(퍽!).

위 세 가지 조건을 모두 이행하셨다면 재미있게 읽어주세요.

네? 재미가 없으시다구요? 한 번만 더 읽어주세요. 아마 생각이 바뀔 겁니다(만일 재미가 없었다면 다시 봐주시길… 재미있을 때까지……. 퍽!). 그래도 행여 재미가 없으셨다면 다음 권에서 두 배의 재미를 보장해 드릴 것이니 꼭 읽어주시길…….

읽어주셔서 감사합니다.

그런데 이거 제목을 뭐라고 짓지?
"아다마스 어때?"
에엑! 그건 우리 학교 이름이잖아. 기각!
"그럼 빈이와 떨거지들의 모험은?"
"에이, 그것보단 남주의 대모험이 좋지 않을까?"
…내가 저것들한테 뭘 바래.
"설아, 그들만의 어드벤처는?"
호오~ 그래, 그게 좋겠다.

1장

어디 한번 시작해 볼까?

고무실 침입 사건

우리는 아리따운 미모를 위하여 달밤에 체조를 하러 나온 꽃소녀들이다…라는 건 농담이고 지금부터 한탕 하러 기숙사를 탈출한 용감무쌍한 소녀들이다. 배가 고파서 매점이나 식당을 털러 가는 것과는 차원이 다른 대규모의 작전이랄까…….

마치 한 편의 첩보 영화를 찍는 것마냥 두근두근거리는 심장을 진정시키며 나는 내 친구들을 바라보았다.

"짜잔~ 나 검은색 체육복 입었다."

"검은색 체육복은 왜?"

"영화에서 보면 이럴 때 검은색 타이즈 같은 거 입고 하잖아. 그치만 타이즈는 부담스럽고 검은색은 눈에 띄지도 않고 좋잖아. 헤헤."

긴 갈색 머리를 질끈 묶으며 귀여운 미소를 지어 보이는 저 녀석이 가희다. 작가 양성반에서도 다섯 손가락 안에 드는 우등생이지만…….

"헤헤, 어울리지? 어울리지?"

상당히 엉뚱한 아이다.

"저 녀석, 설마 교무실 벽면이 흰색이라는 거 잊어버린 거 아니야?"

지금 나한테 귓속말을 하고 있는 오렌지 머리는 임남주.

만화가 양성반 학생으로 저기 멀대같이 서 있는 빈이와 함께 친하게 지내고 있는 친구다.

"우리가 지금 소풍 가는 건 줄 아냐? 우리가 가져와야 하는 건 바로 이거야. 다른 건 절대 건드리지 마. 알겠지?"

"네!"

마치 유치원생의 인솔자가 된 듯한 표정으로 빈은 가벼운 한숨을 내쉬었다. 짧은 커트 머리와 중성적인 외모, 그리고 멀대같이 큰 키 덕분에 남자로 종종 오해를 받긴 하지만 저 녀석은 여자다. 어지간한 남자애보다 훨씬 남자다운 녀석을 여자로 두다니…….

아깝긴 하지만 저 녀석의 주민 등록 번호는 2자로 시작한다는 걸 알고 있는 나로선 팬클럽이니 뭐니 하면서 불쑥불쑥 기숙사로 쳐들어오는 여자 아이들의 심리를 죽었다 깨어나도 알 수 없을 것 같다(내 룸메이트가 저 빈이 녀석이라 꽤 피해를 본단 말이닷!).

기자 양성반인 이 녀석은 나와 팀을 이루어 과제 평가를 받도록 되어 있는데, 아앗! 우리가 교무실로 쳐들어간다고 대단한 문제아처럼 보진 말아줬음 좋겠어. 우등생은 아니지만 이래 봬도 모범생은 된다고. 그야 수업 시간 중에 가끔 딴 짓을 한다거나 하긴 하지만… 이 정도야 흔히들 하는 거니까. 흠흠!

"그런데 오늘 감시 카메라 안 돌리는 날이라는 거 확실해?"

남주가 불안한 듯 빈을 쳐다보자 빈은 가볍게 고개를 끄덕였다.

"오늘 점검있는 날이잖아. 대신 날개랑 미지공이 숙직하고 있을 거야. 그 인간들이야 학생 패는 재미로 교사 하는 인간들이잖아."

쌓인 게 많다는 듯 두 주먹을 불끈 쥐는 빈이에게 가희는 의아한 표정을 지으며 고개를 갸웃거렸다.

"날개? 미지공?"

"그건 그 선생님 입이 날개처럼 가볍다고 붙은 별명이고 미지공은… 아, 미지의 생명체라고 미지공이야."

거짓말! 날마다 개지랄 떤다고 날개에 미친X 지가 공주인 줄 안다고 미지공 아니었어?!

"순진한 애 버릴까 봐 이 몸이 의역 좀 한 거다. 뭘 그런 눈으로 보냐?"

빈이는 그렇게 목소리를 낮추고는 저 혼자 성큼성큼 교문 앞으로 가버렸다.

학교라고 해도 교실로 들어가지 않는 이상 공원이나 마찬가지인지라 담을 뛰어넘거나 숨어들어 갈 필요는 없다. 물론 가희 녀석처럼 담벼락에 딱 달라붙은 닌자 같은 포즈로 석상처럼 굳어 있을 필요 또한 없다.

"왜 안 가고 서 있어?"

"다, 담 같은 거 안 넘어?"

"그걸 왜 넘어?"

"에? 정말 안 넘어?"

'무지 실망했음' 이라고 쓰여 있는 것 같은 가희의 얼굴에 우리들은 서슴없이 고개를 끄덕거렸다. 체력이 받쳐 주는 빈이 같은 녀석은 별거 아니라는 듯 훌쩍 넘어버리겠지만 나같이 비리비리한 약골은… 아, 아니, 연약한 소녀에겐 무리야, 무리.

"정문으로 갈 수 있는데 굳이 담 같은 걸 넘을 필요는 없잖아."

"그야… 영화 같은 거 보면 이런 거 쉽게 넘고 그러던걸."

여전히 포기할 줄 모르는 가희를 향해 나는 생긋 미소를 지었다.

"그야 그건 영화고 이건 현실이니까 그렇지. 그렇게 훌쩍훌쩍 담 같은 거 넘을 수 있었다면 나도 돈 받고 영화 출연하겠다."

내 말에 가희는 고개를 설레설레 흔들었다.

"에이~ 그건 아니다."

"뭐가?"

"넌 미모가 안 되잖아."

핵심을 찌르는 가희의 말에 나는 가벼운 한숨을 내쉬었다.

인정할 건 인정한다. 누가 봐도 미소녀인 가희와 비교하면 난 평범한 외모 그 자체지. 암.

가희를 향해,

'너, 맞고 갈래, 그냥 갈래?' 라는 말 따위가 튀어나온 것은 절대로 고의가 아니란 말이지. 암.

언제나 하는 생각이지만 우리 학교는 정말 특이하다.

아다마스(Adamas)라니……. 그건 결코 지배당하지 않는다는 그리스어라던가? 뭐, 다이아몬드에서 유래된 말이라던가? 자세한 건 나도 잘 모르겠지만 보통 학교 명을 이런 식으로 짓진 않는다. 특수 목적 학교라 그럴 수도 있겠지만 아무튼 특이한 건 이름뿐만이 아니다. 이 거대한 학교는 중학교에서 대학교까지의 모든 교육 과정을 가르치는데, 그것이 특수한 과로 나뉘어져 그 전공 분야의 교육을 우선으로 한다.

기자 양성반, 작가 양성반, 화가 양성반, 음악반, 뭐, 이런 커다란 분류에서 각 과로—예를 들면 작가 양성반 안에 만화과, 소설과, 평론과로—세 분화시켜 놓았다.

내가 소속된 작가 양성반에서는 문학 이론, 실기, 세계 문학과 같은 것을 주 과목으로 가르치고 영어, 수학, 물리 등등 교양 선택 과목을 채택해 들으려면 듣고 듣기 싫으면 듣지 않으면 그뿐이다.

물론 어느 학교나 말이 선택이지 하지 않으면 점수를 주지 않으니까 낙제는 선택이요 유급은 필수가 되어버린다.

그게 싫다면 교양 과목 중 두 과목 이상은 반드시 이수해야 한다.

영어와 수학이 내 교양 선택 과목이건만 그 시간만 되면 내 얼굴이 책상에게 시비를 걸어댄다. 왜 그렇게 책상에 헤딩을 해대는 건지 나도 모르겠다. 뭐, 내가 정신을 차릴 때까지도 무거운 머리를 꾸벅꾸벅 아래로 떨어뜨리며 침을 흘리고 있는 내 옆 자리에 앉은 녀석보다 상태가 나은 편이니 그나마 다행이긴 하지만……

수학이란 녀석을 만들어낸 몬스터가 어떤 놈인지 걸리기만 하면 내 요절을 내고야 말겠다는 의지를 확고히 다지며 책상에 퍽퍽 헤딩을 해대면서 시비를 걸던 어느 날 몇 명의 아이들이 손을 번쩍 들어 올리는 것을 보긴 봤다. 잠결이라서 별 생각은 없었지만 보기는 봤다.

"이제 신청서 들고 가도 되지? 신청할 기회는 이번밖에 없으니까 빠뜨린 조는 나도 모른다."

알미운 민식이 녀석이 확인차 소리치는 것도 듣긴 들었다.

잠결이라서 별 생각은 없었지만 듣기는 확실히 들었던 것이다.

"설아, 너 신청했지?"

교양 과목을 듣고 온 가희가—가희는 가사를 교양으로 듣고 있어 교양 시간에는 다른 과로 간다—쿠키를 책상에 내려놓는 순간까지도 난 덜 깼다.

그 망할 놈의 잠이 덜 깬 상태였단 말이다!

"무슨 신청?"

"웅? 무슨 신청이라니? 아까 민식이가 우리 과 소프트 신청서 가지고 교무실로 가는 거 봤는데… 설마 신청 안 한 거야?"

그때서야 잠이 확 달아나는 것을 느낀 나는 민식이를 찾아 부랴부랴 교실 밖으로 뛰쳐나갔지만 내가 본 것은 이미 소프트를 받아온 모양인지 손톱만한 칩이 담긴 소프트 상자를 들고 오는 그였다.

우리가 지금 이 자리에 서 있는 건 이미 신청서는 물 건너갔고, 평소 서로를 못 잡아먹어서 으르렁거리는 민식이 날 위해서 소프트를 재신청해 줄 리도 없으니 남은 것은 교무실로 쳐들어가 훔쳐 오는 방법밖에 없다… 란 이 황당한 계획에 다들 동의해 버렸기 때문이다. 말이 되냐, 말이! 제대로 된 친구라면 말려야지.

지들이 더 신나서 교무실로 가자고 하면 말을 꺼낸 내가 이제 와서 '싫어'라고 할 수도 없는 노릇이잖아! 거의 속으로 처절하게 울부짖으며 교실로 들어온 나는 복도 여기저기를 조심스럽게 살폈다.

"어쩐지 좀 으스스하지 않아?"

말과는 달리 상황을 즐기는 듯 보이는 빈이의 말에 나는 살짝 미간을 찡그렸다. 여기저기 마치 피카소의 그림이라도 걸어둔 것마냥 무엇을 그려놓은 건지도 모를 추상화와 예쁘긴 하지만 어딘지 모르게 으스스한 소녀의 초상화가 걸린 하얀 복도라니…….

누구의 취향인지 모르겠지만 최악이다.

학교 복도야 전부 거기서 거기겠지만.

"보통 소프트 같은 거 누구 책상에 있지?"

남주의 질문에 빈은 당연한 걸 왜 묻느냐는 어조로 대답했다.

"프로그래밍 선생님이겠지."

교무실로 통하는 복도 한쪽에 숨은 우리는 혹시나 누가 있을지도 모른다는 생각에 주변을 둘러보았고, 나는 폰을 꺼내 들었다.

"그건 뭐 하게?"

"폰은 어디다 쓰라고 있는 것 같아?"

"전화하려고? 너도 참 어지간히 긴장감없다. 이러다 들키면 소프트고 뭐고 간에 끝장인 거 알지?"

내 말에 빈이는 어서 폰을 집어넣으라는 듯 짜증스런 목소리로 말했지만 폰은 전화하라고 있는 거다.

"어디에 전화하는 거야?"

"아다마스 학교."

나는 단축 다이얼 1번을 누르며 목소리를 가다듬었다.

—아다마스 학교입니다.

분명히 날개의 목소리였다. 그 깐깐한 미지공이 아니라는 게 다행이라면 다행이지만 뒤이어서 나오는 목소리는 미지공…….

"아, 주 선생님, 여기 4층 미술실인데요. 뭔가 이상한 게 있어서요. 빨리 좀 와주시겠습니까?"

그렇다고 교무실에 미지공이 있다는 소리가 아니라 바로 내가 내는 목소리다. 아이들은 숨소리 한번 내지 않고 나의 입과 교무실 문을 번갈아 보기 시작했다.

—곧 가겠습니다.

시원스런 목소리로 대답을 마친 그는 곧 이어 교무실 문을 열고 멋지게 등장하더니… 우아악! 이쪽으로 온다!!

"어떡해~"

가희가 낮게 비명을 지름과 동시에 나는 폰에다 대고 작은 목소리로 학교 명을 외쳤다.

"아다… 아다마스."

―삐익, 등록되지 않은 이름입니다.

"아다마스 학교."

간신히 제대로 말했다는 생각을 함과 동시에 교무실 벨 소리가 여기까지 들릴 정도로 크게 울리기 시작했다. 날개는 잠시 발걸음을 멈추더니 계속 울리는 전화 벨에도 아랑곳하지 않고 이쪽으로 오는 것이었다.

뚜벅뚜벅.

"받아라! 받아라!"

뚜벅뚜벅.

우리는 작지만 혼신의 힘을 다해 중얼거렸지만 날개는 그 명성에 걸맞게 잘도 이쪽으로 걸어오고 있었다. 전화 벨은 끈질기게 울리고 있었지만 왜 안 받냐고, 왜?!

"진짜 끈질기게 울리네."

"야, 야! 어떻게 좀 해봐!"

"으아아~ 들킨단 말이야. 작게 말해!"

남주와 가희가 반 정도 울음 섞인 목소리로 속삭이자 날개의 걷는 속도가 더욱 빨라졌다.

뚜벅뚜벅뚜벅.

일그러진 얼굴의 날개는 이제 겨우 두세 걸음만 더 있으면 우리랑 정면으로 부딪치게 생겼으니… 간이 콩알만해진다는 걸 실감하는 순간이었다.

"어디 가시는 겁니까, 주 선생님?"

미지공의 목소리가 먼발치에서 들려오자 날개는 그녀의 목소리가 들리는 방향으로 걸음을 옮겼다.

"아, 민 선생님, 지금 미술실로 가려던 중입니다만……."

"미술실이요? 그것보다 과학실에 먼저 가봐야 할 것 같습니다만……."

목소리가 멀어지자 우리는 겨우 한숨을 돌릴 수 있었다.

그렇지만 기분 탓인가? 그 듣기 싫은 날개랑 미지공의 목소리가 상당히 나긋나긋하게 들리는 게 꼭…….

"두 사람 사귄다는 소문이 사실이었냐?"

"에엑! 정말?!"

낮은 목소리로 비명을 지르던 나는 절대로 어울려서는 안 될 커플을 지켜본 듯한 기분으로 다시 두 사람을 살펴보려 했지만 이미 그들은 중앙 계단 저편으로 올라가 버린 후였다.

"저 두 사람 싸우기라도 한다면 정말 볼 만하겠다."

빈이의 말에 우리는 피식 미소를 지으며 교무실로 들어섰다.

한눈에 보기에도 선생님들의 개성이 드러나는 책상들은 저마다 깔끔하게 정리가 되어 있었다.

인기 많은 선생님들의 책상에는 꽃이나 선물이 끊일 날이 없고 날개나 미지공같이 깐깐한 선생님들의 책상에는 학생들로부터 압수해 놓은 물건들이 끊일 날이 없다. 그 외에도 아기가 있는 선생님들의 책상에는 아기의 사진이, 선생님답지 않게 드문드문 잘생긴 연예인 사진을 끼워 놓은 자리도 있지만 우리가 찾아야 할 것은 손톱만한 크기의 소프트다.

"여기 같은데? 엑! 뭐야? 내일 기습 쪽지 시험을 본다고?!"

남주의 비명 소리에 우리는 그녀의 곁으로 우르르 몰려갔다.

프로그래밍을 가르치는 선생님답게 일주일의 수업 계획이 쭉 쓰여져 있는 프린트 물을 보며 우리는 잠시 패닉 상태에 빠졌다.

'내가 세상에서 가장 싫어하는 게 기습 쪽지 시험이다—' 라고 주장하는 듯한 얼굴들이라니……

"이러고 있을 때가 아니잖아. 과학실이라면 3층이라구. 어서 소프트부터 찾아."

남주의 말에 우리들은 그제야 선생님의 책상을 뒤지기 시작했다. 바구니 속에 담긴 잡다한 물건들을 제외하고는 이렇다 할 물건들이 없자 우리는 책상 서랍으로 시선을 돌렸지만 그 서랍은 튼튼한 자물쇠로 잠겨져 있었다.

"어쩌지?"

난감한 표정으로 서로를 바라보던 우리들은 애꿎은 자물쇠를 붙잡고 흔들어댔지만 그 정도로 열릴 자물쇠라면 애초에 잠가두지도 않았을 것이다.

"비켜봐."

빈이는 어디서 가지고 온 건지 망치를 들고는 귀찮다는 듯 왼손을 휘저어댔다. 어쩐지 파리를 쫓아내는 듯한 포즈인지라 마음에 들진 않았지만 연약한 내가 무슨 힘이 있겠냐? 순순히 물러설 수밖에.

쾅쾅쾅!

금속성의 마찰음에 빈이를 제외한 모두는 귀를 틀어막으며 빈이로부터 저만치 떨어진 곳으로 가서는 바닥으로 쭈그려 앉았다.

쾅쾅쾅!

다시 한 번 날카로운 소리가 울려 퍼지자 나는 이러다 날개와 미지공이 덜컥 들이닥치지 않을까 하는 불안감이 들기 시작했다.

‘쾅쾅쾅! 콰지직!’ 하는 소리와 함께 자물쇠는 듣기 싫은 쇳소리를
내며 바닥으로 나뒹굴었다.

“됐다!”

빈이가 환호성을 지르며 몸을 숙이는 순간.

“거기 누구야?!”

미지공의 날카로운 목소리와 함께 교무실 문이 활짝 열려 버렸다.

자동문인 덕분에 전혀 인기척을 느끼지 못한 것이다.

“거기 누구야?!”

미지공의 목소리가 다시 한 번 날카롭게 울려 퍼짐과 동시에 우리는
더욱더 몸을 낮추었다.

따르르르릉~ 따르르릉~

교무실 전화가 시끄럽게 울려 퍼지자 그녀는 거의 신경질적인 자세
로 수화기를 집어 들었다.

“아다마스 학교입니다.”

순간 교무실은 갑자기 정전이라도 되어버린 듯 어두컴컴하게 변해
버렸다.

“네, 전기가 나간 것 같군요. 아, 선생님께서 내리셨다구요?”

날개가 우릴 살렸구나.

이렇게 고마울 데가……. 좋다! 앞으로 열 번 씹을 거 한 번만 씹어
주지. 음하하하, 내가 생각해도 난 너무 착하단 말이다.

“알겠습니다. 그럼 여기 정리하는 대로 제가 그쪽으로 가도록 하죠.”

그녀는 전화를 끊고는 아무것도 보일 리 없는 어둠침침한 교무실을
쓰윽 둘러보더니 갑자기 힘없이 쓰러져 버리고 말았다.

도대체 뭘 보고 저러나 싶어 그녀가 쓰러지기 전의 시선을 따라 힐

끔 고개를 돌리는 순간 난 심장이 내려앉는 줄 알았다.

아무것도 없는 어둠 속에서 새하얀 얼굴밖에 보이지 않는 소녀가 나를 보며 생긋 미소를 짓고 있었던 것이다.

'유령이다!' 라고 소리라도 지르고 싶었지만 너무 놀란 탓인지 목소리조차 제대로 나오지 않는다.

"설아, 왜 그래?"

유난히 하얀 얼굴밖에 없는 유령은 이상하게도 걱정스런 표정을 하고 있었지만 나는 아무런 대답도 하지 못했다. 마치 인형처럼 허물어져 버린 미지공과 마찬가지로 기절해 버리고 말았던 것이다.

"어? 설아? 설아?"

가희는 휴대폰 불빛을 더욱더 설아의 얼굴 쪽에 가져다 대고는 그녀의 몸을 흔들어댔다.

"애들아, 어떡해?! 설아 기절했나 봐."

거의 울상이 된 가희 곁으로 다가간 남주는 기절해 있는 설아와 가희를 번갈아 바라보며 가벼운 한숨을 내쉬었다.

"너, 머리 풀렸어. 그러고 있으니까 얼굴만 보이는 게 꼭 귀신같다야."

"이제 어쩌지?"

걱정스런 가희의 질문에 마침내 자물쇠를 뜯어낸 빈이는 시큰둥하게 대답했다.

"남주, 네가 업고 먼저 나가. 가희, 넌 이리 와서 핸드폰 불빛 좀 비춰줘. 어쨌거나 소프트는 찾아야 하니까 말이야."

그녀의 지시로 남주와 가희는 재빠르게 자신이 할 일을 행동으로 옮겼고 교무실은 이내 조용해졌다.

일상

　'꿈이라는 걸 알면서도 그 꿈에서 깨어나지 못하는 것은 그것에서 벗어나는 방법을 모르기 때문일까, 그 꿈에서 깨어나기 싫기 때문인 걸까?

　나는 살짝 미간을 찡그리며 바닥에 쭈그려 앉았다.

　'이 공간에 앉아 있는 건… 이곳에 바닥이 있다는 소리겠지?

　너무나도 당연한 것을 마치 거창한 깨달음이라도 얻은 듯 생글생글 미소까지 지어 보이며 뿌듯해하던 그녀는 주변을 두리번거렸다.

　그렇게 어둡지도, 밝지도 않은 공간에 나 혼자 덩그러니 남아 있는 꿈이란…….

　약간은 서글픈 느낌마저 들 정도로 심심했다.

　"시체 놀이라도 하라는 건가?"

　그녀는 털썩 자리에 누워서 대(大)자로 팔을 뻗고는 이내 눈을 감았다.

지금이 꿈이 아니라면 잠이라도 들 텐데 불행히도 꿈이다 보니 아무것도 할 수가 없었다.

"아우~ 심심해! 심심해!"

나는 팔다리를 바둥바둥거리다가 이내 그 공간을 한 바퀴 데굴데굴 구르기 시작했다. 어느 정도 시간이 지나자 나의 몸은 다시 원점으로 돌아와 자리에서 벌떡 일어났다.

"뭐라도 좀 나타나 봐라! 무슨 꿈이 이렇게 밋밋해? 차라리 드래곤이라도 불러서 술래잡기라도 시키지."

나의 머리 속에는 공룡만한 크기의 드래곤이 생긋 미소를 지으며 '나 잡아봐라~' 라는 애교 섞인 콧소리를 내는 장면과 치맛자락을 붙잡고 '오호호홋! 잡히면 죽~었~어!' 라는 여왕님 웃음소리를 내는 내가 천천히 달리고 있는 장면이 떠올랐다.

"으아아! 도대체 무슨 상상을 하고 있는 거야?! 나란 애는 정말……."

진지하게 그런 장면을 떠올린 나는 고개를 설레설레 흔들며 이마에 맺힌 식은땀을 닦아냈다.

그리고는 뭔가 우지끈 하는 소리에 나도 모르게 뒤를 돌아보았다.

"…저거 혹시 그건 아니겠지?"

나는 누구에게 묻는 건지도 모를 소리를 내뱉으며 두 손에 힘을 주어 눈을 슥슥 문질러 댔다.

"그런데 저게 왜 안 사라지는 거냐고!"

그녀는 본능적으로 두려움을 느끼며 부들부들 몸을 떨어댔다.

"나를 소환한 자가 너인가?"

무겁고 엄숙한 목소리에 나는 자신도 모르게 눈을 질끈 감았다.

'뭐야, 저 녀석! 공룡보다 더 크잖아!'

“소원이 뭔가?”

예상 밖의 말에 나는 고개를 들어 거대한 그를 바라보았다.

“소원이라니요?”

내 얼굴보다 훨씬 크게 느껴지는 검은 눈동자지만 나는 내가 위축되지 않았음을 보여주고 싶었는지, 그렇지 않으면 이 현실감없는 꿈에 긴장이 느슨해져 버린 것인지 그의 말을 되묻기까지 하는 대담성을 보였다.

“소녀여! 바쁜 드래곤을 불러냈으면 용건이 있을 텐데? 그렇게 멍청하게 보지 말고 날 불러낸 이유가 뭔지 말해 보란 말이다.”

그는 친절하게도 자신의 존재를 상기시켜 주며 나를 향해 눈을 부라렸다. 그런 그의 태도에 겁을 집어먹은 나는 무심코 본심을 말하고야 말았다.

“술래잡기…….”

“뭐?”

“술래잡기하려고 부른 것 같은데요?”

나는 내가 생각해도 어이없는 대답을 입 밖으로 내뱉으며 멋쩍은 미소를 지었다. 설마 하니 저 커다란 덩치의 드래곤이 자신의 상상대로 애교스러운 목소리로 ‘나 잡아봐라~’ 라는 말이야 하겠는가.

“음… 그래서 날 불러냈다는 거냐?”

비교적 무덤덤한 그의 목소리에 나는 흘깃 눈치를 살폈다.

“네.”

내가 한 치의 망설임도 없이 그렇다고 대답하자 그는 가벼운 한숨을 내쉬었다.

“소녀여, 그것이 너의 소원이라면 기꺼이 들어주겠네.”

“에엑?”

지금 저 드래곤이 뭐라는 거냐는 듯한 표정으로 두 눈을 크게 뜬 나의 머리 속에서는 공룡보다 훨씬 커진 드래곤이 애교 섞인 목소리로 '자기야, 나 잡아봐라!'를 반복해서 외치는 장면이 고정되어 버렸다.

'드래곤이 술래잡기라니… 저 덩치로 무슨 그런 망발을……'

나는 가까스로 정신을 차리고는 드래곤에게 말을 걸려고 했지만 입을 열 수가 없었다.

그저 덩치만 크게 느껴지던 드래곤이라는 존재가 위압감을 풍기며 자신을 향해 눈을 부라리는 것에 그만 기가 질려 버린 것이다.

"단 나에게 잡힌다면……."

그의 단호한 목소리에 나는 침을 꿀꺽 삼켰다.

"잡힌다면… 요?"

"그땐 죽을 각오를 하는 것이 좋을 거다."

드래곤 피어를 섞은 살벌한 말투에 나는 자신도 모르게 뒷걸음질쳤다.

'이건 상상과는 정반대의 상황이잖아. 무슨 드래곤이 저렇게 쪼잔해?!'

"자! 그럼 어디 힘 닿는 데까지 도망쳐 보거라."

그는 매우 여유만만한 자세로 나를 향해 관용을 베풀고 있는 듯한 태도를 보였다.

솔직히 그 장면은 무척이나 아니꼬웠지만 드래곤을 상대로 내가 무슨 말을 할 수 있겠는가.

그저 '걸음아, 나 살려라!'라는 말에 걸맞게 죽어라 달리는 수밖에…….

"그럼 슬슬 술래가 움직일 차례인가?"

드래곤은 저만치 달아나고 있는 나를 무표정한 얼굴로 바라보며 코

웃음을 쳤다. 그러나 나를 잡기 위해 한 발자국 땅으로 내딛는 순간 그는 그다지 유쾌하지 않은 사실을 깨닫게 되었다. 그것은 바로 보폭의 차이…….

나를 발로 밟아버릴 수는 있지만 들어 올릴 수는 없다는 사실을 깨달은 것이다. 그가 사람이라면 나는 그에게 있어 개미 정도의 크기에 지나지 않았다. 게다가 드래곤에겐 손이 없었다.

사실 지금 심정 같아선 '손도 없는 도마뱀 따위가 감히 날 어쩌겠다고?' 라고 비아냥거리고 싶었지만 그에게는 입이 있다. 저 무식한 입으로 물린다면 난 그 자리에서 즉사해 버릴 것이다. 게다가 그가 한 발짝 내딛는 것만으로도 바닥은 지진이라도 일어난 듯 금방이라도 무너져 내릴 것처럼 흔들려 댔고 아무리 달려봤자 그로부터 벗어날 수 없다는 걸 깨달은 나 역시 유쾌하지 않긴 마찬가지였다.

"쳇! 모처럼 드워프나 데이야 전기 같은 멋진 꿈을 꿀 수 있을 거라고 생각했더니 이건 너무하잖아."

낮은 목소리로 툴툴거리던 나는 나를 향해 무식하게 커다란 입을 벌리는 드래곤을 보고 이제는 끝이란 생각으로 눈을 질끈 감았다.

쾅! 쾅! 쾅!

누군가가 무엇인가를 신나게 두들겨 대는 소리가 들렸지만 나는 여전히 눈을 감고 있었다.

"설아! 설아!"

비교적 친숙한 목소리로 누군가가 부르는 소리에 나는 실눈을 뜨며 소리가 들려온 방향으로 살짝 고개를 들었다.

"흐에?! 가희?!"

어디선가 갑자기 나타난 가희가 내 등 뒤로 프라이팬을 들고 씨익 웃고 있었던 것이다(그것도 드래곤보다 몇 배는 큰 듯한 모습이다).

"설아!"

그녀는 들고 있던 프라이팬으로 드래곤의 뒤통수를 '쾅' 소리가 나도록 내려쳤다.

"설아! 일어나!"

그녀는 계속 같은 말을 되풀이하며 생글생글 미소를 지었다.

"그, 그래, 일어날… 우왓!"

나는 갑자기 날아드는 돌을 향해 비명을 질렀다.

"일어나란 소리 안 들려?!"

어느새 맞고만 있던 드래곤의 얼굴이 그녀의 룸메이트인 빈이의 얼굴로 바뀌더니 그녀의 입에서 브레스까지 뿜어져 나왔다.

"일어낫!"

"설아!"

그녀들이 동시에 소리치자 나는 본능적으로 자리에 드러누워 버렸다. 따뜻하고 푹신푹신한 이불의 촉감이 느껴져 왔다.

나의 머리 위로 그녀들의 비명 같은 목소리가 터져 나왔다.

"일어나! 학교 안 갈 거야?! 게을러 터져서 하여간……."

드래곤의 몸과 소녀의 얼굴을 하고 있는 빈이의 외침에 나는 이불을 꼭 붙잡고는 필사적으로 온몸에 돌돌 감아버렸다.

"우웅~ 시끄러워. 좀 더 잘 거야."

내가 계속 꼼지락거려 대자 가희의 목소리도 슬슬 높아져 가기 시작했다.

"난 늦어도 모른다! 그래도 안 나오지?! 야, 설아! 빨리 안 나올 거야?!"

"우우, 일어나면 되잖아, 일어나면."

겨우겨우 눈을 뜬 나의 시야에 대형 스크린에 비춰진 단단히 화가 난 듯한 가희의 얼굴이 들어왔다.

펔!

이것은 스크린에서 나온 소리도 아니고 그렇다고 기다리던 가희가 입으로 낸 효과음도 아니다.

"아야얏!"

짜증스러운 얼굴로 일어난 영특하신 이 몸이 주변을 둘러본 결과 같은 방 룸메이트인 빈이가 잔뜩 인상을 찌푸린 채 쿠션을 마구잡이로 던지고 있다는 것을 알아냈다. 이미 그녀는 이런 일이 익숙하다는 듯 목표물은(?) 보지도 않고 또 하나의 쿠션을 능숙한 포즈로 집어 던진다.

펔!

"으아아아! 알았어. 일어나면 되잖아, 일어나면!"

신경질적인 포즈로 일어난 나는 대형 스크린에서 킥킥거리고 있는 가희를 바라보며 인상을 찌푸렸다.

"미안미안, 가희야. 이왕 기다린 김에 5분만 더 기다려 줄래? 응?"

얼굴 표정과는 대조적으로 목소리는 굉장히 나긋나긋하다. 그러나 그것은 이제껏 자신을 기다려 주고 있었던 가희에게만 국한되어 있는 것이다. 감히 이 어르신을 깨워놓고 자기는 퍼질러 자고 있는 망할 놈의 빈이에게는 이 몸이 친히 천벌을 내려주마! 크크큭!

나는 빈이 녀석을 향해 의미심장한 미소를 지으며 그녀의 허리를 깔고 앉았다. 그리고는 양손으로 있는 힘껏 빈이의 다리를 엑스(X) 자로 꺾어버렸다.

"허억! 으아아아아아아! 흐으으윽!"

“코브라 트위스트! 나를 깨워놓고 너는 자려고? 어서 일어낫!”

침대 위에서 비명 소리와 신음 소리가 섞인 묘한 소리를 내는 빈이를 뒤로한 채 나는 재빨리 욕실로 들어가며 콧노래를 흥얼거렸다.

“오늘도 상쾌한 하루~ 랄라라라~”

“허어어억! 설아 너 어디 나오기만 나와라! 상쾌한 하루가 시작되는지 빌어먹을 하루가 시작되는지 어디 한 번 해보자구!”

그런 빈이의 한 맺힌 목소리는 들리지도 않는다는 듯 설아의 콧노래는 점점 소리를 높여갔다.

“한번만 봐주면~ 안 잡아먹지~ 랄라라라~ 아니면 나 여기서 안 나가지롱~ 랄라라라~ 왕 모씨의 딸 빈이라는 소녀도~ 오전에 수업이 있는 걸로 나는 알고 있거덩~ 룰루루~”

아무래도 안 들렸던 것은 아니었나 보다.

“빌어먹을! 그래, 좋다, 좋아! 내 이 넓은 아량으로 봐준다, 봐줘. 그러니 빨리 나오기나 해.”

빈이는 자신도 수업이 있다는 것을 잊고 있었던 듯 설아의 말에 미간을 찌푸리면서도 순순히 욕실 문 앞에서 비켜났다.

“좋은 아침! 에헤헤.”

나는 내가 봐도 놀라울 정도로 빨리 씻고는 개운한 얼굴로 빈이의 그 말을 기다렸다는 듯 비굴한 미소를 지었다. 그리고는 친근한, 아니, 비굴한 아침 인사를 날리며 후닥닥 교복으로 갈아입었다.

“아침은 안 먹어?”

“pass! 대신 캡슐이라도 챙겨 먹지 뭐.”

바쁜 현대인들을 위해 한 끼의 영양분을 집약해 놓은 캡슐은 이미 보편화된 아침 식사인지도 모르겠다. 하긴 요즘 같은 시대에 아침을 꼭꼭 챙겨 먹는 사람이 얼마나 될까 싶지만…….

"많이 기다렸지? 헤헤, 미안미안~ 그건 그렇고, 오전 수업 하나밖에 없는데… 이런 화창한 날까지 수업을 받아야 하나? 게다가 오늘은 토요일이잖아."

여전히 비굴한 웃음을 흘리며 나는 단짝 친구인 가희를 바라보았다. 엷은 갈색 톤의 머릿결, 하얀 피부, 전체적으로 날씬한 그녀는 누가 봐도 인상이 좋다고 생각할 만큼 소녀틱한 분위기를 풍기고 있었다. 평균적인 미소녀라고 생각해도 손색이 없을 정도랄까.

그러고 보면 어제 교무실에서 만났던 그 유령도 가희만큼이나 예뻤다. 그러고 보니 나 어제 교무실에서 어떻게 나온 거지?

"그런데 설아, 너 몸은 괜찮은 거야?"

"몸?"

"응, 너 어제 기절했던 거 기억 안 나?"

가희는 걱정스러운 듯한 표정으로 자신의 얼굴을 내 얼굴 가까이로 바싹 가져다 댔다.

…그리고 나는 내 기억 속의 유령과 절친한 친구의 얼굴을 동일시하고 있다는 생각에 반성하는 의미로 자신의 머리를 스스로 쥐어박았다.

"그런데 너 도대체 뭐 보고 기절한 거니?"

가희의 긴 생머리가 그녀의 얼굴을 따라 아래로 흘러내렸다. 그리고 마침내 나는 알아서는 안 될 진실을 알아버리고 말았다.

난… 친구의 얼굴을 보고 기절해 버린 쪽팔리는 짓을 해버리고 만 것이다.

"…소프트는 어떻게 됐어?"

나는 완전히 기어들어 가려는 목소리를 붙잡고는 간신히 입 밖으로 던져 버렸다.

"실패했어. 힘들게 뜯었더니 안이 텅 비어서… 그냥 도망치듯이 나왔어."

너무나 별일 아니라는 듯이 말해 버리는 가희에게 나는 조심스럽게 물었다.

"그런데 왜 그렇게 기분이 좋아 보여?"

"어제만 날이 아니잖아. 프로그램 제출일까지는 시간이 있으니까 기회를 봐서 다시 쳐들어가자고 빈이가 그러던걸?"

나는 교무실 쳐들어가는 걸 무슨 자판기에서 음료수 뽑아 마시는 정도로 착각하고 있는 것 같은 가희를 보며 어이없는 웃음을 터뜨렸다.

"하핫, 그게 말처럼 쉽겠어?"

"그런 거야 해봐야 알지."

해보고도 그런 소리가 나오느냐고 묻고 싶었지만 그녀라면 단호하게 '응' 이라고 대답할 것 같은 생각에 나는 그저 웃기만 했다.

"으흐흐흐……."

"그런다고 받을 수업 안 받아? 후후, 그건 그렇고, 너희는 매번 시끌벅적한 것 같아. 요즘 들어서는 너희들의 그 생생한 아침 전투를 보지 못하면 하루를 시작한다는 느낌이 안 들 정도라니까. 후후후."

가희는 한 손으로 입가를 가리며 살짝 미소를 지어 보였다.

"헛허허, 전투라고 할 것까지야……."

"예전부터 생각했지만 너 웃음소리 참 다양한 것 같아. 그것도 특이한 걸로만."

"어? 그랬나? 하긴 요즘 별의별 버전의 웃음소리를 다 흘리고 다니니 그런 소릴 들을 만도 하지."

그녀의 질문에 나는 화제를 돌릴 거리를 찾았다고 생각하며 생긋 미소를 지었다.

"…버전?"

그러나 쓸데없는 것까지 궁금해하는 듯한 가희의 물음에 나는 머쓱해져서 머리를 긁적거리며 묘하게 그녀의 시선을 피했다.

"저… 그게… 안 들으면 안 돼? 나한테도 내 이미지라는 게……."

"응? 이미지? 그거 먹는 거야? 너한테도 그런 게 있었어?"

가희의 날카로운 지적에 나는 움찔거리며 손가락을 꿈지럭거렸다.

"하긴 뭐, 너랑 내가 한두 번 보는 사이도 아니고 이미지 관리해 봤자니까 특별히 말해 주지. 너도 석진 선배 알지?"

"응, 우리 과에 필요한 프로그램 짜서 종종 너한테 공짜로 주는 그 선배 말이지?"

"응, 그 선배가 좀… 취향이랄까 성격이랄까… 아무튼 특이하잖아. 요즘 우연히 부딪칠 때마다 묘한 웃음소리로 신경전을 벌이는 중이거든. 누구 웃음소리가 더 특이한가 하고."

나의 말에 그녀는 배시시 미소를 지었다.

"그래서?"

"응… 예를 들면 이런 거지. 너 오래된 전통 마녀하고 견습 마녀하고 웃음소리가 어떻게 다른지 알아? 아니, 귀찮으니까 대답은 하지 말고 듣기만 해. 전통 마녀는 이렇게 웃지. '이히히힛~', 그리고 수습 마녀는 좀 어설퍼. '끼일~ 킬킬킬킬', 알겠어?"

"후후훗, 받아주는 선배나 끊임없이 도전하는 너나 거기서 거기라니까."

"쳇, 비교할 걸 해라. 나는 그래도 낯은 가린다 뭐. 거기다 소심한 면도 있어서 그래도 좀 인간 같잖아."

"그래그래."

우리들이 시답지 않은 대화를 나누며 어느새 목적지인 학교에 다다르자 누군가가 나의 어깨를 툭툭 쳤다.

"푸헐~ 그럼 난 인간 아니야?"

"허어어억! 선배?!"

"깜짝이야! 왜, 못 볼 거라도 봤어?"

"당연하죠. 선배가 아침부터 학교에 나오다니……."

내가 정색하며 수상쩍다는 듯 그를 바라보자 그는 피식 미소를 지었다.

"무슨 그런 섭섭한 소리를, 그보다 오늘은 조용하네? 내가 이긴 걸로 해도 돼?"

"쿠쿠쿠쿠, 그야말로 섭섭한 소리죠. 아침부터 시답지 않은 소리 말고 하던 이야기나 계속해 봐요. 수업이라도 있는 거예요?"

"아니, 너한테 좋은 걸 주려고 이렇게 왔지."

선배의 의기양양한 목소리에 나는 흥미있다는 듯 눈을 반짝거렸다.

"좋은 거?"

"원래는 돈 주고 사야 하는데 너 이번 학기 돈 많이 나간 것 같아서 말야."

"뭔데 그래요?"

"음, 너네 교수 중에서 매번 레포트 많이 내주는 교수 있잖아. 그 교수가 이번에는 판타지를 한 편씩 써오라고 한다더군. 이건 판타지 배경 프로그램이야. 네 성격상 이런 간단한 프로그램을 돈 주고 사려니 아까워할 것 같아서 내가 만든 거 가지고 온 거야. 단, 에러라든가 다른 녀석들의 프로그램에 비해 부실하다든가 하는 책임까진 못 지니까 받으려면 받고 말려면 마."

그의 말이 끝나기가 무섭게 나는 잽싸게 선배가 들고 있던 소프트를 낚아챘다.

그의 등 뒤에서는 성인들에게서나 찾아볼 수 있을 오로라가 뿜어져 나오기 시작했고 나는 선배가 나의 생명의 은인처럼 느껴지기 시작했다.

이 소프트가 어떤 것인가!

바로 우리 미소녀 군단이(?) 교무실까지 쳐들어가게 한 바로 그 소프트가 아닌가! 아아… 선배, 지금까지 엉터리라고 놀린 거 취소할게요.

나는 최대한 어쩔 수 없이 써준다는 듯한 표정을 지어주고는 그래도 마지못해 고마워하는 듯한 어조로 말을 걸었다.

"고마워요. 내가 설마 공짜를 마다하겠어요? 에헤헤."

"너라면 그럴 줄 알았지. 훗, 가희는 어쩔래?"

주머니에서 또 다른 프로그램을 꺼내 보인 선배가 미소를 짓자 가희는 얌전하게 손을 내밀었다.

"저도 주신다면 사양은 안 할게요. 훗후후."

"그래, 그럼 다 쓰고 나면 나도 좀 보여줘. 나도 간만에 판타지 좀 읽어보게."

" '대작가 설아님, 보여주십시오' 라고 하면 보여 드리죠, 헤헷. 가희야, 튀엇!"

잽싸게 석진 선배를 따돌린 우리들이 '소설가 양성반' 이란 교실의 문 앞에 서자 문은 자동으로 스르륵 열렸다.

오래전부터 학교의 전문화는 이루어졌다고 해도 과언이 아니다. 어떤 꿈을 가지든지 함께 주입식의 공부를 하는 시간은 초등학교에 다니는 6년간일 뿐 그 뒤로는 자신이 하고자 하는 것을 찾아 그것에 관한 공부를 해 나가는 것이 지금의 시대다.

당연히 '소설가 양성반' 의 문을 연 우리들은 소설가 지망생들이었다.

오늘은 판타지에 관한 수업이 있는 날인데 깐깐한 교수가 진행하는 것에 비해 이 수업은 학생들에게 인기가 높았다.

"자네들은 판타지가 무엇이라고 생각하나?"

깐깐해 보이긴 하지만 한편으로는 점잖게 느껴지기도 하는 중년 남자의 목소리에 교실 안의 학생들은 바짝 긴장했다.

"환상 문학입니다."

1번이라는 번호답게―아다마스 내의 모든 번호는 성적 순서대로다. 작가 양성반 같은 경우는 재능이 성적에 비례한다고 볼 수 있다―민식이라는 약간 마른 듯한 체형의 평범한 인상의, 아니, 재수없는 인상의 소년이 자신 있게 대답하자 교수는 피식 미소를 지었다.

"그것은 자네의 머리 속에서 나온 대답인가, 교과서에서 나온 상투적인 대답인가?"

인사를 대신해 처음부터 질문을 던지는 교수를 보며 나는 깊은 생각에 잠겼다.

언젠가는 사라져 버릴 신기루 같은 문학이라서 환상 문학이라고 부르는 것일까, 일반 문학에서는 흉내도 내지 못할 환상적인 분위기를 담고 있는 거라서 환상 문학이라고 하는 걸까?

현재의 의미로는 아마도 두 가지 모두를 포함하고 있을 것이다. 어쨌거나 나는 판타지 작가가 되고 싶다. 물론 여러 장르의 다양한 글을 소화해 낼 수 있는 것도 좋지만 현재의 내가 가장 쓰고 싶어하는 분야는 그것이다.

"오늘은 자네들에게 과제를 내주겠네. 각자 자네들이 생각하는 판타지를 써오게. 다음 시간까지 제출하도록! 시간이 없으니 공동 작품도 인정해 주겠지만 그건 완성했을 때만일세. 개인 작품은 세계관까지 제출한다고 해도 이해하겠네. 요는 내게 자네들이 글을 쓴다는 것을 보여달라는 것이니까 말일세."

그는 한 시간 내내 판타지에 대한 강의를 했고 열띤 분위기에서 강의는 마무리되어 갔다. 수업 시간 내내 나는 내가 그토록 싫어하는 민식의 뒤통수를 노려보며 주먹을 불끈 쥐었다. 그는 작가가 되고 싶어 이곳에 있는 것이 아니라 재능이 있다고, 그러니까 글 쓰는 것을 가장 잘할 수 있는 일이기에 이 자리에 있는 녀석이었다.

우연히 민식과 눈이 마주치자 그는 나를 향해 깔보는 듯한 미소를 지으며 비아냥거렸다.

"뱁새가 황새 쫓아다니면 가랑이 찢어진다."

1번과 32번. 나와 그와의 거리를 잘 말해 주고 있는 현실이다.

수업 시간이 끝나자 나는 우울한 마음에 공원으로 나왔다.

옛날 사람들은 녹지 공간이라는 것을 느껴볼 곳이 그리 많지 않았다. 매연에, 자동차의 소음에, 그리고 늘 하는 일에 시달리는 나날들로 인해 정신적인 여유마저 잃어버렸기 때문이다. 그런 그들은 후손만큼은 자신이 받지 못했던 혜택을 누릴 수 있도록 도심 이곳저곳에 나무를 심기 시작했다. 오존층의 구멍이 뚫려서 자외선 걱정을 해야 했던 시대도 대략 500년은 지나 버렸다.

나는 비어 있는 벤치에 앉아서 그런 것들을 머리 속으로 떠올리며 애써 기분을 전환했다. 사람들은 사실 친절한지도 모른다. 자신이 가지지 못한 좋은 것들을 다른 사람들이라도 누릴 수 있게 해주고 싶어하니까.

"어라, 설아네? 뭐 하냐, 아줌탱이?"

가희의 룸메이트이자 나의 친구인 남주였다.

"소프트 구했다~ 석진 선배라고 괴짜 선배인데 전산과야. 자기가 만든 거라면서 오늘 등교하는데 주더라."

교무실까지 함께 가서 그 고생을 했는데 엉뚱한 곳에서 목표를 달성하자 그녀는 어이없는 미소를 지었다.

"어쨌거나 잘됐네. 그런데 왜 기운이 없냐, 아줌탱이?"

호쾌한 성격에 주관이 뚜렷해 그녀의 주변에는 거의 사람이 끊이지 않았다. 타인에게 쉽게 호감을 주는 성격이지만 이 녀석 역시 가희 못지않게 튄다.

"아줌… 탱이?"

"그래, 아줌탱이. 아줌마의 남주식 언어 정도라고 해두지. 음하하핫!"

"뭐냐, 그 요상한 웃음소리는?"

"적어도 너한테는 그런 말 듣고 싶지 않아. 뭐, 싸나이의 웃음소리라고 해두지."

"싸나이? 이봐, 너도 아줌탱이 아냐?"

나의 의아한 듯한 목소리에 그녀는 팔짱을 끼며 의기양양한 웃음소리를 냈다.

"음하하하하핫, 그런 게 있다. 마음에 들면 따라해 볼래? 음하하하하핫!"

"음하하하하커억! 컥!"

"뭐, 뭐냐?!"

"컥억! 컥! 웃다가… 크으… 사레들렸어. 크으으!"

목을 부여잡고 있는 나를 보며 남주는 한심하다는 눈빛을 보냈다.

"…바보."

"…헤헤헤."

나는 또다시 비굴한 웃음소리를 내며 남주에게 앉으라는 듯 비어 있는 내 옆 자리를 툭툭 쳤다. 남주는 그런 나에게 피식 미소를 지어 보이며 옆 자리에 털썩 주저앉았다. 오렌지색으로 염색한 그녀의 커트 머리가 햇빛에 반사되어 반짝거려 댔다.

"항상 붙어다니는 내 룸메이트는 어디다 버려두고 이런 데서 혼자 청승이냐, 청승은?"

"그냥 좀 기분이 안 좋아서. 그러는 너는? 만화과 수업은 오후에 있는 걸로 알고 있는데 왜 벌써 나와서 이러고 있어?"

"이런 시간에 나와야 사람들이 적거든. 바람도 쐴 겸 그림도 그릴 겸 나왔지 뭐."

그리고 보니 남주 손에는 반쯤 스케치하다 만 그림이 들려 있었다.

"언제나 들고 다니는구나, 그 연습장은."

"그림 그리는 거 좋아하니까. 그리고 적어도 이걸로 밥 먹고 살려고 하는데 이 정도 노력은 해야 하지 않겠어?"

우리 둘은 마주 보며 멋쩍은 듯 씨익 웃었다.

"그래, 이걸로 밥 먹고 살려면 괜히 남의 말에 신경 써서 내 기분을 망치는 일 같은 건 없어야겠지."

"정말로 무슨 일이 있긴 있었나 보네."

그녀의 말에 나는 가벼운 한숨을 내쉬었다.

무슨 일이라……

생각해 보면 말이라는 건 상당히 우스운 것이다.

정말 슬픈 일이 생겼다면 모를까(가령 누군가가 돌아가셨다거나), 나처럼 싫어하는 녀석에게 언짢은 소리를 들은 경우 '무슨 일'이 있었냐고 요약해서 질문하면 그걸로 모든 질문은 가능하지만 '무슨 일'에 대한 대답은 하지 못한다.

내게는 정말 싫은 일이지만 듣는 상대에게 있어서는 별일 아닐 수도 있으니까. 내가 받아들이는 그 '무슨 일'이 상대가 납득할 수 있을 정도로 나와 똑같은 무게가 될 수 없는 이상은 말이다.

"그냥 누구는 하고 싶어도 뒤에서 삽질이나 하는데 어떤 녀석은 그다지 하고 싶은 생각도 없으면서 너무 잘하길래 속이 뒤틀린 거야."

진지하게 듣고 있던 그녀가 나의 머리 위로 손을 올렸다.

"이봐, 너 아직 클려면 한참 멀었다. 그렇게 옹졸해서 어떻게 살래?"

"응?"

"그런 놈들은 그런 놈들대로 열심히 해보라고 그래. 어차피 뻔한 놈들인데. 난 재능이라면 오히려 네 쪽이 더 있는 것 같은데?"

"…위로냐?"

"위로? 위로할 일이 있긴 있었냐? 재능이란 건 열의야. 얼마나 거기에 푹 빠져 있는가 하는 마음이라구. 그 녀석은 너만큼 글을 좋아하지 않잖아. 그냥 남들이 치켜세워 주면서 상장 나부랭이나 쥐어주니까 자기가 정말 뛰어난 줄 알고 재주나 부리는 어리석은 곰 같은 놈이지. 그런 놈들은 나중에 상실감이나 허무감에 빠지게 되어 있어. 슬럼프의 무덤에 푹 빠져서 헤어나지 못한 채 결국은 펜대 놓게 되어 있다구."

"너… 의외로 무서운 성격이구나. 아주 저주를 퍼붓지 그러냐?"

"하하핫, 아무튼… 넌 누가 인정해 주든지 그렇지 않든지 어차피 하고 싶은 것을 찾은 마당에 꽁지 빼고 도망가진 않겠지? 다들 반대하는 길 네가 좋아서 뛰어든 거 아냐. 그런 마음에… 너만의 글을 쓰고 싶다는 생각이면 충분해. 타인이 인정하는 잣대의 재능? 상장 나부랭이 같은 거 쥐어주면 우쭐하는 그런 재능? 그 딴 거 아까의 곰 같은 놈한테나 쥐버리라고 해. 재능도, 승산도 난 네 쪽이 훨씬 위라고 생각해. 알아들었으면 얼른 글이나 쓰러 가, 이 청승맞은 아줌탱이야!"

남주는 나의 등을 '짝' 소리가 나도록 치고는 일어나라고 떠다밀었다. 자신의 스케치북을 다시 올려 세우는 폼이 일부러 기운이 빠져 보이는 나를 발견하고는 그러다 말고 여기까지 온 것이라는 생각이 들자 그녀의 마음 씀씀이가 너무나도 고맙게 느껴졌다.

"고마워. 종종 이용해 먹을게, 네 카운셀링."

"시꺼. 그림 그릴 거니까 얼른 가. 방해 말구."

"야멸차긴……. 열심히 해. 방해자는 이만 퇴장할게. 안녕!"

"일일이 시끄럽긴……. 오후에 네 방에 놀러 갈 테니까 카운셀링 요금으로 맛있는 거나 내놔!"

그녀는 이미 서서히 멀어져 가고 있는 내 뒤통수에 대고 목청껏 소리쳤다. 그런 남주의 목소리가 어렴풋이 들려오자 나는 조금 전보다 한결 가벼운 발걸음으로 기숙사를 향해 기분 좋게 한 발짝 한 발짝 속도를 올렸다.

"어? 벌써 왔네."

빈이가 침대 위에 엎드려서 무언가를 열심히 말하고 있는 것을 보며 내가 말을 걸었다.

"왔어? 난 수업이 어떻게 된 건지…… 교수님이 레포트만 잔뜩 안겨주고는 가버리셔서 그냥 와버렸지 뭐."

"오호? 수업에는 성실한 빈이 양께서?"

"수업에는 그렇지. 수업에는……."

"흐응, 그래? 그래서 지금 레포트 중인 거야?"

나의 계속되는 질문에 그녀는 귀찮다는 듯 손을 휘휘 저었다.

"응, 난 이번 주제를 '어떻게 하면 원고를 피해 도망치는 작가를 빨리 잡아서 원고를 시킬 수 있나' 로 잡았거든. 그래서 뭐… 그런 거 작성하고 있어."

"…난 너 같은 담당 안 만나길 바란다."

"이거 왜 이래? 나도 너 같은 뺀질이 작가는 꿈에서라도 만나고 싶지 않다구."

빈이는 농담조로 한마디 던지고는 또다시 손에 들고 있는 기계에 대고 중얼거리기 시작했다.

말만 하면 자동으로 레포트가 이미지로 작성되는 프로그램을 실행시킨 것이다. 이것은 4년도 더 된 구형이긴 하지만 가격도 저렴하고 학생들이 쓰기에 별 불편함이 없는 프로그램이기 때문에 아직도 널리 애용되고 있는 제품이기도 했다. 아무튼 그런 그녀를 뒤로하고 나는 석진 선배에게서 받은 프로그램을 꺼내 들었다.

"어? 그거 뭐야?"

빈은 언뜻 보기에 내가 무언가를 꺼내자 먹을 것이라고 생각했는지 눈빛을 반짝거렸다. 나는 짧고 간단한 말로 그런 그녀의 기대를 져버렸다.

"먹을 거 아냐. 석진 선배가 준 프로그램."

"뭐?!"

"프로그램 실행!"

"야, 그런 위험한 물건 받아오지 말랬잖아!!"

빈이의 절규와 함께 빛이 방을 빼곡하게 채워지며 그대로 우리들은
바닥으로 털썩 쓰러져 버렸다.

"우욱, 어지러워. 무슨 제트 코스터 타는 기분이었다니까."

"시끄러워. 이게 다 너 때문에 이렇게 된 거잖아. 지난번에는 나무
를 주제로 시를 써야 한다고 나무와 일체가 된 자신을 느낄 수 있는 프
로그램이라고 해서 나무만 보면 온몸이 철썩 달라붙게 만드는 프로그
램을 받아오더니 이번에는 또 뭐야?"

빈은 불만스러운 눈으로 주변을 두리번거렸다. 따스한 햇빛이 내리
쬐는 평화스러워 보이는 우거진 숲 속에 자신들이 서 있다는 것을 깨
달은 그녀는 별다른 위험 요소가 없다는 것에 안심했는지 가벼운 한숨
을 내쉬었다.

"하아~ 그래도 위험해 보이진 않는구나. 이번엔 또 뭐야? 대자연
속에서 감동을 느낄 수 있는 시 한 편이라도 써오래? 흐음, 안정적인
장소로 텔레포트시켜 주는 프로그램, 뭐 그런 거라도 받아온 거냐?"

빈의 말에 설아는 주춤주춤 주변을 둘러보다가 이내 흘끔 그녀의 눈
치를 살폈다.

빈은 자신이 안전하다는 것에 안심해 버렸는지 아예 땅에 철퍼덕 누
워서는 하늘을 바라보고 있는 중이었다.

이왕 이렇게 된 거 잠시나마 유유자적하게 있을 생각인 듯 여유로운
태도다.

"저… 빈이야."

설아는 조심스럽게 그녀를 불렀다.

"왜?"

"여기가 어딘지 말해도 화 안 낼 거야?"

빈은 잠시 생각에 잠긴 듯한 표정으로 고개를 갸웃거렸다.

"내용을 들어보고 거기에 따라서. 뭔데?"

"헤헤, 화내지 않는다고 약속하면 말해 줄게."

"뭐, 그러지. 약속. 이제 말해 봐."

"이거 사실은 판타지 배경 프로그램이지롱~"

설아는 장난스러운 포즈로 검지손가락을 내밀고는 손끝을 하늘을
향해 뻗었다. 그녀의 안경 속에 감춰진 두 눈동자는 결코 빈이와 시선
을 마주치지 않겠다는 듯 자연스럽게 먼 산을 향하고 있었다.

"아, 판타지 배경 프로그램~ 난 또… 뭐라구?! 판타지 프로그램?!"

"에헤헤."

"'에헤헤'가 아니잖아! 판타지 배경이라면 드래곤, 마법사, 몬스터,
그런 것들이 우글우글 나오는 거잖아! 어쩌려고 그런 걸 집에서 실행
시키냐구! 응?! 이 바보야!"

어느새 그녀는 벌떡 일어서 설아의 어깨를 잡고 마구 흔들어대고 있
었다. 자연스럽게, 아주 자연스럽게 설아의 장난스러웠던 포즈는 무너
지고 그녀는 두 손을 빈의 앞으로 내밀고 비비적거리는 행동을 취했다.
쉽게 말해서 빈이에게 싹싹 빌고 있었던 거다.

"흐잉~ 화 안 내기로 했잖아. 나도 일이 이렇게까지 커질 줄 몰랐
어. 흐잉~ 용서해 줘."

설아의 말에 빈은 비명을 지르듯 소리를 질렀다.

"으아! 난 몰라! 난 몰라!"

"난 우리가 필요한 프로그램을 준다기에 별 생각 없이 받은 건
데……."

말끝을 흐리는 설아에게 빈은 매몰차게 소리쳤다.

"우리가 필요한 건 판타지 배경 프로그램이지 우리가 배경이 되는 프로그램이 아니야!"

설아는 그녀를 진정시키기 위해 필사적으로 머리를 굴렸다.

"프로그램 종료 조건만 알면… 여기서 나갈 수 있을 거야. 그리고 판타지라고 무조건 몬스터가 나오는 판타지만 있는 건 아냐. 평화로운 판타지 같은 것도 있다구. 그러니까 너무 걱정하지 마."

"말이나 못하면 밉지나 않지. 종료 조건이 뭔지 알기는 알아?"

"아니. 그렇지만 그거야 메뉴얼 불러내면 금방 알 수 있지 않아?"

"내가 너 때문에 늙는다, 늙어! 빨리 불러내!"

"알았어, 알았어. 성질만 부리지 마. 메뉴얼 실행."

그러나 그들이 있는 숲에는 조금의 변화도 보이지 않았다.

설아는 양미간을 찌푸리며 계속 말을 이어 나갔다.

"도움말 실행. 이 판타지 배경 프로그램에 대한 설명 실행."

그러나 숲에는 별다른 변화가 보이지 않았다.

"…설마 불량품?"

빈이의 질문에도 설아는 아랑곳없이 하늘만 멍하니 바라보고 있었다.

"뭐 해?"

자신의 말이 씹혔다는 생각에 빈은 미간을 찡그리며 설아를 툭 쳤지만 그녀는 대답 대신 손가락으로 하늘을 가리킬 뿐이었다.

"그게 왜?"

"잘 안 보여?"

"뭐가?"

"자막이 닿는 부분에 한해서 햇빛 차단 프로그램 가동! 스크린화 실행! 자막의 언어화 가동!"

그녀는 프로그램에게 그렇게 명령을 내린 후 땅바닥에 편한 포즈로 털썩 주저앉았다. 빈 역시 그녀의 옆에 앉아서 하늘을 바라보자 어이없는 일이 벌어지기 시작했다.

하늘에서 웅장하고 비장해 보이는 음악이 울려 퍼지며 거대한 글자가 떨어져 내리고 있는 것이 아닌가!

'이 프로그램은 함께 모험을 떠날 4명이 모여지지 않으면 실행되지 않습니다. 잠시 기다려 주십시오' 라는 내용과는 어울리지 않는 귀여운 여성의 목소리와 함께…….

"으아아아! 위험해! 비켜! 비켜!!"

"까아아아! 비켜! 비켜! 비켜!"

"무슨 일이지? 웬 비명 소리?"

빈은 의아한 듯 고개를 갸웃거렸으나 설아는 무언가에 놀란 듯 황급히 뒤로 몸을 피하며 외쳤다.

"야! 빨리 비켜!"

"뭔데 그래? 으악!"

뭔가 수상쩍은 낌새를 눈치 채고 하늘을 올려다본 빈이는 두 여인이 무서운 속도로 자신이 서 있는 곳으로 떨어지고 있는 것을 발견하고는 놀라운 순발력을 발휘해 재빨리 몸을 옆으로 굴려 버렸다.

"으아아악!"

"까아아아아!"

약간 통통해 보이는 몸매에 오렌지색의 커트 머리를 휘날리는 남주와 그런 그녀의 등을 쿠션 삼아 비교적 안전하게 떨어진 가냘픈 몸매의 갈색 머리 소녀 가희의 출현에 설아는 눈을 크게 떴다.

"괜찮아?"

빈이 하늘에서 떨어진 그들을 향해 조심스럽게 묻자 그녀들은 좀 겸연쩍은 미소를 지어 보이며 자리에서 벌떡 일어나 옷에 묻은 먼지를 털어냈다.

"당연히 괜찮지. 정신체니까 이 정도로는 타격 안 받아. 음하하하핫!"

"정신체라구?"

빈이 의아한 듯 다시 되묻자 그런 것도 몰랐냐는 듯 그녀는 자신의 커다란 눈을 더 크게 떴다.

"그럼 석진 선배가 육체까지 같이 보낼 정도의 천재라도 되는 줄 알았냐?"

"그런 건 아니지만… 허어억! 뭐야? 그럼 현실 세계에 있는 우린 어떻게 되는 거야?!"

순간 하늘에서 아까 설아가 불러낸 메뉴얼이 가동되기 시작했다. 예의 웅장하고 비장한 음악과는 전혀 어울리지 않는 여성의 목소리도 울려 퍼졌다.

—이 프로그램에 더 이상 사람들이 들어올 수 없도록 정신체의 입구를 폐지하겠습니다.

"어, 뭐야? 왜 멋대로 동작을 한다는 거지? 난 명령을 내리지 않았단 말이야."

—이 프로그램은 4명이 모이면 강제 실행됩니다.

메뉴얼은 친절하게 그녀의 말에 대답하고는 몇 가지의 규칙을 그녀들에게 알려주었다.

—잘 기억해 두십시오. 이 프로그램은 다른 프로그램과 달리 강제

규율이 존재합니다. 첫째, 이야기의 실행자인 설아님께서 이야기를 종료시키기 전까지는 자의든 타의든 아무도 이 세계에서 빠져나갈 수 없습니다. 둘째, 정신체로의 여행이기 때문에 모든 것은 마음먹기에 달려 있습니다. 즉 죽음도, 상처도, 아픔도 모든 것은 여러분의 마음먹기에 달려 있다는 겁니다. 셋째, 이야기는 정통성과 창의성이 인정되어야만 끝이 납니다. 그럼 당신들이 규칙을 지키는 것인가에 대한 감시자를 붙여 드리죠. 뮤!

프로그램이 뮤라고 외치자 어디선가 갑자기 '뮤! 뮤! 뮤!' 하는 괴성이 들려왔다.

순간 일행은 침을 꿀꺽 삼키며 긴장된 표정으로 소리가 나는 방향을 살펴보았다.

몬스터라도 나오는 걸까?

뮤! 뮤! 뮤!

자신의 몸체 반 정도를 덮어버릴 만한 리본을, 그것도 땡땡이 무늬의 리본을 매고 슬라임 두 개를 가로 반듯하게 엎어놓은 듯한, 아니지, 몸체 쪽이 좀 더 컸으니 균일한 크기의 슬라임이라고는 할 수 없겠지만 아무튼 요점은 다리 없는 슬라임덩어리로 보이는 무엇인가가 통통 튀면서 그들에게 다가오고 있다는 사실이다.

"이거… 뭐죠?"

가희가 떨리는 손으로 정체불명의 생명체를 가리키자 프로그램은 기다렸다는 듯 그녀의 질문에 답했다.

"당신들의 감시자입니다."

빈은 대뜸 그 뮤라는 것을 거꾸로 잡아 들어 올렸다.

뮤! 뮤! 뮤!

뮤는 버둥거리며 빈이의 손에서 벗어나려고 몸부림쳐 댔지만 그녀가 그렇게 호락호락할 리 없었다.

"야! 도마랑 칼 있어?"

"그런 게 있을 리 없잖아. 왜?"

설아의 질문에 그녀는 사악해 보이는 미소를 지었다.

"짜증나는데 회 쳐 먹고 치우자!"

"그거야 상관없는데 혼자 먹을 거지? 미리 이야기해 두지만 난 그런 불량 식품은 먹고 싶지 않아."

졸지에 불량 식품이 된 뮤는 얼굴의 절반을 차지하는 커다란 눈에 잔뜩 겁을 집어먹고는 눈물을 글썽이기 시작했다.

뮤우! 뮤! 뮤뮤뮤우!

"그만 해. 불쌍하잖아."

가희가 정색을 하고 빈에게서 뮤를 빼앗아 들었다. 그리고는 배시시 웃으며 뮤의 머리를 쓰다듬었다.

"전부터 이런 애완 동물 하나 길러보고 싶었어."

"어이! 어이!"

설아가 말도 안 된다는 듯 손을 휘휘 저었지만 가희의 귀에는 그런 소리도 들리지 않는 듯했다.

"우후훗, 그런데 이거 굴려봐도 될까? 꽤나 잘 굴러가게 생겼는데."

"이봐! 이봐!"

설아의 목소리가 조금 더 커졌지만 그녀의 귀에는 여전히 들리지 않는 듯 자기만의 세계로 푹 빠져 버린 가희였다.

"어? 그런데 이거 이제 보니까 리본이 삐뚤어졌네. 내가 바로 매줄게."

"그러니까 그건 애완 동물이 아니라 감시자라니까."

"뭐 어때? 본인들만 좋으면 됐지."

남주가 무심하게 말하자 설아는 모르겠다는 듯 어깨를 한번 으쓱해 보이며 프로그램을 향해 질문을 던졌다.

"할 말은 이걸로 끝?"

—아닙니다. 당신들의 속성을 나누어야 이야기가 시작되지 않겠습니까? 먼저 이야기의 실행자이신 설아님 당신이 이 이야기를 이끌어나가야 하기 때문에 당신은 언어의 마술사로서의 속성이 주어지게 됩니다. 이곳에서 언어의 마술사란 당신밖에 없다는 것을 기억해 주시고 무리한 이야기의 진행은 자제해 주시는 것이 이야기 진행을 원활하게 만들어줄 것입니다.

설아는 고개를 갸웃거리며 생소한 단어를 들었다는 듯 되물었다.

"언어의 마술사라니? 마법사라면 잘 알고 있지만… 언어의 마술사? 그런 것도 있나?"

—그것은 임의로 붙여진 이름입니다. 이야기를 만들어가는 자로서의 호칭이죠. 지금부터 당신의 말은 그대로 이 세계에 반영되어 흐름을 만들어가는 것입니다.

프로그램의 설명에 설아는 음침한 미소를 지었다.

"호오, 그렇다면 내가 이 세계의 신이라는 거군. 하긴 누구나 자신이 쓰는 이야기에선 신이 되는 법이니까 내가 만드는 거라면 당연히 이 정도 옵션은 붙어야 쓸 맛이 나지. 우후후후."

"이봐, 이봐, 좀 봐줘. 이런 녀석 믿고 이야기 끝날 때까지 어떻게 계속 가라는 말이야? 이 녀석, 상당히 책임감없고 근성은 비굴하기까지 하다구. 또 게으름은 어떻고. 막말로 한참 이야기해 나가다 스토리 조금 안 풀린다 싶으면 '나 안 해, 나 안 해!'를 연발할 텐데 만일 그러면 우린 어떻게 되는 거야?"

빈이가 불만스럽다는 듯 설아를 노려보며 툴툴거리자 프로그램은 곤란하다는 말투로 그녀의 말을 받았다.

―일단 언어의 마술사가 이야기를 끝내야만 나갈 수 있다는 것이 원칙이기 때문에 이야기가 끝나지 않으면 나갈 수 없을 겁니다. 모든 것은 언어의 마술사 선택에 달린 것이죠.

"우아아아! 그런 게 어딨어? 이런 구리구리한 녀석을 따라다니란 말이야?!"

"시끄러워. 정말… 이 녀석 입부터 어떻게 막아버리는 방법 없을까?"

남주가 빈이의 괴성에 귀를 틀어막으며 인상을 찡그리자 난처한 표정으로 바라보고 있던 가희는 말리기 위해 그들의 어깨를 툭툭 쳤다.

"저기… 남주야, 빈아."

가희의 말리는 듯한 목소리에도 아랑곳없이 그녀들은 언성을 높여댔다.

"누가 시끄럽다는 거야?"

"아무튼 이야기 빨리 진행시켜서 밖으로 나가기만 하면 되는 거잖아. 그런 걸 네가 괴성이나 꽥꽥 질러대니까 설명도 못 듣고 있는 거 아니야?"

"괴성은 누가 질렀다고 그래?!"

"저기… 여기 좀 볼래?"

"그럼 내가 질렀냐? 내가 질렀어?"

험악해져 가는 분위기를 수습해 보려고 가희는 어떻게든 둘 사이에 끼어들려고 애를 썼다.

"저어기… 그러니까 내 말 좀 들어봐."

"그럼 내가 먼저 했다는 거야?"

"우우, 너무해. 설아야~"

가희는 계속해서 자신의 말이 씹히자 쪼르르 설아에게 달려와 좀 말려보라는 듯한 표정을 지어 보였다.

"하아, 그래그래. 좀 조용히 하고 설명 좀 듣자, 응?!"

설아가 버럭 소리를 지르자 말다툼은 멈췄지만 여전히 서로를 노려보기 바쁜 그녀들에게 설아는 긴 한숨을 내쉬었다.

"가희가 중간에서 난처해하는 거 보이지도 않나?"

"이게 다 누구 때문이더라?"

빈이가 팔짱을 끼며 원망스런 눈길로 설아를 바라보자 그녀는 태연스럽게 시선을 하늘로 올렸다.

"자! 자! 조용해졌으니까 마저 설명해 보라구."

"약삭빠르게 그렇게 빠져나간다 이거지?"

설아의 말에 따라 프로그램은 잠시 멈춰 있던 말을 이어 나갔다.

—나머지 분들은 자신이 선택할 수 있는 권리를 드리겠습니다. 참고로 설명해 드리자면 무엇을 선택하든지 처음부터 능숙하진 못할 테니 충분히 적응을 하고 나서 이야기를 시작하시는 것이 편하실 겁니다.

"자신이 선택할 수 있는 권리라면 마법사든 전사든 뭐든지 상관없다는 거죠?"

재밌겠다는 표정으로 눈을 반짝거리는 가희의 질문에 시큰둥한 표정을 짓고 있던 빈의 눈도 호기심으로 빛나기 시작했다. 현실에선 불가능했던 것들이 말만 하면 이루어진다니 잘만 하면 꽤 재밌는 시간을 보낼 수 있을지도 모른다는 생각에서인지 남주마저 내심 관심있다는 표정을 지어 보였다.

―물론입니다. 마법사가 되길 원하신다면 마법사가 되기 위해 필요한 조건을, 전사가 되길 원하신다면 그에 상응하는 조건을 만들어 드리는 것이 제 사명입니다. 한번 결정된 속성은 제 힘으로는 바꿔 드릴 수 없으며 제가 사라진 뒤에는 이야기가 끝나기 전까지 설아님께서 부르신다 하셔도 응답하지 않도록 프로그램되어 있습니다. 신중하게 선택하십시오.

"호오, 난 전사가 좋겠어. 이 기회에 스트레스나 확 풀어보지 뭐."

손가락 마디마디를 꺾으며 우드득 소리를 내는 빈.

"마법사가 좋겠네요. 예전부터 하늘을 난다거나 워프를 해보고 싶었는데 잘됐어요."

생긋 미소를 지으며 뮤를 쓰다듬는 가희.

"엑? 가희가 마법사를 하겠다고? 흐음, 사실 나도 마법사를 하고 싶었는데 한 파티에서 마법사가 둘씩이나 있으면 뭣하니까… 힘쓰는 건 별로고. 흐음, 소환사 정도면 무난하겠지."

"마법사나 소환사나 그게 그거지."

빈이 빈정거리자 남주는 그렇지 않아도 큰 눈을 더욱 크게 뜨며 언성을 높였다.

"무슨 소리야. 마법사랑 소환사가 왜 그게 그건데?!"

신중하게 선택하라는 프로그램의 말은 다들 귓등으로 흘려버린 듯 프로그램의 설명이 끝나기가 무섭게 자신이 원하는 것을 말했다. 또다시 티격태격거리는 그녀들을 보며 설아는 가벼운 한숨을 내쉬었다.

"하아, 설명은 그것으로 끝?"

―네. 어쨌거나 이야기는 설아님께서 진행시키는 것이니 더 이상의 간섭은 원하지 않으시겠죠?

"이 정도로 충분해. 보나마나 이것 외에도 제약은 잔뜩 있을 테니까.

안 그래?"

설아의 차가운 말투에 프로그램은 상냥한 목소리로 질문했다.

—무엇 때문에 그렇게 생각하십니까?

"그거야 이 세계에서 나오려면 내 이야기가 앞에서 말한 정통성과 창의성이 있어야 한다며? 그렇다는 것은 내 이야기가 정통성과 창의성이라는 기준에 의해 평가를 받는다는 말이고 평가 미달이면 그 이야기는 휴지통 어딘가로 처박혀 버려진다는 거겠지. 보나마나 그런 건… 이야기 자체가 새로 시작된다는 거 아니겠어? 그것부터가 가장 큰 제약이지. 게다가 100% 자유로운 글은 없거든. 깐깐한 교수님의 수업 덕분에 깨달은 거지. 자유로운 형식이 어쩌고저쩌고 해도 형식이니 무형식이니 하는 것부터가 형식이잖아?"

설아는 차가운 목소리로 질문했지만 프로그램은 그녀에게 적절한 대답을 들려주지 못했다.

—당신의 말은 제 데이터에 등록되어 있지 않습니다.

화면 전체가 오류를 알리는 경고문으로 채워지자 씁쓸한 표정으로 고개를 끄덕이던 설아는 문득 뭔가가 생각났는지 또다시 프로그램을 향해 질문했다.

"혹시 석진 선배와 연락할 수 없어?"

—불가능합니다. 이 프로그램은 연결 기능이 없습니다.

"하아, 그럼 체감 시간 조절 프로그램은?"

—설정은 실제 시간으로 한 시간이 경과되면 이야기 내의 시간으로는 하루가 경과되도록 되어 있습니다만 설정을 바꾸시겠습니까?

설아는 살짝 미간을 찡그렸다.

"한 시간당 하루라……. 얼마나 걸릴지 알 수 없으니 일 초당 하루로 설정 가능해?"

—네, 가능합니다.

"그럼 부탁해."

—체감 시간 한 시간당 하루에서 일 초당 하루로 설정이 바뀌었습니다.

"에? 그렇게까지 할 필요가 있을까? 물론 시간이야 적게 들면 들수록 좋지만… 그렇게 빡빡하게 설정하면 사실감이 떨어질 텐데……."

남주의 아쉽다는 듯한 말투에 빈은 낮게 목소리를 깔았다.

"게임 마니아 아니랄까 봐……. 사실감이 중요해, 현실이 중요해?"

"시비 걸지 마. 넌 왜 툭하면 날 못 물고 늘어져서 안달이야?"

"내가 언제?"

어쩐지 빈과 남주, 이 두 사람이 부딪치기만 하면 불꽃이 튀는 듯한 느낌에 가희는 이 이야기가 그다지 순조롭지만은 않을 거라는 느낌이 들었다.

—그럼 전 이만, 즐거운 모험 되시길…….

프로그램의 작별 인사가 끝나자 그녀들의 주변에서는 평화로운 숲속임을 주장하듯 간간이 새소리까지 들려왔다. 변한 것이라면 바스타드 소드를 땅 끝에 꽂아 간신히 갑옷 무게를 버티고 있는 빈과 후드를 뒤집어쓴 채 어리둥절한 표정을 짓고 있는 가희, 그리고 아무것도 쓰여 있지 않은 두꺼운 책을 들고 당황하는 남주 정도?

"저… 설아야, 갑옷이랑 검이라는 게 원래 이렇게 무거운 거냐?"

말하는 동안에도 투구의 무게를 이기지 못해 저절로 빈의 고개가 숙여지는 것이 그것을 보고 있는 사람조차도 힘겹게 느껴졌다.

"저 프로그램이 뭔가 착각한 거 아냐? 여자애가 무슨 바스타드 소드를 쓴다는 거야? 하아. 너 칼, 창, 활 중 뭐가 좋아?”

“칼.”

“그럼 가벼운 거랑 폼나는 것 중에 뭐가 좋아?”

설아의 질문에 그녀는 한숨을 내쉬었다. 성격대로 하자면 곧 죽어도 폼나는 것이지만 지금의 상황에서는 적어도 그 폼나는 것이라는 게 자신이 휘두르고 걷는다든지 뗀다든지 하는 움직임이 자연스러울 수 있는 무게가 아니라는 것쯤은 짐작하고도 남았다.

“…가벼운 거.”

눈물을 삼키며 대답하는 빈을 보며 설아는 피식 미소를 지었다.

“일단 레이피어와 망고슈 두세 개면 되겠지. 투구는 지금 필요할 것 같진 않고.”

그녀의 말에 따라 빈의 상태가 척척 변하는 것을 가희는 내내 눈을 크게 뜨고 신기하다는 듯 바라보았다. 가희의 품에서 벗어난 뮤는 주변을 통통거리며 정신 사납게 튀어댔다.

설아는 그런 뮤에게 살짝 눈을 흘기고는 난감한 듯한 목소리로 입을 열었다.

“갑옷은 나도 별로 아는 게 없는데……. 내가 아는 갑옷은 필드 아머라고 해서 50kg짜리나 플레이트 아머라고 18~25kg은 거뜬히 나가는 것들뿐이거든.”

“25kg?”

머리가 가벼워진 것은 좋지만 정작 갑옷의 무게는 그대로인데 검은 탄력 좋게 옆으로 휘어져서 들고 있는 사람이나 보는 사람을 불안하게 하고, 친구라는 것 입에선 25kg이니 50kg이니 등골 휘어지는 소리만 골라서 내뱉으니 빈의 눈이 뒤집힐 만했다. 마침내 참다못한 빈의 입에선 뿌드득 하고 이 갈리는 소리가 새어 나왔다.

"윤, 윤설아!!"

원망이 가득 찬 눈에 난처한 표정으로 가희에게 도움을 요청한 설아는 '나도 아는 바가 없어' 라는 듯한 눈빛에 식은땀을 흘릴 수밖에 없었다. 맞아 죽지 않으려면 최대한 머리를 굴려야만 했다.

"클로스 아머 상의만 입으면… 폼은 안 나지만 요는 가벼우면 되는 거 맞지?"

"응! 겉으로 보일 만한 갑옷이면 다 좋으니까 빨리 해."

망설이는 듯한 설아의 질문과는 달리 빈은 한 치의 망설임도 없이 단호하게 대답했다. 그 대가로 순식간에 10㎏ 이상의 무게가 사라져 버리자 그녀는 이제야 살 것 같다는 표정으로 안도의 한숨을 내쉬었다.

"휴~ 진작에 이렇게 해줬음 좀 좋아?!"

"그런데 설아야, 클로스 아머는 겉에 입는 갑옷이… 읍!"

설아는 재빨리 가희의 입을 막으며 미소를 지었다.

"그야 디자인은 나쁘지만… 그럭저럭."

클로스 아머는 천으로 된 갑옷으로 무기에 대한 직접적인 방어는 못하지만 타격 무기로―예를 들면 곤봉이라든가―인한 충격을 어느 정도 완화시켜 주는 역할을 하기에 인기가 높았다.

"그런데 말이야, 이건 뭐 하라는 거냐?"

남주는 아직도 어이가 없다는 듯 책장을 펄럭거리며 이것이 모두 백지임을 확인시켰다. 책은 현 시대에도 소량이긴 하지만 계속 발매되고 있는 탓에 친숙하긴 하지만 문제는 이것이 백지라는 것이다.

소환사라면 필요 조건이 백지라는 것인가?

"…이거 설마 불량품?"

설아는 식은땀을 흘리며 뮤를 바라보았지만 뮤는 뭐가 그렇게도 신나는 것인지 정신없이 뛰느라 일행에겐 눈길조차 주지 않는다.

"그런데 설아는 왜 그대로야? 사실 이야기 진행자라면 제일 화려할 법도 한데……"

가희의 말에 다들 동의하듯 그녀를 의아한 눈으로 바라보았지만 그녀라고 별 뾰족한 대답이 있는 것은 아니었다.

"이게 판타지 프로그램에서는 제일 튀나 보지."

궁색한 대답이었지만 의외로 설득력은 있었는지 일행은 저마다 고개를 끄덕여 보일 뿐 별다른 토는 달지 않았다.

'다른 건 그럭저럭 참겠는데… 저 존재감없는 녀석을 매번 챙겨 다녀야 하는 건가?

뮤는 자신을 바라보는 설아의 시선을 느꼈는지 냉큼 가희에게 안겨 땡청을 부렸다.

뮤! 뮤!

가희의 품에 안긴 채 끙끙거리고 있는 뮤를 보며 설아는 가벼운 한숨을 내쉬었다. 자신들의 감시자랍시고 따라붙게 된 이 뮤라는 존재에 대해서는 그다지 신경 쓰고 싶지 않았지만 묘하게 거슬리는 부분이 있었다.

감시자라는 존재야 처음부터 환영받을 만한 존재는 아니지만 저 긴장감없는 생김새는 뭐냔 말이다. 할 줄 아는 말이라고는 오로지 '뮤' 밖에 없으니 저 녀석이 무슨 생각을 하는지도 알 수 없거니와 팬시 상품으로나 만나볼 수 있을 것 같은 동굴동글한 슬라임덩어리를 감시자라고 던져 준 의도를 설아로서는 알 수가 없었다.

뮤!

뮤는 가희의 품에서 빠져나오길 포기했는지 다시 한 번 축 늘어져 버렸고 그런 녀석을 귀엽다는 듯 쓰다듬고 있는 가희에게 설아는 다시 한 번 가벼운 한숨을 내쉬었다.

어쨌거나 일행에게는 그 귀여움으로 환영받고 있는 듯이 보였기에……

'겉으로 보이는 외형이 어떻든 저 녀석은 감시자잖아.'

내키지 않는 일이긴 했지만 앞으로 뮤와 함께 다니게 될 거라는 것도 일행은 순순히 받아들이고 있는 눈치였다.

'아아, 한심해. 내가 저런 거나 보고 신경 쓰고 있을 때가 아니잖아.'

빈은 그런 설아의 생각을 읽기라도 한 듯 그녀의 어깨 위로 손을 올렸다.

"자, 이제 뭐든지 이야기 좀 만들어봐."

빈의 말에 설아는 난감한 표정으로 한숨을 쉬었다.

"하아, 그렇게 말한다고 이야기가 갑자기 하늘에서 뚝 떨어지진 않아. 일단 세계관을 정해볼까? 주변의 자잘한 나라들은 필요없고 이노르, 임플란드, 슬란드라는 3개의 강대국 중심으로 돌아가는 세계에 왕이 절대 권한을 갖는 걸로 해두지. 주제는 말해 버리면 재미없으니까 일단 조용히 있을래. 자, 이건 너희가 선택해 봐. 우리들은 이야기의 중심에 있어볼까, 관찰만 하는 걸로 할까?"

너무나 쉽게 묻는 그녀의 태도에 자신의 말이 곧 현실이 된다는 실감 같은 것은 느껴지지 않았고 그녀에게 돌아오는 대답 역시 그랬다.

"중심에 있는 게 재미있을 거 같은데."

모든 것은 이 무책임한 그녀들의 말에 의해 시작된 것이다.

누가 저 입 좀 막아라

"자, 그러고 있지 말고 빈이는 검이라도 좀 휘둘러 보고 너희들도 뭔가 그걸 써먹을 수 있는 연구 좀 해봐. 혹시 아냐? 오늘 안으로 우리가 이 이야기의 주인공과 만나게 될지."

설아는 대강의 이야기를 완성시킨 듯 손에 들고 있던 스토리 이미지 머신을 내려놓았다. 일행은 그녀가 이곳에서 처음 만났을 때만 해도 아무것도 들고 있지 않았다는 것을 기억해 내고는 눈을 동그랗게 떴다. 언어의 마술사인지 마법사인지 그게 좋긴 좋구나 하는 생각을 하며.

"뭐 해? 그냥 이야기 진행시켜도 되는 거야?"

설아의 말에 그제야 빈은 검을 꺼내보았다. 175cm가 넘는 키임에도 '스르릉' 하는 차가운 금속성의 마찰음은 그녀의 마음이 움츠러들도록 만들기에 충분했다. 바스타드 소드에 못 미치는 무게지만 진검의 존재감은 무시할 수 없는 감촉으로 다가왔다. 어릴 때부터 럭비니 레슬링이니 하는 운동을 좋아하는 남자 형제들에게 둘러싸여 자란 빈은 배짱 하나만큼은 누구에게도 뒤지지 않을―설령 그것이 남자라 해도―자신이 있었다.

그녀는 다시 마음을 가다듬고 가볍게 검을 휘둘러 보았다.

휘익―

바람을 가르는 날카로운 느낌이 그리 나쁘지 않았다.

"그러고 보니 마법에는 주문이라는 게 있었지?"

소설가 양성반의 학생답게 가희 역시 판타지에 대한 지식이 풍부했다.

마법사란 분명히 멋있는 직업임에는 틀림없었다. 파이어 볼이라든가 워프라든가 매력적인 마법을 쓸 수 있는, 그야말로 판타지 세계가 아니고서야 경험할 수 없는 것이니 말이다. 그러나…….

"주문도 주문이지만 마나 체계를 알고 있어야 한다고 했었지?"

설아의 질문에 그녀는 고개를 끄덕거렸다.

"응."

"그러니까 원리를 알지 못하면 내가 파이어 볼이니 일렉트릭 볼트니 하는 걸 외쳐 봤자……."

계속해서 이어지는 설아의 설명은 가희를 더욱 혼란스럽게 만들었다.

"소용없다는 거지. 게다가 그 원리를 깨우치기 위한 건데 주문은 좀 길겠어? 그렇다고 아브라카타브라나 수리수리 마수리 같은 걸 외칠 수도 없는 노릇이고……."

설아의 말은 남주나 빈이가 듣기엔 피식 웃음이 나올 정도였지만 당사자인 가희에겐 확인 사살이었다. 프로그램이 사라졌으니 속성 역시 바뀔 리 없었다.

"어, 어떡하지?"

당황한 가희는 설아를 향해 질문했지만 그녀는 별다른 해답을 갖고 있지 못했다.

"일단 뭐든 해봐."

남주의 말에 가희는 가장 보편적인 시동어를 외쳤다.

"파이어 볼."

그녀의 작은 목소리는 더욱더 작아져 모기만한 소리가 되어 귀를 기울여야 간신히 들릴 정도였다.

"조금 더 크게 해봐."

"파, 파이어 볼!"

얼굴까지 빨개져서 외친 주문이었지만 주변은 잠잠했다.

"역시 무리인가?"

남주는 머리를 긁적이며 백지 책을 바라보았다.

"빈에겐 갑옷과 검의 실제 무게가, 가희에겐 마법사로서의 천재성이 요구되었다는 건 나도 이 백지에 뭔가를 하라는 뜻이겠지?"

"일단 남주 네 경우는 좀 더 생각해 보고 가희는 아무래도 속성을 바꿔야겠다."

"그거 못 바꾼다고 그러지 않았나?"

"프로그램이 못 바꾼다는 소리고 내가 못 바꾼다는 소리는 아니잖아? 이번에는 뭐로 할래? 비교적 쉬운 걸로 고르는 게 좋을 텐데……."

설아의 말에 가희는 조금 고민하는 듯하더니 이내 결심했다는 듯 고개를 끄덕였다.

"프리스티스, 성직자가 좋겠어."

그녀의 말에 설아는 생긋 미소를 지었다.

"뭔가 빠뜨렸다 했더니 종교 설정을 안 했네. 분쟁이니 뭐니 휘말리면 귀찮으니까 그냥 유일신으로 가자. 신 이름은 쉴드로 하고 모티브는 정의라고 할까? 너무 평화로운 건 시시하니까 몬스터는 있어줘야겠어."

신난다는 듯 줄줄 배경을 읊어대는 설아를 툭툭 건드리는 가희.

"그러니까… 난 성직자, 음, 프리스티스 맞는 거지? 내가 섬기는 신은 쉴드고 말이야."

그녀의 말에 설아는 잠시 움찔거렸다.

"가희야, 혹시 너 믿는 종교가……."

"아니아니, 괜찮아."

"하긴 신도 쪼잔하게 이런 거 가지고 화내진 않으시겠지? 정 안 되면 내가 아부해 줄게."

"아부? 뭐라고 해줄 건데?"

가희의 질문에 그녀는 가희의 어깨에 손을 올리며 하늘을 올려다보았다.

"당신은 진정으로 예술을 이해하는 분이십니다… 라면 껌뻑 넘어가지 않을까? 예술이라면 다들 좋아하니까. 하하."

"음, 설아야, 그건 좀 아니다."

가희가 고개를 흔들자 설아는 의아한 듯한 표정으로 고개를 들었다.

"응?"

"문학으로 바꾸자."

"문학?"

"그래, 당신은 진정으로 문학을 이해하는 분이십니다라고."

가희의 포즈가 어느덧 설아와 똑같아지자 서로 으르렁거리던 남주와 빈은 이때만큼은 마음이 척척 맞아떨어졌다.

설아, 네가 또 멀쩡한 사람 하나 버려놓는구나라고.

설아는 그런 그녀들의 시선도 아랑곳하지 않고 기어이 가희의 승낙을 받아내고야 말았다.

"쉴드의 프리스티스. OK?"

"응, 프리스티스도 괜찮을 것 같아."

가희의 허가가 떨어지자 시커먼 로브는 회색의 원피스로 바뀌었다. 발목까지 내려오는 긴 치마가 조금 불편하지 않을까 싶었지만 차분한 이미지의 그녀에겐 프리스티스 역시 잘 어울리는 직업이었다.

"대충 해결된 건가? 남주는 어쩔래? 소환사 계속 할래?"

"내 건 단서가 있으니까. 정 할 수 없다 싶으면 그때 바꾸지 뭐."

"그럼 일단 주변에 마을이 있나 좀 찾아볼까?"

설아의 제안에 일행은 주변을 살피며 길을 찾았다.

행여나 인위적으로 만들어진 길이 있다면 그곳에는 십중팔구 사람이 있을 테니 말이다.

"어디로 갈까? 어쨌거나 이건 네 이야기니까 네 결정에 맡기지. 어디로 갈까?"

그다지 길이라고 할 만한 게 보이지 않자 자연스럽게 해결사가 되어버린 설아에게 시선이 집중되었다. 그러나 그녀는 별로 미덥지 않게도 피식 미소를 지으며 어깨를 으쓱거렸다.

"말씀은 그렇게 하셔도 전 길치인데요."

"어차피 다들 처음 가는 길인데 길치든 뭐든 똑같으니까 상관없어. 어디로 갈래?"

빈의 질문에 그녀는 잠시 눈을 감았다.

"그렇다면 위쪽으로 가볼까?"

"위쪽? 오르막길인데 괜찮겠어? 힘들 텐데⋯⋯."

평소 산행을 즐겨 하는 빈은 걱정스럽다는 듯한 시선으로 체력이 형편없어 보이는 글쟁이들을 바라보았다. 대부분의 글쟁이들이 평소에 즐겨 하는 운동이 있다면 단연 숨 쉬기 운동이다. 그런 그들에게서 체력을 기대할 바엔 닭이 봉황으로 변하길 기대하는 것이 나을 것이다. 더군다나—시대가 어느 시대인데—아직도 원고 쓰라고 하면 침대 속에 쏙 기어들어 가서는 구시대의 유물인 펜과 종이를 꺼내—그것도 가장 바쁜 마감 기간에만—느릿느릿한 속도로 글을 쓰고 있는 룸메이트 설아만은 누가 뭐라 해도 제일 큰 걱정이 아닐 수 없었다.

"다시 생각해 봐. 내리막길이 낫지 않겠어?"

빈의 권유에 설아는 설레설레 고개를 흔들었다.

"있지, 내 길치의 감각이 자꾸 아래로 내려가라고 해서 굳이 위를 선택한 거야. 내 길치 감각이라는 게 절대적이라 반대로만 가면 절대로 길을 잃어버릴 리가 없다니까. 물론 상당히 자주 가본 거리는 종종 헷갈릴 때가 있지만 말이야."

어쩐지 그렇게 말하니 묘하게 설득력이 있었다.

설아 그녀가 한때 RPG 게임에 빠져 노가다의 여왕으로 이름을 남긴 적이 있는데 그 기록은 1년이 지난 오늘날까지 아무도 깨지 못하고 있다는 전설이 나돌고 있었다. 게임을 좋아하는 남주가 그 비결을 물으니 설아 왈, '어? 그냥 길 찾다 보니 그렇게 되던걸' 이란다.

얼마나 길을 헤매고 다녔으면 초반 맵을 간신히 벗어났을 때의 캐릭터 능력치가 막판 보스를 한 방에 보내 버리고도 남을 정도였을까. 게

임 상에서만 헤맨다면 우리는 그녀가 길치임에 대해 논할 필요가 없다.
현실에서의 그녀는 걸어서 30분 정도 걸리는 집과 떨어진 곳에서—항
상 다니던 길이 아님을 감안하더라도 두세 번은 다녀본, 단지 익숙하지 못한 길
로—집을 찾아갈 때까지는 꼬박 7시간을 투자해야 집에 도착할 수 있
다고 한다. 그녀가 주변이 좀 산만하다고는 하지만 기억력이 꽤 좋은
편임을 감안할 때 그녀야말로 길치 중의 길치, 길치의 여왕으로 등극할
만하다. 주변에서는 가희를 두고 길치니 어쩌니 하지만 가희는 정작
설아 앞에서는 자신이 답답해서라도 길 안내를 하고 말 정도라고 서슴
없이 이야기할 정도였다.
"위로 갈까, 아래로 갈까?"
설아가 선택하라는 듯 되묻자 빈은 한숨을 내쉬었다.
"못 먹어도 고라고, 네가 선택한 곳으로 가보자 일단."

그녀의 말에 시작된 산행은 벌써 두 시간째 이어지고 있었다. 땀이
얼굴과 등을 흥건하게 적셨지만 제대로 가고 있는 것인지 어쩐지조차
알 수 없는 곳에서 힘을 빼고 있자니 그렇지 않아도 힘든 길이 더욱 기
운 빠지는 길이 되고 있었다.
"잠깐만, 무슨 소리 안 들리니?"
청각이 예민한 가희가 일행을 잠시 멈추게 했다.
"무슨 소리?"
다들 나름대로 귀를 기울여 보지만 가끔씩 동물들 소리로 짐작되는
날갯짓 소리 외에 특별히 경계해야 할 만한 소리는 들려오지 않았다.
"음, 내가 잘못 들었나 보네. 아무 소리도 못 들었으면 됐어."
안도의 한숨을 쉬며 잔뜩 긴장해 있는 일행을 향해 겸연쩍은 듯 가

희는 생긋 미소를 지었다.

그녀를 따라 어색한 미소를 지으며 설아가 물었다.

"가희야, 너 무슨 소리 들었는데?"

"…뭔가 으르렁거리는 소리인데 신경 쓰지 마. 잘못 들었나 봐. 미안해."

풀이 죽은 듯한 가희의 목소리에 남주가 위로하듯 그녀의 어깨를 토닥거렸다.

"개인가? 괜찮아. 개가 사나워봤자지."

"그래그래, 여차하면 내가 쫓아내 줄게."

빈이 일행을 안심시키려는 듯 너스레를 떨어대자 설아가 그녀들의 어깨를 툭 치고는 고개를 숙였다.

"미안."

"응?"

"사실은 여기서 드래곤이라도 등장해 주면 얼마나 치명적일까 상상해 봤어."

설아의 말에 일행의 얼굴에선 핏기가 사라져 버렸다.

"설마… 그럼 이 소리가?"

가희가 통통거리고 있는 뮤를 잡아다 끌어안으며 묻는 순간 갑자기 해라도 져버린 것인지 주변이 온통 어두워졌다.

"시스템 오류인가?"

행여나 돌아갈 수 있다면 얼마나 좋을까 싶은 생각으로 무심코 하늘을 올려다본 설아는 숨이 막혀옴을 느꼈다. 그녀의 시력이 형편없긴 하지만 언뜻 비친 하늘은 한편은 분명한 어둠, 그리고 다른 한편은 구름 하나 끼어 있지 않은 청명한 하늘빛이 걸려 있었다.

"다… 들… 다들 튀엇!!"

한참을 붕어처럼 입만 뻥긋거리던 설아는 간신히 숨을 토하듯 고함을 질렀다. 그 소리에 지금까지 멀쩡하던 새까만 하늘에서 두 개의 음울한 붉은빛이 나타났고 일행은 누가 뭐라 할 사이도 없이 달리기 시작했다. 그 와중에도 흩어지지 않고 앞 사람의 뒤통수만 보고 달리는 일행을 붉은빛이 뒤따랐지만 실제로 위협을 가하거나 하지 않고 그저 일행을 뒤따를 뿐이었다. 그사이 가희의 품에 안겨 있던 뮤는 그녀의 팔 힘이 느슨해진 틈을 타 바닥으로 뛰어내렸다.

"아앗! 뮤!"

당황한 가희가 뮤를 바라보았지만 뮤는 정체 불명의 빛을 향해 달려들고 있었다. 시커먼 하늘에서 갑자기 커다란 동굴 같은 것이 생겨나더니 그것이 뮤를 향해 돌진하는 듯 보이자 일행의 표정이 딱딱하게 굳었다.

"안 돼!"

가희의 비명 소리와 동시에 빈이 몸을 날렸다. 이내 빈의 모습은 어둠 속에 잠겨 버렸고 새까만 것의 정체가 드러났다.

"삐이잇!"

"야! 저거 진짜가?!"

남주가 흥분된 표정으로 그렇지 않아도 큰 눈을 더욱 크게 치켜뜨고는 드래곤을 상대로 손가락질을 해댔다. 가상 세계에서나 보던 드래곤이 자신들을 향해 눈을 부라리는 것이 실감나지 않기는 설아나 가희도 마찬가지였다.

"젠장! 이 빌어먹을 횟감! 누가 니 마음대로 설치라던?"

모습은 여전히 보이지 않지만 자신이 살아 있음을 알리는 반가운 빈의 목소리에 일행은 도망가는 것을 포기했다. 저 거대한 덩치는 100m를 10초대에 달리는 신기록을 세운다 해도 얼굴을 조금 돌리는 정도로 자신들을 가뿐히 따라잡고 말 것이다. 도망갈 수 없다면 남은 것은 싸우는 것과 타협을 보는 것 두 가지 방법밖에는 없었다. 적어도 친구를 두고 달아나는 짓을 할 정도로 모질지 못한 세 사람에게 있어서는 말이다.

"블랙 드래곤인가? 별로 예쁘게 생기진 않았네. 헤에~ 그런데 눈은 왜 빨갛지? 충혈됐나?"

일단 냉정을 찾은 가희는 걱정스럽다는 표정으로 드래곤에게서 시선을 거둘 줄을 몰랐다. 설아는 아직까지 딱딱하게 굳어진 표정으로 어이가 없다는 듯 가희와 남주를 번갈아 바라보며 버럭버럭 소리를 질러댔다.

"어이, 어이! 저거 드래곤이야. 너무 커서 실감이 안 나나 본데 너희들은 겁도 없냐?"

드래곤을 지칭하는 말이 졸지에 '저거'가 되어버리자 드래곤은 항의라도 하는 듯 괴성을 질러댔다.

"삐이잇! 삐잇!"

뭔가 대단히 큰 소리가 날 것이라 생각한 그녀들은 잔뜩 긴장한 얼굴로 귀를 막았지만 의외로 그의 괴성은 뮤가 지르는 괴성보다 작은 소리인 듯했다. 드래곤이란 겉만 멀쩡하고 사실은 만만한 종족이었던가?

"…괜히 쫄았잖아."

저 커다란 덩치에 비해 하는 행동은 그다지 일행을 위협하려는 것 같지도 않고 그렇다고 일행을 먹으려는 것 같지도 않다. 오로지 저 시뻘건 눈동자로 일행을 쫓고 있는 것뿐이라고 판단한 남주는 겁도 없이 저 드래곤을 노려보기까지 한다.

"나… 저거 만져 보고 싶어."

순진무구한 표정으로 초롱초롱하게 눈을 빛내던 가희는 한술 더 떠서 드래곤에게 다가가려고 하질 않나, 완전히 겁이라는 녀석을 출장 보내놓은 포즈다.

"안 돼! 안 돼! 정신 차려!"

또다시 버럭버럭 소리를 지르는 설아의 목소리 뒤로 덥석 하는 소리가 들려왔다.

"우아아아!"

바로 저 드래곤이 설아를 물어 올렸던 것이다.

"꺄아! 설아야!"

화들짝 놀란 가희의 비명을 신호 삼아 간신히 달려나온 빈의 표정이 무참하게 구겨졌다.

"설아야!"

"우아아아! 나 고소 공포증 있단 말이다!"

설아는 공중에서 팔다리를 휘저어대며 꽥꽥 소리를 질렀다.

"그런 말을 드래곤에게 해봤자… 아, 아무튼 어떻게든 해볼게."

남주는 주변을 두리번거리다 짱돌을 하나 집어 들었다. 짱돌로 드래곤 치기 해봤자겠지만 일단은 드래곤이 입을 벌려야 설아가 살아날 길이 생기는 것이다.

"설마 그걸 우리 귀여운 케니에게 던지겠다는 소리는 아니겠지?"

어디서 나타난 것인지 살벌한 기운을 풍기는 20대 초반의 허리까지 내려오는 검은 머리카락을 지닌 여인이 남주의 손목을 붙잡았다.

“이거 놔!”

남주는 용기를 내서 손을 뿌리치려 했지만 여인은 보기보다 팔 힘이 좋은 듯 미동조차 없었다. 다만 긴 한숨을 쉬고는 드래곤을 향해 사랑스럽다는 듯 생긋 미소를 지어 보였다.

“케니 우리 귀여운 아기, 그런 불량 식품은 먹으면 안 돼. 뱉어.”

“삐?”

“정원을 망칠까 봐 물리력을 없애놓았더니 도대체 어디 갔나 알 수가 있어야지. 게다가 먹으려면 저기 예쁜 거나 길쭉한 걸 먹을 일이지 하필이면 탄 걸 입에 넣고 있어?! 빨리 뱉어, 케니.”

여인은 드래곤의 코앞으로 날아오르더니 살짝 인상을 찡그렸다.

“예쁜 언니, 당신도 드래곤이신가요?”

이럴 때의 비굴함은 종종 생명을 건지게 만들기도 한다.

예쁜 걸 좋아하는 설아의 ‘예쁜 언니’ 라는 발언에 당장이라도 ‘퉤’ 하라는 분위기였던 여인의 표정이 한결 누그러졌다.

“케니, 지금 당장 입에 문 거 땅에 내려놔. 뭔가 이야기가 통할 것 같은 인간이니 죽이면 안 돼.”

그녀의 말에 케니라 불리운 드래곤이 조심스럽게 설아를 바닥에 내려놓자 정체 불명의 그 여인은 가볍게 바닥으로 착지했다. 케니는 다섯 살가량의 아이로 변해 그 여인에게 안기었다(상황을 미루어 짐작하건대 케니에게 스스로 폴리모프 능력은 없는 듯했고 여인이 시켜준 것 같았다).

“넌… 쉴드의 종이 아니냐?”

가희를 발견한 그녀는 당황한 표정으로 그녀를 노려보았다.

“네?”

가희가 무슨 말을 하는지 모르겠다는 표정으로 반문하자 그녀는 가벼운 한숨을 내쉬었다.

"프리스티스가 상처 입은 자를 구경만 한다는 소리는 들어본 적이 없는데… 하아, 비교적 정상적인 태도를 보면 미르셀의 골칫덩이는 아니란 소리인가?"

그녀의 말에 설아는 자리에서 벌떡 일어나 먼지를 털어댔다.

"이런 건 침 바르면 나으니까 걱정 마세요. 전 설아라고 하는데… 예쁜 언니는 이름이?"

실제 전혀 다친 곳이 없어 보이는 설아에게 그녀는 놀랍다는 듯한 표정을 지어 보였다.

"내 이름은 세이드 스크린이야. 이 아이는 캐서린 스크린, 케니라는 애칭으로 부르고 있지."

가희는 울어서 빨갛게 충혈된 듯한 눈을 보며 시선을 맞추었다.

"설아야, 이 애 울었던 것 같은데?"

"…케니는 목소리를 도둑맞았어. 일주일 전이든가, 너희들처럼 갑자기 숲을 침범한 인간들에 의해서 귀여운 목소리를 도둑맞은 거지."

갑작스럽게 살벌해지는 그녀의 목소리에 설아는 눈을 크게 떴다.

"목소리를 훔쳐 가다니? 그런 일이 가능한가요?"

"봉인의 구슬로 케니의 목소리만 봉인한 거야. 너희는 어디에서 온 거냐? 아무런 기척도 느끼지 못했는데 쉴드의 종 때문인 건가? 나이로 보면 그다지 고위급으로 보이진 않는데……."

'어디서 왔냐고 물어도 여기가 어딘지 우리가 어떻게 알아?'

날카로운 그녀의 시선을 피해 뭔가 화제를 돌려야겠다는 생각으로 설아는 주변을 두리번거려 댔다.

"으음, 저기… 여기가 세이드 스크린 씨의 레어는 아닌 거죠? 숲이라면 보통 그린 드래곤의 서식지로 알고 있거든요."

"검은 머리카락은 임플란드에선 보기 힘든데… 슬란드 인이냐?"

그녀는 설아의 말을 가볍게 씹었다.

"흐음, 케니라고 했죠? 상당히 귀엽게 생겼는데 몇 살인가요?"

설아 역시 그녀의 말을 씹어버렸다.

"감히 내 말을 씹냐? 드래곤이 물로 보여?"

계속되는 질문 공세가 마음에 들지 않았는지 그녀는 미간을 찡그리며 잔뜩 주름을 만드는 것으로 위협해 보였지만 설아는 그런 위협이 그다지 신경 쓰이지 않는 듯 생긋 미소를 지어 보이기까지 한다.

"화난다고 설마 눈에서 레이저 빔을 쏘는 건 아니죠?"

"으아악! 뭐 저런 인간이 다 있어?!"

"여기에요."

"으아아악!"

그녀는 신경질적으로 소리를 지르고는 설아의 말처럼 눈에서 레이저라도 쏘아낼 기세로 그녀를 노려보았다.

"넌 겁도 없냐? 난 드래곤이라니까!"

"저기… 화내는 건 몸에 안 좋으실 텐데요? 20대라고 해도 눈가에 주름은 신경 쓰셔야 할걸요. 하나, 둘, 셋. 봐요, 벌써 세 개나 잡히는걸요."

남주나 가희에게 겁이 없다고 뭐라고 할 문제가 아니었다. 설아야말로 이성을 상실한 게 아닐까 하는 생각이 들 정도로 겁이 없거나 자포자기하고 있는 건지도…….

"만일 너희가 아델라이데를 믿고 까부는 거라면 조용히 하는 게 좋을 거야. 아델라이데는 유희를 나갔으니까 말이야. 제길! 아델라이데만 있었어도 케니의 목소리를 도둑맞는 일은 없었을 텐데……."

아델라이데는 또 누구냐고 묻고 싶었지만 이야기가 길어져서 좋을 건 없었다.

"저기… 이 근처에 마을은 없나요?"

가희의 질문에 그녀의 눈이 경계심으로 가득 찼다.

"너희는 도대체… 정체가 뭐냐?"

"저희는 하늘에서 이곳으로 뚝 떨어진… 읍!"

설아는 가희의 입을 손으로 막아버리며 가만히 있으라는 듯 살짝 눈을 부라렸다. 지금 이 분위기에서 하늘에서 뚝 떨어졌다는 이야기를 해봤자 그녀가 그런가 보다 수긍하고 넘어갈 리는 없었다.

"많은 걸 알려고 들면 다쳐요. 헤헤, 여자에겐 약간의 비밀이 있는 편이 매력적이지 않나요? 뭔가 신비하니까 말이죠. 에헤헤."

식은땀을 뻘뻘 흘리며 설아가 대충 말을 얼버무리자 그녀는 계속되는 말장난이 짜증스러운 듯 목소리 톤을 한층 높였다.

"많은 걸 알려고 들면 다친다? 흥! 요즘 인간들은 배짱이 두둑해졌나 보군. 감히 드래곤에게 협박을 다 하고 말이야. 잠시 레어에서 해츨링을 키우느라 유희는 못 즐기고 드래곤들이 하는 이야기만 들었더니 좀 황당하군. 쳇! 인간 세상 말세라더니… 너희들은 내가 무섭지도 않냐?"

"그런 말은 드래곤의 모습을 하고 있을 때나 하는 게 어때요? 인간의 모습으로 인간에게 겁을 준다는 건 치사하다는 생각 안 들어요?"

어쩐지 건방진 말투지만 설아의 말에도 일리가 있다는 생각에서인지 그녀는 고개를 끄덕거렸다.

"호오, 그렇군. 요는 박력이 부족했다 이런 말이었군."

드래곤은 말의 요점을 잘못 알아듣고는 그녀들을 향해 뭔가 의미심장한 미소를 지었다.

"에?"

그들의 모습이 순식간에 소녀들의 시야에서 사라져 버렸다.

주변은 그들이 사라진 순간부터 마치 별빛도 없는 날의 하늘처럼 완전히 어둠에 잠겼다.

'설마……'

일행 모두 경악에 차 있는 가운데 설아의 한숨 소리가 울려 퍼졌다.

"하아, 해 한번 더럽게 일찍 떨어지는구나."

그녀의 말에 조용하던 하늘에서 천둥이 울려 퍼지고 커다란 입이 날카로운 이를 들이밀며 자신들을 향해 다가왔다. 이것으로 짧은 생은 끝나는 것인가.

"우리 마지막 유언이라도 남겨야 하지 않을까?"

설아의 말에 빈의 얼굴이 저절로 일그러졌다.

"야, 설아 저놈의 계집애 입 좀 틀어막아라."

"동감이다."

처음으로 남주와 빈의 의견이 일치하는 순간이었으며 세이드 스크린이 화려한 모습을 드러내는 순간이었다.

우리는 스스로를 정의의 사자라 불렀다

"인간들이여, 건방을 떨더니 내 모습을 실제로 본 소감이 어떤가?"

근엄한 말투로 그 자리에서 굳어버린 네 명의 소녀들을 향해 얼굴을 들이밀던 세이드 스크린은 마법으로 물리력에 대한 결계라도 만들어둔 것인지 아무리 몸을 뒤척거려도 바람 하나 일지 않았다.

대책없이 타격이 클 거라 생각했던 목소리 역시 듣기 좋을 만한 음성이었다. 간간이 천둥 치는 듯한 소리는 케니에게 뭔가 주의를 주기 위해서 내는 소리인지, 그렇지 않으면 겁을 주기 위한 것인지 알 수 없었다.

머리가 약간 띵할 정도의 타격은 받았지만 아마도 그녀가 소녀들을 위해 소리를 조절한 듯 그럭저럭 견딜 만했다.

"너희들은 슬란드 인인가?"

"거 정말 시끄럽군. 우리가 어디에 속해 있든 그게 뭐가 그렇게 중요해? 죽이려면 빨리빨리 죽이라고. 너희들도 로딩하면 그뿐인데 뭘

쫄고 그래?"

드래곤이 나타난 이후로 줄곧 마음에 들지 않는다는 표정을 짓고 있던 남주는 그녀를 노려보며 짜증을 부렸다.

로딩이 뭘 뜻하는지 알지는 못하지만 오렌지 머리의 소녀가 들고 있는 두꺼운 책이 그녀가 소환사임을 알 수 있게 해주었다. 과연 그녀가 얼마만큼 강력한 소환사인지 알 겨를은 없었지만 얕잡아볼 수는 없었다. 제목조차 쓰여져 있지 않은 저 표지는 분명 세상에서 단 하나밖에 없는 희귀본이었다. 소환진을 그릴 필요도 없이 낱장을 찢는 것만으로 그 진에 그려진 소환수를 불러들일 수 있는 위력적인 책인 것이다.

"난 너희를 죽일 생각이 없어. 죽일 생각이 있었으면 벌써 그렇게 했을 거야."

인간의 모습으로 되돌아온 그녀가 케니를 안아 올리며 싸울 의사가 없다는 듯 부드러운 목소리로 남주를 안심시켰다.

"그렇다면 우리가 이 숲을 벗어날 때까지는 우릴 그냥 내버려 두세요. 우리가 이 숲에 있는 것이 싫으시다면 가까운 마을까지 안내해 주셔도 좋아요."

유들유들한 설아의 태도에 남주는 살짝 미간을 찡그렸다.

"그냥 로딩하자니까."

"저기… 미안하지만 게임이 아니라서 세이브가 안 됐을 텐데……."

가희가 남주의 등을 툭툭 치며 말하자 남주의 표정이 그대로 굳어버렸다.

"세이브가 안… 됐… 다… 고?"

핏기가 싹 가셔 버린 남주의 창백한 얼굴을 보며 설아가 확인 사살을 했다.

“이대로 우리가 드래곤에게 밟히면 게임으로 치자면… 끝장나는 거지. 말했지? 마음먹기 나름이라고? 이거 모르긴 몰라도 영상 죽인다. 사실감도 뛰어나고. 그런 걸 보는 건데 아무리 정신력이 강하다고 해도 충격이 전혀 없진 않을걸.”

“만약에 넷 중에 하나라도 카오스 상태에 빠지면… 어떻게 될지 장담 못한다는 소리지.”

빈이 한마디 거들고 나서자 남주는 자신 앞에 있는 여인을 노려보았다. 드래곤답게 사람을 꼼짝 못하게 만드는 카리스마 넘치는 분위기의 여인이다. 분명히 보통 사람이라면 얼굴도 제대로 들지 못했으리라.

“원하는 게 뭐야?”

“당신들과 계약을 맺고 싶어.”

그녀는 일행에게 조심스럽게 말을 걸어왔다.

“계약이라니요?”

가희가 눈을 크게 뜨며 묻자 그녀는 살짝 인상을 찡그렸다.

“걱정 마. 너의 신앙에 문제가 되는 일은 없을 테니까.”

일행은 모르고 있었지만 드래곤은 부정적인 존재로 드래곤과의 계약은 악마와 영혼을 걸고 계약을 맺는 것과 동일시되고 있었다. 드래곤인 그녀는 가희가 프리스티스라는 점을 염두에 두고 그녀를 안심시키려는 것이다.

“케니의 목소리를 되찾으려는 것이니까 단순히 재미 삼아 놀려는 것과는 차원이 달라. 맹세해. 빌어먹을 신의 교리와 어긋나는 짓은 절대로 시키지 않을 테니.”

“빌어먹을 신?”

가희의 눈초리가 순간 날카로워지자 그녀는 손을 저어 보였다.

“아, 아니, 이건 실언이야. 프리스티스 앞에서 빌어먹을 신이라는 소리를 쓸 리가 있겠어?”

“그럼요. 무엇보다 그런 말투는 나쁘다구요.”

마치 유치원생을 앞에 둔 선생님과 같은 말투로 주의를 주자 약간은 어이없다는 표정으로, 그러나 할 수 없다는 듯 그녀는 고개를 끄덕거렸다.

“과연 쉴드의 성직자로군.”

“저거 약간… 욕 같지 않아?”

설아가 곁에 있던 남주에게 귓속말로 속삭이자 남주도 동감이라는 듯 고개를 끄덕였다.

“저거 욕 맞아.”

“이봐, 뭘 그렇게 소곤거리는 거야? 계약을 하자니까.”

그녀가 짜증스러운 얼굴로 인상을 찡그리자 어디선가 검은 로브 자락을 휘날리며 30대 중반의 건장한 남자가 버럭 소리를 질렀다.

“요망한 것, 썩 물러나라!”

…저 남자가 돌았나?

말은 안 했지만 다들 같은 표정으로 남자를 바라보자 어디선가 시커먼 로브 군단이 나타나 그와 똑같은 포즈로 똑같은 대사를 읊어댔다.

“이 요망한 것! 썩 물러나라!”

완전히 그녀들의 주변을 에워싼 검은 로브 군단은 모두의 귀를 쩌렁쩌렁하게 울릴 정도로 커다란 목소리로 같은 대사를 반복해 댔다.

“이 요망한 것! 썩 물러나라!”

“…저 녀석들이 또…….”

그녀는 대단히 화가 났다는 듯 몸을 부들부들 떨어댔고 설아와 일행을 에워싼 군단들의 원은 점점 좁아지기 시작했다.

"자, 이쪽입니다!"

설아와 일행이 뭐라고 할 사이도 없이 장정 두 명이 그녀들의 양쪽 팔을 잡아끌며 로브 자락에서 작은 가죽 주머니를 꺼내 들고는 그들의 머리 위로 가죽 주머니를 흔들어댔다. 가죽 주머니에서는 금색의 가루가 떨어져 내렸다. 세이드가 드래곤으로 폴리모프하는 모습이 보이는 순간 주변의 풍경이 변해 버렸다.

"싸다, 싸! 양피지가 단돈 10티탄! 아무 때나 오는 기회가 아닙니다! 일 년에 한번 올까 말까 한 대파격 세일!"

"램프 있어요! 비가 와도 바람이 불어도 끄떡없는 램프 있어요!"

멍! 멍멍!

"으아앙! 엄마, 나 저거 사줘어~ 사줘어~"

"시끄러. 넌 집에 장난감이 몇 개나 있는데 그런 소릴 하는 거야?!"

누가 들어도 시장임을 알 수 있는 온갖 소리가 시끌벅적하게 일행의 귀를 자극시켰다.

"우리 엄마도 저런 말씀을 하시면서 소프트를 사주지 않으셨지."

침울한 표정으로 어머니에게 질질 끌려가는 아이를 바라보는 설아에게 빈은 그녀의 양쪽 어깨를 잡아 흔들며 버럭버럭 소리를 질렀다.

"정신 차려! 지금 우리는 생판 모르는 곳에 유괴, 아니, 납치를 당한 거야! 한가하게 소프트 타령이나 하게 생겼어?!"

"으버버버……."

"뭐?! 말을 해, 말을!"

사정없이 앞뒤로 설아의 어깨를 흔들어대는 빈에게 남주는 한숨을 내쉬며 손가락을 들어 가희 쪽을 바라보게 했다.

"당신도 쉴드님의 안내자시군요."

"전 슈타르 카트입니다. 이곳 미르셀에서 전도 생활을 하고 있지요. 당신의 뿌리는 어디십니까?"

미인의 주변에는 남자가 많이 모이는 법이다. 가희는 당황한 표정으로 일행을 향해 줄곧 도와달라는 눈빛을 보냈지만 둔감한 일행은 이제야 가희를 바라보았던 것이다.

"…소녀는 아저씨에게 인기가 있는 법이다라는 건가?"

어이가 없다는 듯한 표정으로 남주가 중얼거리자 빈에게서 간신히 벗어난 설아가 옆에서 불쑥 끼어든다.

"나도 소녀인데?"

"그런 걸 나한테 물어봤자지. 나는 소녀 아니냐?"

"…이건 따져야 해."

설아의 말에 벙찐 표정으로 서로를 바라본 빈과 남주는 서로 어깨를 으쓱거렸다.

"지금 쟤가 뭘 따진다는 거야?"

"난들 알겠냐?"

"안 말려도 될까?"

"벌써 저기 비집고 들어갔다. 다른 거 할 때도 저렇게 빠르면 좀 좋냐?"

빈은 툴툴거리며 검은 로브 군단 사이를 비집고 기어이 가희 곁으로 갔는지 이제 모습도 보이지 않게 된 설아를 향해 살짝 눈을 흘겼다.

"우리도 가자. 설아가 한번 사고를 치기 시작하면 일이 수습이 안 돼."

남주가 걱정된다는 듯 설아를 바라보며 걸음을 옮기자 빈 역시 가볍게 한숨을 내쉬고는 그녀의 뒤를 따랐다.

"그러니까 로리콘으로서 기본이 안 되었다니까 당신들은! 교복은 말이지, 이것이 진정한 여고생의 교복이라는 거야. 로리콘이라면 당연히 교복 입은 소녀를 보며 귀엽다거나 사랑스럽다라는 생각을 하는 거라구! 나 정도면 꽤 귀엽지 않아?"

"설, 설아야."

당황한 가희가 프리스트들에게 둘러싸였을 때보다 몇 배는 더 애절해 보이는 표정으로 남주와 빈을 바라보았지만 남주와 빈의 얼굴은 저 녀석과 아는 척하고 싶지 않다는 표정이 가득했다.

스스로 나서서 창피당하려는 자가 어디 있겠는가?

"당신들 눈이 어디 잘못된 거 아니야? 이렇게 귀여운 소녀도 몰라보고 말이야."

"쟤 뭐라고 하는 거냐?"

"냅둬. 자기가 무슨 소리 하고 있는지도 모를 거야."

남주와 빈이 자신을 돕지 않으리라는 것을 깨달은 가희는 점점 더 자신들을 구경하기 위해 몰려든 사람들을 보며 얼굴을 붉혔다.

언제 이렇게 많은 구경꾼들이 몰려들었던 건지 몰라도 어느새 거리는 사람들로 가득 차 이젠 부끄럽다고 쉽게 도망갈 수도 없게 되었다.

"아아, 쉴드의 어린 소녀여."

"이봐요, 그렇다고 어리지는 않아요! 열일곱이면 클 만큼은 컸다고. 옛날 같으면 시집가서 애도 있을 거요. 아, 아무튼 요점은 아저씨들이 잘못했다는 거예요."

"뭐라고 하는 거야?"

"글쎄, 누가 저 여자애더러 못생겼다고 놀리기라도 했나 본데?"

"흐응~ 과연 그런 이야기였군?"

알 것 같다는 표정으로 자신을 바라보는 사람들의 시선에 설아는 당황한 표정으로 고개를 푹 숙여 버렸다. 스스로 자기 무덤을 팠다는 생각에 속으로 쥐구멍을 찾고 있을 설아에게 프리스트는 생긋 미소를 지었다.

"쉴드의 어린 소녀여, 이제 진정이 되셨습니까? 그렇다면 우선 신전으로 따라오시죠."

"그러니까 어린 소녀가 아니라니까요! 게다가 어린 소녀라는 말은 잘못된 말이에요. 어린 소녀라니, 소녀라는 말 자체가 어린 여자라는 말인데……."

설아는 끝까지 프리스트의 말을 물고 늘어졌지만 프리스트는 그녀의 말을 무시했다.

"안내하도록 하죠."

그가 그렇게 말하자 건장한 프리스트의 손이 그녀들의 팔을 붙잡았고 길을 가로막고 있던 사람들은 누가 명령을 내리기라도 한 것처럼 양 옆으로 물러나며 길을 만들어주었다.

"이건 마치… 내가 죄인이라도 된 것 같잖아?"

빈이 살짝 인상을 찡그리며 자신의 양팔을 붙잡고 있는 두 명의 남자들에게 항의의 시선을 보냈지만 그들은 감정이 없는 인형처럼 무뚝뚝한 표정을 지었다. 그녀의 항의가 별 효과가 없는 듯 그들은 여전히 기계적인 동작으로 그녀들을 끌고 가기 시작했다. 그렇다고는 해도 그녀들 중 가희만큼은 머리카락 하나 건드리지 않았다. 다만 대여섯 명이 호위하듯 도망갈 수 없게 그녀를 중심으로 에워싸 일행과 떨어져 앞장서서 걷게 만들었을 뿐이다. 덕분에 그녀들은 반항 한번 못해보고 순순히 끌려갈 수밖에 없었다.

"지금 어디로 가는 거죠?"

가희가 살짝 겁먹은 듯한 눈으로 프리스트를 바라보자 그는 인자한 미소를 지으며 부드러운 목소리로 대답했다.

"저희 같은 프리스트가 마을에 도착하면 제일 먼저 가는 곳이 어디겠습니까?"

"…신전?"

"그렇습니다. 쉴드님께 저녁 예배 드릴 시간이 다 되어가는군요. 서두릅시다."

그는 더 이상의 질문을 원하지 않는다는 듯 가희와 일정한 거리를 유지했다.

신전은 마을의 중심에 있었다. 마을이 그다지 크지 않은 것에 비해 거리는 온통 사람으로 가득했다.

"바로 이곳입니다, 쉴드의 어린 소녀들이여. 그리고 쉴드의 충실한 종이시여, 일단 예배를 드리고 식사하도록 합시다. 당신들에 대해 몇 가지 궁금한 점이 있습니다."

그가 입을 열자 일행을 끌고 왔던 프리스트들은 그녀들의 팔을 놓으며 가볍게 목례를 했다.

"아, 쉴드의 어린 소녀여, 신전 안에서 무기는 소지하실 수 없습니다. 이곳에 계시는 동안만이라도 저희들에게 맡겨주시기를. 그리고 그 갑옷은……."

프리스트가 이해힐 수 없다는 듯한 표정으로 고개를 갸웃거리자 설아가 얼른 나섰다.

"이것이 요즘 도시의 젊은이들 사이에서 유행하는 것이라서요. 헤헤."

"유행입니까? 흐음, 그래도 방어구는 방어가 주목적인 것을……. 쯧쯧."

프리스트는 혀를 차며 잠시 빈을 바라보다 이내 일행을 신전 안으로 안내했다.

옆에 있는 프리스트에게 순순히 레이피어를 넘겨준 빈은 망고슈를 들키지 않게 보관하기 위해 꼼꼼히 망토 깃을 여미고는 설아에게 다가갔다.

"저 사람들 왜 내 갑옷을 보고 비웃는 거냐?"

"비웃어? 누가?"

"비웃는 게 아니면? 이 갑옷에 뭔가 문제라도 있는 거냐?"

"글쎄, 전사가 갑옷이나 검의 무게를 못 버틴다는 게 문제가 아닐까? 레이피어나 네가 입고 있는 거나 다들 가벼운 거니까."

"그래서 비웃는 건가?"

빈이 기분 나쁘다는 듯 인상을 찡그리자 설아는 안도의 한숨을 내쉬었다. 그녀는 무엇보다 폼을 중요시하는 녀석이다. 클로스 아머에 대해 눈치 챈다면 아마 모르긴 몰라도 두고두고 빈에게 자신을 씹을 수 있는 것을 제공하는 행동이 될 것이다.

"쉴드의 어린 소녀들이여, 어서 오시오."

"그러니까 어린 소녀라고 하지 마시라니까 그러네. 나참, 대여섯 살짜리 꼬맹이에게 어린 소녀라면 모르겠지만… 당신은 국어 사랑이 나라 사랑이라는 말도 몰라?"

설아는 자신을 보고도 모르는 척 자기 갈 길만 부지런히 가고 있는 프리스트에게 잔뜩 미간을 찡그리며 잔소리를 퍼부어댔다.

"오, 당신이 수도에서 올라온 분이십니까?"

식탁으로 안내되자 가장 먼저 척 보기에도 나이가 많아 보이는 프리스트가 반갑게 가희를 맞아들였다.

"저기……."

“저 소녀들과 기사님은 폐하께서 붙여주신 가드들입니까? 가드치고는 굉장히 어려 보이시는데… 실력들이 무척 뛰어나신가 봅니다?”

그는 친근감있는 얼굴로 곁에 있는 빈에게 손을 내밀어 악수를 청했다.

“그런데… 갑옷이…….”

“아, 수도의 유행이라고 말씀하시더군요.”

일행을 안내했던 프리스트의 대답에 그는 의아한 표정을 지었다.

“폐하께서 붙여준 가드라면 정식으로 기사 작위를 받으셨겠지요? 그런 분께서 유행에 연연해 어느 것을 따르는 것이 바보 짓인지도 모르실 거란 생각은 들지 않았습니다만…….”

은근히 가시 돋친 말이지만 때로는 모르는 게 약일 수도 있었다.

빈은 자신의 갑옷을 계속 물고 늘어지는 프리스트에게 울컥한 표정을 지었다.

“무거운 갑옷으로 혼자서는 움직이지도 못하게 되는 경우보다 낫지 않습니까? 방어구의 장점이라면 무거운 것보다 가벼운 것이 많다고 생각합니다만?”

“…그저 유행만 따르는 것은 아닌 것 같아 다행이군요. 그런데… 그 이상한 옷도 유행입니까?”

“네?”

설아가 예상치 못한 질문에 당황한 듯한 표정으로 프리스트를 바라보자 그는 가벼운 한숨을 내쉬었다.

“썩 보기 좋은 차림은 아니군요. 레이디의 옷차림에 간섭할 생각은 없지만 어쨌거나 당신들도 프리스티스님과 같은 일행이시니 부디 이분께 폐가 되는 일은 없었으면 합니다. 불쾌하셨다면 사과하겠습니다. 다만 저희 같은 프리스트는 신뢰가 생명이기에 주변의 눈들을 무시하지 못합니다."

프리스트의 품위를 떨어뜨리는 것은 곤란하다라는 듯한 말에 가희는 의아한 생각이 들었다. 가희에게 있어 프리스트란 친밀한 존재로서 가장 낮은 자리에서 자신을 희생하며 사람들을 위해 봉사하는 자들이었다.

애당초 품위라든가 주변의 시선을 의식하는 사람이라면 프리스트라 부를 수 없다고 생각하는 가희였다.

"프리스트시라면 신앙이 생명 아닙니까? 굳이 남의 눈을 의식하는 이유가 뭐죠?"

가희가 항의하듯 묻자 프리스트는 씁쓸한 미소를 지었다.

"수도에서 나온 분이시라 이런 이야기를 이해할 수 없으시겠지요. 그곳은 번화한 데다 사람도 많을 테니 말입니다."

"이곳도 마을 크기에 비해 사람 수는 많아 보이는데요?"

"사람이 많아 보인다는 것은 그만큼 쉴드님께 폐가 되는 인간이 많다는 것이죠. 이곳은 누가 뭐라고 해도 유배지가 아닙니까? 정치범과 그들의 일가족, 그리고 하인들, 살인자들도 득실거리죠. 아, 물론 폐하께서 그들을 갱생시키기 위해 이런 마을을 만든 것은 알고 있습니다만 신앙의 힘으로 극복할 수 있는 것은 한계가 있는 법입니다. 더군다나 그들을 감시하는 임무까지 겸하라니……. 하아~"

긴 한숨을 내쉬는 프리스트의 말이 끝나기도 전에 신전의 종이 울렸다.

"이런, 곧 사람들이 모여들겠군요. 어서 준비해야겠습니다. 그럼 식사하십시오."

그가 자리에서 일어나자 앉아 있던 프리스트들이 일제히 자리에서 일어나 그를 따라 밖으로 나갔다. 그릇은 대기하고 있던 몇 명의 사람들이 재빠르게 치웠고 김이 모락모락 나고 있는 수프를 비롯한 몇 가지의 음식들이 놓여졌다.

"자, 앉으십시오."

일행을 안내했던 그 프리스트가 자리를 권하자 일행은 서로를 흘낏 바라보다 자리에 앉았다. 익숙지 않은 산행에 마침 배가 고프던 참이 었고 눈과 코를 자극하는 음식들은 그들로선 참기 힘든 유혹이었다.

"쉴드여, 당신의 자비로운 은총으로 오늘 하루도 감사히 보냈습니다. 당신의 정원에서 수확한 것들은 우리의 식탁을 풍성하게 해주었으니 우리는 당신께 감사의 기도를 드립니다. 우리의 주변에 당신의 은총을 입지 못하는 자가 없도록 해주시옵소서."

식전 기도인 듯한 비교적 간단한 기도에 잠시 눈을 감고 있던 일행은 기도가 끝나자마자 빵을 덥석 집어 들었다.

"아까 그분의 말씀에 너무 신경 쓰지 마십시오. 너무 오랫동안 이곳에 있다 보니 죄인은 신도로 보이지 않는 듯합니다. 그래도 누구보다 이곳에 애착을 갖고 계신 분입니다."

그를 변호하려는 듯한 말에 빵을 입으로 가져가려던 일행은 동작을 멈추고 생긋 미소를 지으며 고개를 끄덕거렸다.

"프리스트와 신도들이 따로 예배를 드리기에 급히 일어나신 거랍니다."

또다시 이어지는 그의 말에 일행은 빵을 손에 꼭 쥐며 억지스레 미소를 유지했다.

"폐하의 건강은 좀 어떠십니까? 지난번에는 지병이 도지시는 바람에 꽤 위험하셨다죠?"

참다못한 설아가 그를 불렀다.

"이봐요, 세상에서 가장 치사한 것이 두 가지 있는데 그중 하나가 남이 뭐 좀 먹고 있는데 빤히 쳐다보는 거고, 또 하나가 뭔 줄 아세요?"

살짝 눈에 힘을 주는 설아에게 프리스트가 의아한 표정을 지었다.

"뭡니까?"

"남이 뭐 좀 먹으려는데 말시키는 거예요."

설아의 말에 일행은 일제히 동의한다는 듯―프리스트들마저―접시를 들고 음식들을 자신의 입으로 가져가기 시작했다. 프리스트는 머쓱한 표정으로 설아를 흘깃 바라보았지만 그녀 역시 먹는 데 정신을 빼앗기고 있었다. 어쩌겠는가, 인간의 욕구 중 식욕이 단연 으뜸이라는데.

"여기가 쉴드의 어린 소녀들이 묵을 방입니다. 손님이 오신다고 이런저런 준비를 많이 해뒀는데 정말 방 하나 가지고 괜찮겠습니까?"

"쉴드의 충실한 아저씨, 어린 소녀라는 말은 그만두세요. 전 설아, 저 녀석은 빈, 이쪽의 프리스티스는 가희, 그리고 남주, 이름들도 외우기 쉽지 않나요?"

"쉴드의 어린 소녀께서 입으실 만한 옷을 가져다 놓았다고 하니 갈아입으시고 잠시 후 예배실에서 뵙지요."

돌아선 프리스트를 향해 베에~ 하고 혀를 내민 설아는 한쪽 손으로 왼쪽 눈을 쭉 내리기까지 했건만…….

"아, 한 가지 깜빡했군요. 전 쉴드의 충실한 종인 건 맞지만 올해 서른밖에 되지 않았습니다. 이왕이면 쉴드의 젊.은. 오.빠.라고 불러주시길…… 눈에 경련이라도 나셨습니까, 쉴드의 어린 소녀여?"

그 자세 그대로 어떻게 수습해 볼 생각도 못하고 입만 뻐끔거리고 있는 설아에게 프리스트는 씨익 미소를 짓고는 가벼운 걸음으로 복도 저편으로 사라졌다.

"어이, 자네가 당했네."

남주가 그대로 석상이 된 설아의 어깨를 덥석 잡고는 방으로 질질 끌고 들어왔다.

"쉴드의 다 늙어 빠진 아저씨라고 받아쳐 줄 걸."

망연자실하여 중얼거리는 설아를 내버려 두고 방을 둘러본 일행은 안도의 한숨을 내쉬었다.

"그런데 저 사람들 우리를 수도에서 온 사람이라 생각하고 있는 것 같은데 우리 계속 이러고 있어도 돼?"

빈의 질문에 설아는 머리를 긁적였다.

"아직 우리가 어떤 역할을 하게 될지 정해놓은 게 없으니까 수도에서 온 척하고 더 버텨보자."

"에엑! 그런 무책임한 말을……."

빈의 말에 설아는 그녀 특유의 비굴한 미소를 지어 보였다. 일단 얼마나 이 마을에 있게 될지 알 수는 없지만 비교적 깨끗하고 넓은 방과 벽면에 마주 보도록 되어 있는 2층 침대가 그나마 편하게 느껴졌다. 침대에 놓여진 옷은 아무런 무늬가 없는 검은 원피스와 하얀 로브였다. 별로 탐탁지 않은 표정으로 옷을 갈아입은 설아는 도대체 어디서 난 것인지 은색의 동그란 테의 안경을 끼고 주변을 둘러보았다.

"누구 뮤 본 사람?"

"…못 봤는데……."

남주의 말에 빈이가 한마디 거들었다.

"귀찮은데 잘됐지."

"어? 찾아봐야 하는 거 아니야? 아까 그분께 물어보면 아실지도 모르잖아."

가희의 말에 설아는 눈을 동그랗게 떴다.

"그 아저씨 이름은 알아?"

"…아니."

가희의 말에 설아의 눈이 험상궂어졌다.

"감히 레이디의 이름을 알아내고는 자기 이름을 안 밝혀?!"

씩씩거리며 문을 노려보던 설아는 참을 수 없다는 듯 뛰어나갔다.

"나 좀 따지고 올게!"

그럴 줄 알았다는 듯한 표정으로 저만치 뒤통수를 보이고 있는 설아에게 남주는 뮤를 부탁했다.

"뮤도 좀 찾아봐라!"

"알았어—"

길게 대답하고 복도 끝으로 달려가는 그녀를 보며 빈이 무심코 중얼거렸다.

"쟤 길치 아니냐?"

"빈아—"

"응?"

무심코 남주를 향해 고개를 드는 순간 그녀는 있는 힘껏 뒤통수를 때리려는 남주를 발견했다.

퍼억!

"아야! 왜 때려?!"

미처 피할 새도 없이 맞은 것이 억울했는지 그녀는 눈을 크게 부릅떴다.

"그런 건 빨리 말해 줬어야지! 아아, 설아 또 헤매고 다닐 건데 사고 치기 전에 잡으러 가자."

"헤에, 설아 잡으러 가는 거면 나도 갈래."

눈을 초롱초롱하게 빛내며 재미있겠다는 눈빛을 보내는 가희에게 빈과 남주는 한숨을 내쉬며 밖으로 나갔다.

복도는 일단 일직선의 코스라 별문제는 없었지만 끝에서 세 갈래로 나누어진 길이 문제였다.

"나중에 여기서 만나기로 하고 일단 길을 기억할 수 있는 곳까지만 들어가. 신전이 생각보다 복잡할 수도 있으니까."

빈의 말에 그녀들은 고개를 끄덕거렸다.

"아아, 도대체 여기가 어디야? 코너 네 군데 돌았다는 건 알겠지만……."

공간을 활용하기 위해서인지 여기저기 나 있는 복도는 설아로 하여금 미로를 연상케 할 정도로 복잡했다.

"아저씨는 또 어디 있는 거야?"

생각 같아선 아무나 지나가는 사람에게 안내를 부탁하고 싶지만 꼭 이럴 땐 개미 한 마리조차 얼씬거리지 않는다. 난감한 표정으로 벽에 등을 기대고 서 있는데 설아의 귀에 어디선가 소곤소곤거리는 말소리가 들려왔다.

반가운 표정으로 말소리가 들리고 있는 방으로 걸음을 옮기자 소곤거리는 소리가 조금 더 가까워졌다.

"그러니까 시간을 최대한 끄는 게 좋다는 말입니다!"

"사건을 덮어둔다고 해결되는 것은 아닙니다. 어쨌거나 우리가 제대로 된 구슬을 보내지 않으면 망할 영감은 계속해서 개들을 풀어 댈 텐데……. 이번만 해도 일이 이렇게 될지 예상이라도 한 것처럼 바로 저들을 보내지 않았습니까?”

두 사람의 목소리가 귀에 익다는 생각을 하고 있을 때쯤 자신에 찬 목소리가 날아들었다.

“너무 심각하게 생각할 것 없소. 아무리 늙고 병들었다고 한들 사자는 사자, 자신의 대리인으로 토끼를 보내기야 하겠습니까?”

“그 일행이 가짜라는 겁니까?”

“뭐라고 확답드릴 수는 없지만 그 이상한 생물체도 그렇고 저렇게 어린 소녀들로만 구성된 파티를 드래곤이 버티고 있는 하이비스커스 산으로 내몰 정도로 어리석은 영감도 아닙니다. 그리고 구슬 이야기를 아직 꺼내지 않는 것도 수상쩍지 않습니까? 게다가 그 프리스티스 복장을 보십시오.”

“그녀의 복장이라면…….”

다른 목소리도 미심쩍다는 듯한 목소리 톤으로 변했다.

“회색이었습니다. 회색 옷은 하이 프리스트 중에서도 신성력을 지닌 프리스트와 프리스티스만이 입을 수 있는 것 아닙니까? 어린 나이에 하이 프리스티스가 되려면 신성력이 상당해야 할 겁니다. 그런 프리스티스를 영감이 마음대로 이곳에 가라 마라 할 수 있겠습니까? 교단에 도움을 요청했다고 한들 제가 이곳에 뿌리를 둔 지 십 년이 넘었습니다만 그런 소녀의 이야기는 들어본 적이 없습니다. 그렇게 철저하게 숨겨온 소녀를 아무리 영감의 부탁이라고 하지만 이런 범죄자들이 득실거리는 곳으로 보낼 리가 있겠습니까?”

뻔하지 않느냐는 듯한 그의 목소리에 다른 목소리가 문제를 제시했다.

“만일 그녀들이 진짜 교단에서 보낸 자들이고 구슬을 가지러 온 것이라면?"

"그래서 지금 질문하러 가자는 것 아닙니까. 만일 그들이 진짜라면 이 가짜 구슬을 주고 빨리 이곳에서 내쫓아야겠죠. 지금에 와서 그 구슬을 내어준다면 무사할 수 있을 것 같습니까? 게다가 진짜 구슬은 우리에게 없으니…….."

"그 사실을 안다면 무엇보다 드래곤이 가만있을 리가 없지요."

그동안 좀 갈궜는가.

시커먼 로브 군단이 우르르 나타나서 그 성질 더럽다는 블랙 드래곤을 마치 파리를 쫓듯이 휘이거려 댔으니…….

지금은 구슬로 협박해서 버티는 중이지만 그들 수중에 구슬이 없다는 걸 깨달으면 마을은커녕 임플란드가 통째로 없어지게 생겼다. 왕에게 넘길 수도, 그렇다고 계속 가지고 있을 수도 없는 골칫덩어리 구슬을 떠올리는 것만으로도 뒷골이 땡긴다는 듯 그들은 미간을 찡그리며 이마에 손을 가져다 댔다. 워프 가루가 있다 한들 이것은 사람을 구하기 위해서만 쓰라는 교단 측의 명령과 쓸 수 있는 중량에도 한계가 정해져 있었다(이곳의 목적과 환경에 의해 타 신전보다 많은 수의 프리스트와 프리스티스를 배정받게 되었고 신전도 크게 세워졌지만……). 덕분에 워프 가루 역시 꽤 많이 올라왔고 비교적 드래곤과 부딪치지 않게 조심했다. 그러나 얼빠진 모험가와 프리스트가 생필품을 구하러 내려가던 중 해슬링과 부딪쳤고 저주받아 마땅한 짓을 저지르고야 말았다.

그 저주받아 마땅한 짓이란 바로 해슬링을 봉인의 구슬을 써서 완전하게 봉인하려 했던 것이다.

불행인지 다행인지 해슬링은 봉인되지 않고 목소리만 봉인되었다.

얼빠진 모험가들은 해츨링에 의해 목숨을 잃었지만 구슬을 손에 쥔 프리스트는 워프 가루를 사용해 신전으로 피신했다.

드래곤은 머리끝까지 화가 나서 신전으로 찾아갔지만 그 프리스트는 사경을 헤매고 있었고, 구슬을 순순히 넘겨준다고 자신들을 살려줄 것 같지 않다고 판단한 인간들이 황당하게도 구슬을 가지고 협박하는 게 아닌가! 게다가 용언으로 맹세까지 하란다. '절대로 구슬을 넘기기 전까지 하이비스커스 숲을 벗어나지 않을 것이며 프리스트, 그리고 프리스티스를 해치지 않는다' 라는…….

물론 프리스트나 프리스티스에게 강제로 구슬을 받아내지 않는다는 점도 포함시켰다.

이렇게 설명을 들어보면 설마 드래곤이 그런 손해 보는 짓을 하겠는가 싶겠지만 인간이나 드래곤이나 자식에 관련된 문제는 그리 현명하지 못한 듯했다. 그녀는 용언으로 순순히 인간이 시키는 대로 맹세를 했다. 그리고 그 맹세대로 숲으로 돌아가 몇 달째 반복되는 생활을 보내는 중인 것이다.

"슬슬 일어나 보겠습니다."

"아, 이야기가 끝나면 다시 들러주십시오."

그들의 대화가 끝난 듯한 낌새가 보이자 그녀는 후닥닥 뛰어나와 코너 한쪽으로 몸을 숨겼다.

'딸깍' 하고 문을 닫는 소리가 들리며 발소리가 들려왔다.

제기랄!

바로 자신 쪽으로 다가오는 듯 발자국 소리가 점점 가까워졌다.

그녀는 눈을 질끈 감고 소리를 질렀다.

“뮤! 뮤! 어딨니?!”

그리고는 타다닥 앞으로 뛰어나가 힘껏, 그러나 자연스럽게 프리스트와 부딪쳤다.

“아이쿠! 쉴드의 어린 소녀 아니십니까?”

의아함과 경계심이 담긴 눈동자지만 목소리와 표정은 호의적인 프리스트에게 그녀는 난처한 표정을 지었다.

“혹시 뮤 못 보셨어요? 꼭 슬라임 두 개 엎어놓은 것처럼 생긴 녀석인데 ‘뮤’라고 울거든요. 안 보여서 그러는데 혹시 못 보셨나요?”

능청스럽게 거짓말하고 있는 설아를 살펴보던 그는 설아와 정면으로 눈이 마주치자 사람 좋아 보이는 미소를 지어 보였다.

“글쎄요, 좀 거슬리는 것 같아 다른 프리스트에게 부탁을 드렸던 것 같은데… 그런데 언제부터 여기에 계셨던 겁니까?”

“…저 말인가요?”

그런 걸 왜 묻느냐는 듯한 말투에도 아랑곳없이 그는 여전히 사람 좋은 미소를 지었다.

“여기 어린 소녀 말고 다른 분 또 있습니까?”

“이봐요, 쉴드의 아저씨! 그렇게 어린 소녀라 부르지 말라고 했는데도…… 게다가 레이디의 이름을 알아가 놓고 자기는 입을 싹 다물고 가버리셨죠? 레이디의 이름을 묻기 전에 자신을 밝히는 것이 예의 아닙니까?”

자신을 흘겨보는 프리스트의 눈에서는 비교적 경계심이 사라졌다. 그러나 그녀의 말을 완전히 신용하는 듯한 눈빛은 아니었다.

조금 떨어진 곳에서 ‘탁탁탁’ 하는 발소리가 들려왔다.

‘제발 눈치있는 녀석이길…….’

설아는 속으로 그렇게 중얼거리며 자신을 향해 다가오고 있는 소녀의 얼굴을 보기 위해 미간을 찡그렸다.

"설아야!"

커다란 목소리.

'남주로군.'

설아는 자신을 향해 달려오는 남주에게 두 손을 모으며 자연스럽게 미소를 지었다.

"미안미안, 뮤 찾다 보니 길을 잃어버려서."

"내가 그럴 줄 알았다. 그새 길 잃어버리고 다니냐? 프리스트께서 주워주신 거지?"

"어이, 내가 동전이냐, 길에서 줍게?"

"아니아니, 지폐. 꿈이나 돈이나 크면 클수록 좋은 거지. 하하핫!"

호탕하게 웃어대는 남주를 보며 프리스트는 이내 고개를 저었다. 왕이 미치지 않는 한 어떻게 저런 가드를 붙일 생각을 했겠는가? 분명히 이들은 가짜다.

"그런데 가희는?"

"아, 뮤랑 너 찾는다고 신전 여기저기 뒤지고 다닐 거야."

"혼자?"

"응, 혼자. 뭉쳐서 다니기엔 신전이 너무 넓으니까."

"하긴 가희는 우리 중 사람에게 제일 강.하.니.까. 어떻게 보면 우리가 보.호.받고 있는 셈이지."

"하하핫, 그래. 가희와 적이 될 만한 인간이 어딨겠어. 천하의 미지공을 기절시킬 정도니……."

남주의 말에 프리스트의 얼굴이 잠시 흠칫했다.

그들이 생각하지도 못했던 전제가 튀어나와 버린 셈이니 그럴 만도 했다.

그는 곰곰이 생각에 잠겼다.

그 어린 소녀 하이 프리스티스, 그녀가 강하다면?

이 일행을 지키고도 남을 정도로 강하다면?

이들은 단지 그녀의 강함을 조절하는 스위치 역할을 하는 것일 수도 있다는 것은 전혀 생각도 못해본 일이었다.

"프리스티스님께서 그렇게 강하십니까?"

호의적인 미소를 짓고 있는 프리스트에게 남주는 결정타를 날렸다.

"죽입니다. 말로 설명 못하죠."

설아는 터져 나오는 웃음을 억지로 참아내며 손사래를 쳤다.

"죽이진 않아. 뭘 죽이기까지야."

"아니, 죽여. 가희가 얼마나 대단한데⋯⋯."

홈런이었다. 그는 패닉 상태가 되어 혼자 당황하고 있었다.

'죽인다니, 프리스티스가 사람을 죽인단 말인가? 그렇군. 이곳에 온 이유도 사람을 죽인 것을 무마시키기 위해서인가?

어쩐지 풀리지 않던 문제가 저절로 풀리는 듯한 생각이 들자 그는 오싹함을 느꼈다. 그 가녀린 소녀가 사실은 교단에서 감당해 내지 못하는 문제아였다는 건가?

"안색이 안 좋으신데 어디 편찮으신가요?"

"아닙니다. 그보다 예배실로 바로 가시겠습니까?"

아직 뚜껑을 열어보지도 않은 결과를 벌써부터 두려워할 필요는 없다고 스스로를 다잡는 프리스트였다.

그가 앞장서 그들을 예배실로 안내하려 하자 설아가 곤란하다는 표정으로 고개를 저었다.

"으음, 아까 뮤를 찾던 중이라고 말씀드렸던 것 같은데요? 이곳은 워낙 길이 나뉘어 있어서… 못 찾더라도 모여서 예배실로 가려고 했거든요."

설아 역시 자연스럽게 이 프리스트와 떨어질 절호의 찬스를 놓칠 수는 없었다. 무엇보다 일행에게 상황을 설명해야 했다. 기껏 저 프리스트를 혼란스럽게 만들어놓았는데 여기서 눈치없이 일을 망치는 경우가 있어서는 안 된다.

"예배실 위치는 아십니까?"

"그거야 지나가는 사람들에게 물어보면 되니까 걱정 마세요."

설아의 말에 프리스트는 친절한 미소를 지었다.

"그렇다면 제가 동행하는 편이 낫겠군요."

설아도 설아지만 프리스트 역시 신중한 자였다. 만일 설아가 그들의 말을 엿들었고 만일 저들이 가짜라면 질문하기도 전에 저들끼리만 있게 되는 상황은 막아야 했다.

"저… 혹시 예배실에 아저씨 말고 다른 분들도 계시나요?"

설아의 질문에 그는 고개를 저었다.

"그럼 꼭 예배실로 갈 필요는 없잖아요. 저희들 일행이 모일 때까지 얼마나 기다려야 할지도 모르는데 폐를 끼칠 수는 없죠. 잠시 후에 저희 방에서 만나는 걸로 하죠."

완벽하게 프리스트가 붙는 걸 거절했다고 생각한 설아에게 프리스트는 끈질기게 들러붙었다.

"하하, 괜찮습니다. 혹시 제가 동행하면 곤란한 이유라도 있습니까?"

이젠 이쪽에서 거절할 구실이 없어진 것이다.

'어쭈! 저 아저씨 머리 쓰네. 제기랄! 이거 진짜 진땀나잖아.'

설아는 땀으로 축축하게 젖어 있는 손으로 남주의 손을 잡았다. 뭔가 심상치 않음을 제발 눈치 채주길 바라며 그녀가 전할 수 있는 행동은 그것뿐이었다.

"설아야."

뭔가 기대하는 눈빛으로 자신을 바라보는 설아에게 남주는 생긋 미소를 지으며 드디어 입을 열었다.

"덥다. 이거 놔라."

"설아야, 뮤!"

가희는 자신이 지나쳐 왔던 길들을 하나둘 기억하려 애쓰며 뮤와 설아의 이름을 번갈아 외쳐 댔다.

뮤! 뮤! 뮤!!

어디선가 다급하게 외치는 듯한 낯익은 목소리가 들려왔다.

"음? 어디서 들리는 소리지?"

뮤!

"어? 왼쪽인가?"

가희는 망설임없이 왼쪽으로 달려갔다. 아련하게 '뮤!' 하는 절박한 외침이 저만치 멀어져 가고 있건만 그녀는 아무런 망설임 없이 왼쪽으로 쭉쭉 달리고 있다.

"하아, 레이피어를 빼앗긴 게 치명적인걸."

터벅터벅 한가롭게 주변을 둘러보던 빈은 어디선가 전속력으로 타다닥 달려가는 소리에 고개를 들었다.

쿵!

보기 좋게 부딪친 두 사람.

"어라? 가희냐?"

"에? 빈이네. 혹시 뮤 소리 못 들었어?"

"응? 난 네가 뛰어오는 소리밖엔 못 들었는데."

빈의 대답에 가희는 그제야 화들짝 놀라며 자리에서 벌떡 일어났다.

"으아아! 오른쪽이었나 봐. 어떡해."

그리고는 타닥타닥 발소리를 내며 왔던 길을 되돌아 달리기 시작했다.

"도대체 무슨 일이지?"

빈 역시 자리에서 일어나 가희의 뒤를 쫓았다.

뮤! 뮤우!

절박한 외침이 점점 가까워짐과 동시에 두꺼운 나무 문 사이에서 뭔가 분주하게 움직이는 듯 여러 명의 발소리가 들려왔다.

"어쩌지?"

난감한 표정으로 가희가 빈에게 묻기 무섭게 그녀는 문을 발로 뻥 차버리고는 로브 속의 망고슈를 만지작거렸다.

용기를 내어 안으로 후닥닥 뛰어들어 간 소녀들의 눈앞에 펼쳐진 풍경은…….

"쉴드의 어린 소녀들이여, 그렇게도 배가 고프셨습니까?"

화덕 속에는 빵이 구워지고 있고 커다란 솥에서는 물이 펄펄 끓고 있는 이곳의 이름은…….

"죄송합니다! 죄송합니다!"

연신 허리를 굽히는 이들이 있는 이곳은 조리실이었다.

뮤! 뮤!

반갑다는 듯한 뮤의 목소리에 그녀들은 무심코 고개를 들었다.

뮤는 펄펄 끓는 솥 위에 당장이라도 자신을 떨어뜨릴 듯한 기세의 투박한 프리스트의 손에 대롱대롱 매달려 있다.

"어머, 뮤!"

화들짝 놀란 가희가 손가락으로 뮤를 가리키기가 무섭게 빈은 프리스트의 손에서 뮤를 낚아챘다.

"이게 무슨 짓입니까? 아무리 손님이라고 하지만 너무 무례하지 않습니까?!"

이십 대 초반으로 보이는 프리스트 한 명이 항의하듯 빈을 노려보자 곁의 나이가 지긋한 프리스트가 그를 저지시켰다.

"자네는 하이 프리스트와 폐하의 명을 받은 분께 무례를 범하고 싶은가?"

"…죄송합니다."

못마땅한 표정이긴 하지만 순순히 시괴히는 것을 보면 권력이 좋긴 좋은가 보다.

"아니요, 저희가 무례했다면 사과드릴게요. 다만 이 애는 저희가 키우는 애거든요."

가희가 빈에게서 뮤를 받아 껴안으며 미안한 표정을 짓자 청년 프리스트는 빨개진 얼굴로 머리를 숙였다.

"아앗! 죄송합니다. 그런 줄 모르고 수프를 끓이려던 참이었으니… 사과드려야 할 쪽은 저였군요."

"흐음, 어쩐지 네가 식량을 조달해 왔다 싶더니……. 죄송하게 됐습니다. 손님께 폐를 끼치다니, 쉴드님께도 면목이 안 서는군요."

"쉴드님과 상관없잖아요. 제 실수였는데……."

그는 자신의 실수로 쉴드를 들먹거리는 프리스트를 향해 낮은 목소리로 툴툴거려 댔다.

"이 녀석아, 이곳에 온 손님들은 모두 쉴드님의 손님인데 대접이 부실하면 주인이 욕을 먹는 법이지 뭐겠냐? 쯧쯧, 허우대는 멀쩡한 녀석이 하는 짓은 견습 프리스트보다 못하니……."

어쩌고저쩌고 끊임없이 잔소리를 해대는 분위기를 보면 그들은 사제지간임이 틀림없었다. 말대답을 할 수 있을 정도로 사이는 좋지만 역시 스승은 스승, 잔소리가 쉽게 끝날 리 없었다. 말려들면 골치만 아플 뿐이다.

"아, 그럼 실례하겠습니다."

꾸벅 인사하고 나가는 가희와 빈을 보며 스승인 듯한 프리스트는 젊은 프리스트의 귀를 힘껏 잡아당겼다.

"아야야!"

"저런 태도가 프리스트라는 거다. 원래가 프리스트란 너처럼 씩씩대는 것이 아니라 부드러워야 하는 거지. 요즘 하이 프리스트들은 목에 힘이 너무 많이 들어갔지만… 저분 봐라. 프리스트의 바른 태도가 보이지 않냐?"

"네에, 네!"

밖에까지 들리는 칭찬에 빈은 짓궂은 표정을 지었다.

"들었냐? 너더러 프리스트의 표본이라는데?"

"으응, 그런데… 슬라임을 먹을 수는 있는 거야?"

슬그머니 말을 돌리는 가희를 보며 빈은 어깨를 으쓱거렸다.

“뮤가 슬라임이었냐?”

뮤우~ 뮤! 뮤!

긍정인지 부정인지 알 수는 없지만 일단 만질 수 있는 것을 보면 슬라임은 아니라는 소리다. 슬라임이라면 만지자마자 손이 뼈째 녹아버렸을 테니 만지긴커녕 도망다녀야 할 판이었을 것이다. 가희는 이런 것 저런 것 생각해 보지 않고 뮤를 만나자마자 이런 걸 길러보고 싶었다며 좋아라고 덥석 안았지만 지금 가만히 생각해 보니 이 뮤라는 녀석이 슬라임이 아니었기에 망정이지 그렇지 않았다면 이곳에 도착하자마자 두 팔을 잃어버렸거나 목숨을 잃었을지도 모르는 일이었다.

“그런데 설아는 찾았을까?”

“글쎄, 좀 더 살펴볼까, 아니면 남주랑 만나기로 한 곳으로 가볼까?”

빈의 질문에 가희는 살짝 미간을 찡그렸다.

“으음, 난 더 이상은 무리야. 프리스트들에게 도움을 청해서 찾아보는 편이 낫겠어. 이렇게까지 찾아봤는데도 안 보이는데 우리끼리 찾긴 힘들겠지.”

“할 수 없지. 일단 서두르자. 남주가 벌써 찾았을 수도 있으니까. 에휴~ 쥐방울만한 게 이럴 때만 빠르다니까.”

빈이 한숨을 내쉬며 툴툴거리자 가희는 소리를 죽이며 생긋 미소를 지었다.

그러나 그런 여유도 잠시뿐.

기억을 더듬으며 통로를 따라 몇 갈래의 복도를 지나도록 사람은커녕 사람의 그림자도 구경할 수도 없었다.

물론 신전이다 보니 예배 시간이다 뭐다 사람들이 마음대로 돌아다니지 못하는 시간이야 있을 수도 있겠지만 이렇게까지 인기척이 느껴지지 않다니, 뭔가 수상쩍게 느껴졌다.

만일 종교가 여러 가지라든가 신전이 여러 개라면 그저 인기없는 신전인가 보다라 생각하고 넘어갈 수도 있겠지만 이곳은 여러 가지 종교들을 찾을 필요가 없는 단일신에다 인기없는 신전이 이렇게까지 많은 프리스트와 거대한 규모로 지어질 수 있겠는가.

무엇보다 수상한 것은 마을 아이들이었다. 아이들이라면 예배 시간이라고 예배실에 인형처럼 예쁘게 앉아 기도하는 녀석들만 있을 리 없었다. 보통의 신전이라면 개구쟁이 녀석들이 우르르 뛰어다니고 주의를 주는 프리스트나 프리스티스의 소리가 들려야 정상이건만 가끔씩 뮤가 내는 소리와 그녀들의 발자국 소리를 제외하고는 너무나 조용해서 기분이 나쁠 정도였다. 조금 전만 하더라도 정신없이 돌아다니느라 별 생각을 못했지만 일단 한번 뭔가 수상쩍다는 생각을 하고 나자 긴장감이 계속 이어져 흡사 맞은편에서 뭔가 튀어나올 것 같은 기분까지 들어 잔뜩 굳어지는 가희였다.

"지금 제대로 가고 있는 것 맞지?"

"걱정 마, 제대로 가고 있으니까. 왜? 설마 길까지 잃어버리고 엎친 데 덮친 격이라고 이런 신전에서 드래곤이라도 튀어나올까 봐 그래?"

"아니, 그런 거 아니야."

긴장을 풀어주기 위해서인지 장난을 걸어오는 빈에게 가희는 피식 미소를 지으며 고개를 흔들었다.

"에이, 그렇게 확신할 수 있어? 맞은편 복도에서 세이드인가 세이아든가 하는 여자가 뚜벅뚜벅 걸어나올지도 모르는 거잖아?"

말이 씨가 된다고 했던가.

조용하던 복도 저편에서 여러 명의 발자국 소리가 들려왔다.

뚜벅뚜벅.

장난을 걸 때와는 달리 빈은 진지한 표정으로 망고슈를 꺼내 들었다.

"이럴 줄 알았으면 검도라도 좀 배워두는 건데. 뭐, 다른 건 몰라도 다트는 꽤 자신있다구. 정확하게 한 놈만 노려주마."

발자국 소리는 점점 커지더니 상대편의 실루엣이 드러났다.

제일 먼저 눈에 들어온 키가 큰 사람을 향해 예리한 날이 번뜩이는 망고슈를 집어 던지는 빈.

"우아아앗!!"

비교적 친숙한 비명 소리라 생각하기도 전에 뮤가 또다시 멋대로 빠져나가서는 맞은편으로 통통거리며 가버리는 것이 아닌가.

"뭐야? 빈이냐?!"

"압! 니가 죽으려고 작정했구나?! 누군지 보지도 않고 칼을 던져?!"

커다랗고 앙칼진 여인의 목소리가 날아듦과 동시에 빈과 가희는 서로의 얼굴을 마주 보다 누가 먼저랄 것도 없이 소리를 질러댔다.

"야! 야! 괜찮냐?! 누구 다친 사람 없어?!"

"어머! 설아야! 남주야! 너희 괜찮아?!"

남주와 설아는 자신들에게 달려오는 소녀들을 향해 버럭 소리를 질러댔다.

"괜찮긴 뭐가 괜찮아?! 프리스트를 잡았으니 이를 어쩐담."

"이거 빈이가 던졌지?!"

피 묻은 망고슈를 들어 보이며 살짝 인상을 찡그리는 설아에게 창백해진 얼굴의 빈이 물었다.

"주, 죽었냐?"

"그런 게 겁나면 누가 함부로 칼 같은 거 던지래?! 무슨 생각을 하고 있는 거야 도대체?!"

버럭 소리를 지르는 남주에게 설아는 한숨을 내쉬었다.

"걱정 마, 죽진 않았으니까. 우리에겐 유능한 프리스티스도 있고……."

가희는 그녀의 말에 자신을 가리켜 보였다.

"에? 나?"

"그래, 너. 프리스티스는 이럴 때 써먹으라고 있는 거야. 그냥 쉴드에게 저 아저씨 낫게 해달라고 기도하면 될 거야. 낫길 바라지?"

"으응."

"아, 그렇다고 완전 회복시키는 건 안 돼. 저 아저씨 모르게 너희들에게 할 말이 있으니까."

"그, 그래, 알았어."

가희가 그 자리에서 털썩 무릎을 꿇으며 눈을 감자 몸에서 성스러운 빛이 은은하게 퍼지더니 순식간에 프리스트의 몸 전체를 감쌌다. 정확하게 가슴에 꽂혔던 검으로 인한 상처는 빠르게 회복되더니 이내 흔적도 없이 사라져 버렸고 고통으로 일그러진 표정마저 온화하게 바뀌었다.

세 명의 소녀는 가희가 일으킨 기적에 놀란 표정들이었으나 아무도 입을 열지 않았다.

"괜찮니?"

가희가 자리에서 일어나 멍하게 자신을 바라보는 소녀들을 걱정스럽게 바라보자 그제야 정신을 차린 듯 설아가 제일 먼저 입을 열었다.

"역시 아는 것과 보는 거랑은 다르구나."

"뭔가 대단해 보였어. 성녀 같았달까?"

남주가 큰 눈을 더욱 크게 뜨며 감탄하자 가희는 쑥스러운 듯 얼굴을 붉혔다.

"이번에는 성공해서 다행이야. 마법사 때처럼 실패하면 어떻게 하나 걱정했었는데……."

"프리스티스는 믿는 게 곧 힘이잖아. 아무튼 대단했어. 자, 그럼 이 핏자국은 어쩐다?"

상처가 아물었다고 바닥에 피마저 사라지는 것은 아니었다.

아무도 지나가지 않는 복도에 핏자국이라니…….

누군가 일행을 봤다면 자신들의 소행이라고 의심할 수도 있을 것이라는 생각에―자신들의, 좀 더 정확하게 말하자면 빈이의 단독 범행이지만 결과가 좋으면 뭐든지 괜찮다며 슬쩍 자신의 실수를 흘려버리는 빈이었다―그녀는 곁에 있는 뮤를 덥석 집어 들었다.

뮤?

"미안하지만 네가 좀 희생해라."

누가 뭐라고 할 사이도 없이 빈은 뮤를 바닥에 대고 벅벅 문지르기 시작했다.

뮤! 뮤! 뮤우!!

바둥바둥거리던 뮤는 마치 스펀지처럼 바닥에 닿는 부분의 피를 모두 흡수했고 덕분에 바닥은 원상태 그대로 깨끗해졌다. 일행이 어이없다는 듯 경악에 찬 눈으로 빈을 바라보자 머쓱해진 그녀는 그제야 뮤를 놓아주었다.

"어이!"

이번에도 그녀의 룸메이트 설아가 가장 먼저 입을 열었다.

"그거 목욕은 네가 시켜라."

"아아!"

살짝 인상을 찡그리며 피를 털어내려는 듯한 뮤를 다시 붙잡은 빈은 고개를 한번 끄덕하고는 뻗어 있는 프리스트에게로 시선을 옮겼다.

"어쩔 거야?"

"일단 여기 앉혀놓고… 빠져나가자."

"응? 갈 데는 있고?"

"갈 데가 아니라는 건 여기도 마찬가지야. 일단 이걸로 뮤부터 닦아."

"고마워."

설아가 손수건을 꺼내주자 빈은 스펀지에서 물을 짜내듯 손수건으로 뮤를 꾹꾹 눌러댔다. 그러나 피는 이미 말라 버린 것인지 뮤에게서는 아무것도 묻어 나오지 않았다.

"나중에 시냇가라도 찾아봐야겠어."

"그래, 서두르자. 저 아저씨 깨면 또 골치 아파."

설아의 말을 마지막 신호로 그녀들은 서둘러 신전 밖으로 빠져나가기 시작했다. 애초부터 그녀들은 그들을 따라온 것도 아니었고 저 프리스트가 기억 상실이라도 걸려주지 않는 이상, 그리고 그가 바보가 아닌 이상은 자신이 빈에게 공격당했다는 사실을 알아낼 것이다. 그가 깨어날 때까지 기다렸다가 실수였다며 사과를 한다고 '아, 그랬습니까? 사람이 살다 보면 그럴 수도 있겠죠' 라고 어물쩡 넘어가 줄 리가 있겠는가?

그나마 다행스러운 것은 이곳을 지나는 동안 그 많던 프리스트들과 단 한 번도 부딪치지 않았다는 것이다.

가희는 프리스티스의 힘을 쓸 수 있게 된 듯했지만 그것만으로 유사시를 대비할 수는 없는 일.

아무리 생각해도 도망가는 길이 최선인 듯했다. 그러나 주변을 둘러보며 바짝 긴장한 듯한 설아의 태도는 남주가 보기에 프리스트가 쓰러지기 전부터 불안해 보였다. 그리고 평소와는 다른 설아의 표정이란—마치 금방이라도 누군가 뒤쫓아오지 않을까 불안해하는—4년 넘게 룸메이트로 지낸 빈 역시 좀처럼 본 적 없는 표정이었다.

"…밖에 누구요?"

너무나 희미해서 금방이라도 사라질 듯한 노인의 목소리가 가냘프게 들려오자 소녀들은 흠칫한 표정으로 걸음을 멈추었다.

"…거기… 아무도… 없… 습… 니까?"

이번에는 좀 더 젊은 듯한 목소리였지만 갈라지고 쉰 듯한 목소리라 나이를 추측하기가 힘들었다.

"혹시 수도에서 오신 분들인가요?"

설아의 질문에 소녀들은 눈을 동그랗게 떴다.

"그렇소. 당신들은… 누구요? 어떻게… 이 저주받을… 신전에서… 자유롭게… 움직일… 수 있는… 거요?"

설아가 대답을 할까 말까 망설이는 표정으로 아랫입술을 깨물자 소녀들은 상대편의 목소리가 들려오는 방향과 설아를 번갈아 바라보며 그녀의 대답을 기다렸다.

"당신들의 대답에 따라 당신들에게 도움을 줄 수 있는 사람이에요. 해츨링의 목소리를 봉인한 구슬이 어디에 있는지 아십니까?"

"구슬? 케니의 목소리가 봉인되었다는 그 구슬을 말하는 거야?"

도저히 못 참겠다는 듯 빈이 설아를 향해 질문하자 설아는 자신의 입술에 검지손가락을 가져다 댔다. 빈의 말에 금방이라도 사라질 듯했던 노인의 목소리가 흥분된 듯 끊임없이 기침을 해댔다.

"쿨럭! 쿨럭! 당, 당신들은⋯ 쿨럭쿨럭!"

기침 소리가 차츰 잦아들자 노인의 목소리는 처음보다 가냘프게 들려왔다.

"⋯당, 당신들은⋯ 크헉⋯ 누구요?"

"계속 말씀하시면 건강에 해롭습니다. 아시는지 모르시는지만 말씀해 주세요."

설아의 단호한 말에 노인은 침묵했으나 그보다 젊은 듯한 목소리가 다급하게 대답했다.

"저, 정확히는⋯ 모르지만 알고⋯ 알고 있소!"

"제기랄!"

설아는 버럭 고함을 지르고 짜증스러운 표정으로 목소리가 들려왔던 방향으로 급하게 달려갔다. 소녀들은 영문도 모르는 채 설아의 뒤를 따랐고 그녀는 굳게 닫힌 문을 발로 뻥뻥 차기 시작했다.

"뭐 하는 거야?"

빈이 어이가 없다는 듯한 목소리로 묻자 설아는 대뜸 신경질을 부렸다.

"보고도 몰라?! 문 열려는 거잖아!"

"하아, 그렇게 해서 그게 열려? 비켜봐."

빈은 한숨을 내쉬며 설아에게 비키라는 듯 손을 옆으로 흔들어 보이고는 그대로 문을 향해 달려갔다. '쾅' 하는 소리와 함께 그녀의 어깨가 세차게 문과 부딪치자 조금 전까지 미동도 없던 문이 덜커덕 하는 소리를 냈다. 그녀는 미간을 찡그리며 다시 한 번 뒤로 갔다가 어깨로 문을 들이밀었다.

쾅! 쾅!

설아도 합세하자 '덜컥' 하는 소리가 나더니 문과 벽 사이에 조그만 틈이 생기며 헐거워졌다.

"한 번 더 해보자! 하나, 둘, 셋!"

빈의 말에 설아가 고개를 끄덕이며 어깨로 문을 들이미는 순간 문과 벽을 잇고 있던 작은 연결 고리들이 떨어져 나갔고 요란한 소리와 함께 설아는 바닥으로 떨어진 문 위로 우당탕 멋지게 넘어져 버렸다.

"아야야야!"

어떻게 수습해 볼 사이도 없이 엎어진 자세에서 움찔대고 있는 설아를 향해 차마 눈 뜨고 볼 수 없다는 표정을 보이며 남주는 그녀의 손을 잡아 일으켰다.

"살아 있냐?"

"으… 응, 덕분에."

설아는 원망 섞인 눈으로 빈을 노려보며 고개를 끄덕였다.

"야! 야! 표정 풀어라. 장난이었어, 장난. 설마 그렇게 멋지게 넘어질 줄 누가 알았냐? 그건 그렇고, 이분들 이렇게 갇혀 있을 분들로 보이진 않는데……."

가희와 같은 회색의 로브가 프리스트라고 온몸으로 말해 주고 있는 노인과 프리스트 같진 않지만 뭔가 귀한 신분일 듯한 20대 초반의 청년 한 명이 등을 마주하고 의자에 앉아 있는 상태 그대로 밧줄로 꽁꽁 묶여 있었다.

"소리가 너무 컸어. 금방 사람들이 몰려올 거야. 서둘러!"

설아의 말에 노인은 고개를 저었다.

"사, 사람들이라면⋯ 걱, 걱정하지⋯ 않아도⋯ 된다⋯네."

물이라고는 구경조차 못해본 사람들처럼 노인과 청년의 입술은 바짝 말라 있었고 눈 주위는 시커먼 그늘이 지다 못해 움푹 들어갔다.

"사람들을 걱정하지 않아도 된다니요?"

가희는 밧줄을 풀어주며 의아하다는 표정으로 질문했지만 설아가 자신의 어깨를 툭툭 치며 고개를 젓자 대답을 듣는 것을 포기하고 청년의 밧줄을 풀어주었다.

"이 사람들은 탈수증에 걸린 것 같아. 나중에 상태가 괜찮아지면 듣도록 하고 지금은 쓸데없는 이야기는 피하자고. 그런 의미에서 구슬 어디서 보셨어요?"

"어이, 어이! 그게 지금 당장 필요한 거야?"

빈의 말에 설아는 고개를 끄덕거렸다.

"응, 당장 필요한 거야."

"⋯그것은⋯ 개인이⋯ 욕심 낼⋯ 만한⋯⋯."

"그거참, 말을 많이 하시면 안 된다니까 그러시네요. 서론은 할아버지에게도, 우리에게도 필요없어요. 아시겠죠? 좋아요. 할아버지보다는 거기 오빠가 더 상태가 좋은 것 같으니까 제가 하는 말 중에 정답이 있는지 잘 들어봐요."

청년은 오빠라는 말에 묘한 표정을 짓더니 이내 고개를 끄덕거렸다.

"첫째, 신전에 있다. 둘째, 프리스트가 가지고 있다. 셋째, 둘 다 아니다."

"세⋯ 번째⋯⋯."

"하아, 좋아요. 혼자서 일어날 수 있겠어요?"

설아의 질문에 그들은 자리에서 일어나려 노력해 봤지만 꽤 오랫동

안 묶여 있었던지 하반신에 힘이 실리지 않았다. 결국 일어서지도 못하는 그들을 부축하는 것은 소녀들의 몫이었다.

남주와 설아가 노인을 부축하기 위해 곁으로 다가가자 가희가 조심스럽게 말을 걸었다.

"저기… 내가 신성력을 쓰면 되지 않을까?"

"아, 그렇구나. 미처 생각을 못했네. 부탁해."

설아와 남주가 순순히 물러나자 가희는 고개를 끄덕이고는 무릎을 꿇었다.

그녀가 눈을 감고 두 손을 모으며 기도하는 것만으로 말로 설명할 수 없는 신성한 빛이 두 사람을 감싸고도 남을 정도로 퍼져 나오자 노인은 두 눈을 커다랗게 치켜떴다.

누가 봐도 하이 프리스티스라는 것을 알려주는 자신과 같은 회색의 프리스티스 복장을 하고 있는 여인은 놀랍게도 이제 겨우 열여섯, 열일곱쯤으로 추정되는 어린 소녀였다.

"당신은 누구십니까?"

온화함이 느껴지는 듣기 좋은 노년의 목소리다.

아마도 가희의 신성력으로 인해 본래의 목소리로 돌아온 것이리라.

"어서 나가시지요. 이런 데서 쓸데없이 보낼 시간은 없습니다."

빈의 말에 두 사람의 시선은 자연스럽게 그녀를 향했다.

"핫! 하하하! 이런, 실례를 용서하시오. 큭……."

청년은 억지로 터져 나오려는 웃음을 참으며 얼굴을 돌렸다. 소리만 내지 않고 있을 뿐 웃고 있는 건 노인도 마찬가지였다. 빈은 영문을 몰라 어리둥절한 표정을 짓다 차츰 기분이 나빠졌다.

저들이 허파에 바람이라도 들어간 것마냥 웃음을 터뜨리는 것은 모두 이 갑옷 덕분이라는 것을 자신의 얼굴과 갑옷을 번갈아 보는 그들의 시선을 통해 알 수 있었던 것이다.

"수도의 유행입니다. 비웃지 말아주십시오."

좋은 핑곗거리였던 '수도의 유행입니다' 란 말이 통할 리가 없었다. 이들은 수도에서 온 자들이다.

수도가 어디에 붙어 있는지도 모르고 가본 적도 없는 자들보다 수도의 유행에 더 빠삭할…….

설아는 살짝 눈을 흘기며 빈을 바라보았다.

"그런가? 우리가 떠난 사이 수도에서 그런 유행이 돌았던가?"

…이럴 수가! 통했다?

"그렇다고는 하지만… 풋, 그 갑옷은 본래 속에 입는 거 아닙니까? 유행도 좋지만… 하하하, 아무리 봐도 우스워서……. 이런, 실례……. 아무튼 요즘 수도에는 별 이상한 유행이 다 도는군요."

들켰다. 드디어 들켜 버렸다.

간신히 속에 입는 갑옷이라는 걸 속이고 있었는데 저놈의 청년 덕택에 빈이 알아버린 것이다.

"으으윽! 설아, 너 딱 걸렸어! 이리 와, 이리 와. 어딜 도망가?!"

짧은 다리로 도망간들 얼마 못 가 뒷덜미를 붙잡힐 설아는 오랜만에(?) 빈을 향해 비굴한 미소를 짓는다.

"에헤헤~ 폼나는 것보다 가벼운 거라며~ 어?"

"설.아!!"

'빠드득 빠드득' 이 가는 소리를 내며 빈은 설아의 목에 팔을 걸쳤다.

"에헤헤, 한 번만 봐주면 안 잡아먹지~"

설아는 필사적으로 콧소리를 내며 애교를 부렸다.

"잡아먹어라, 잡아먹어! 그전에 내가 먼저 잡아먹어 줄 테니까."

빈은 팔로 설아의 목을 콱콱 졸라주고는 켁켁거리는 그녀를 뒤로한 채 영문을 몰라 어리둥절한 눈으로 자신을 바라보는 청년을 향해 얼굴을 붉혔다.

"뭐… 그쪽은 20kg이 넘어가는 갑옷을 입고도 용케 움직이는군요."

"그야 기사의 기본이 아니겠습니까? 훈련이란 폼이 아니니까 말입니다."

어쩐지 으쓱거리고 있는 듯한 그를 빈은 아니꼽다는 듯한 목소리로 비아냥거렸다.

"헤에, 그럼 그 훈련 중에 프리스트에게 맥없이 잡히는 법도 있었나 보죠?"

"흠흠! 무기도 없으니 어쩌겠습니까? 일이 이렇게 될지도 몰랐고……."

"허, 군인이 전쟁터에서 총을 뺏기고도 할 말이 있을 것 같아요?"

"총?"

"아, 그런 거 없나? 무기 말이에요, 무기!"

"그런 거라면 당신들도 빼앗기지 않았습니까?"

"흥! 이런 거야말로 기본이죠."

망고슈를 꺼내 들며 의기양양한 미소를 짓는 빈에게 일행은 고개를 설레설레 흔들었다.

"어떤 상황이라도 기사라면 무기를 지니고 있어라, 훈련받으면서 스승이 폼나라고 괜히 떠드는 말인 줄 알았죠? 수행이 부족해요, 수행이!"

말려든다.

말려든다…….

빈 후까시 잡는 데 사람 한 명 또 말려든다.

"그렇군. 아직도 수행이 부족했어. 이게 다 내가 실력만 믿고 자만한 결과라니……."

'뿌드득' 이를 갈며 바닥으로 푹 고개를 떨구고는 한없이 땅을 파고드는 청년을 향해 동정의 눈빛을 보내던 설아는 가벼운 한숨을 내쉬었다.

"자자! 그런 건 밖에 나가서도 얼마든지 할 수 있는 이야기고, 구슬은 어디에 있죠?"

"밖에 있소. 그러나 찾을 수 있을 거라는 기대는 하지 마시오. 어디까지나 협조는 해드리겠소만……."

"구해주니까 이젠 자신들이 구슬을 손에 넣으시겠다?"

설아의 냉소적인 말에 청년은 울컥한 듯 얼굴을 붉혔으나 은인은 은인. 그의 얼굴에는 은인에게 화를 낼 수는 없는 법이니 자신이 참겠다는 표정이 역력했다.

"그런 것이 아니니 오해 마십시오. 밖에 나가보면 자연스럽게 아시게 될 것입니다."

"뭐, 아무튼 좋습니다. 빨리 나가기나 하자구요."

"…당신은… 두렵지도 않습니까?"

"뭐가 두렵다는 거죠?"

"지금은 금기의 시간이오. 쉴드께서 부정한 것들을 만든 시간이라고 해서 아무도 집 안에서 꼼짝하지 않죠. 이 시간에 돌아다니는 건 도둑이나 짐승들처럼 부정한 것들뿐이오!"

노인의 말에 설아는 살짝 인상을 찡그렸다.

"야, 지금 몇 시냐?"

"일곱 시."

남주가 손목시계를 보며 무뚝뚝하게 대답하자 설아는 여전히 찡그린 표정으로 한숨을 내쉬었다.

"하아~ 여기 지금 늦가을이죠?"

"당신, 아까부터 왜 자꾸 당연한 것을 묻고 그러시오?"

"…제길, 해 떨어졌다는 소리군."

설아는 노인의 말을 무시하고는 방에 놓여진 램프를 챙겨 들었다.

"해 떨어졌다니?"

"일반인은 못 다니고 도둑과 야생 동물들이 지나다니는 금기의 시간이 뭘 것 같아? 오전? 오후?"

설아의 말에 가희가 알아들었다는 듯 고개를 끄덕거렸다.

"어두우면 초저녁이라도 다니지 않는다는 말이구나."

"그래도 순찰 정도는 돌지 않겠어?"

남주의 질문에 빈은 고개를 흔들었다.

"아마 안 돌걸. 여기만 해도 이렇게까지 큰 소리가 나는데도 아무도 나오지 않잖아. 우리가 그렇게 돌아다녀도 프리스트들을 만나지 못한 건 결코 운이 좋아서가 아니었어."

그녀의 말에 노인은 이상한 표정을 지어 보였다.

저 소녀들이 임플란드 인이 아니라는 것은 저들의 외모만으로도 알 수 있었다. 검은 머리카락에 갈색 눈동자, 누가 봐도 갈색에 가깝다고 느낄 어두운 피부 색의 통통한 소녀는 대단한 부자인 듯 왕가에서도 구하기 힘든 안경까지 끼고 있었고, 그 소녀에 비하면 나머지 세 명의 소녀들은 하얀 피부였으나 눈동자는 역시 갈색에 가까웠다. 중성적인 외모에 어지간한 남자보다 큰 듯한 장신의 소녀는 그녀들의 가드 역할을 하는 듯했고 안경을 낀 소녀와 비슷한 키의 소녀는 자신들보다도 하얀 피부와 임플란드에서 흔히 볼 수 있는 밝은 갈색의 머리카락으로 보아 자신들과 같은 임플란드 인이 아닐까 싶은 생각이 들었지만 그녀의 눈동자가 다른 소녀들과 같은 갈색임을 감안하건대 쉽사리 짐작이 가지 않았다.

"당신… 어디 소속이오?"

"그녀는 어디에도 소속되어 있지 않습니다."

노인은 그녀와 같은 회색 옷을 입고 있었지만 신성력을 지니고 있지는 않은 듯싶었다.

만일 신성력이 있었다면 청년의 체력이 그렇게까지 저하되지는 않았을 테니 말이다.

"당신같이 대단한 신성력을 지닌 자를… 제가 알지 못했다니 뭔가 수상하다는 생각이 드오만……."

"당연하죠! 보아하니 당신도 지위깨나 높은 프리스트 같은데… 세상에 있는 프리스트를 다 안다고 확신할 수 있으세요? 꼭 말씀하시는 게 임플란드 내에 프리스트들이 모두 어떻게 생겼고 몇 명이나 되는지 알고 있다는 듯한 말투시군요."

남주가 거슬린다는 태도로 받아치자 노인은 생긋 미소를 지었다.

"하이 프리스티스, 그것도 임플란드 내에서의 하이 프리스티스의 숫자는 매우 적은 편이오. 모두 합쳐 봐야 50명 남짓이니 얼굴이나 이름이 일치되지 않아 그렇지 우연히 마주치거나 그녀들의 소식이 들리면 아는 척할 수는 있소."

"임.플.란.드. 내.에.서.만. 그러시겠죠. 이봐요, 우리가 임플란드 인
이라고 생각하세요?"

설아가 비웃는 듯한 표정으로 청년을 향해 질문하자 청년은 당황한
표정으로 그녀를 올려다보았다.

"제가 안 그랬습니다만……?"

"…뭘 '제가 안 그랬습니다만?' 이에요?! 그냥 물어보는 거잖아요.
우리가 임플란드 인으로 보이냐고 말이에요."

"아, 프리스티스님은 모르겠지만… 그다지 우리 나라 사람으로 보이
진 않는군요."

원하는 대답이 나오자 그녀는 피식 미소를 지으며 양 어깨를 으쓱거
렸다.

"들으셨죠? 우린 이곳 사람들이 아니에요."

딱 부러지게 면박을 주고 있는 설아에게 노인은 또다시 의아한 표정
으로 질문했다.

"그럼 당신들은 무엇 때문에 이곳에 온 것이오?"

원활한 이야기 흐름을 위해서 이 사람들에게 우리가 사실은 여기 사
람이 아니며 당신들은 설아가 진행시키는 이야기의 등장 인물에 지나
지 않는다는 설명을 해봤자 이야기 꺼낸 사람만 미친 X 취급을 당할
것이고, 그렇다고 계속 여기서 저 프리스트의 궁금증을 일일이 풀어준
다고 앉아 있는다면 날밤 새기 딱 좋다. 그러니까 원활한 이야기 흐름
을 위해서는 그의 질문에 대한 대답은 이쯤에서 얼버무리는 편이 좋았
다.

"더 이상 질문은 받지 않겠어요. 이봐요, 프리스트라면 쉴드의 뜻에
따라요. 우리에게는 하이 프리스티스가 일행으로 계세요. 말씀해 보세

요. 하이 프리스트가 나쁜 놈… 으으… 유치한 표현이긴 하지만 아무튼 바스타드로 떡을 쳐도 모자랄 나쁜 패거리에 끼겠어요?"

"…그렇지 않소."

"좋아요. 그럼 우린 나쁜 놈은 아니라는 소리죠? 그렇다면 냉큼 밖으로 안내해요. 레이디 퍼스트 몰라요? 레이디가 퍼뜩퍼뜩 가라고 소리 지르기 전에 스스로 알아서 기어야지 트집 잡으면 안 된다는 소리라구요. 알아들었으면 어서 나가지 않고 뭐 하고 있어요?!"

"서, 설아야, 그 말은 그런 뜻이 아니잖아."

가희가 기가 막힌다는 표정으로 버벅거리자 다른 일행은 설아가 저러는 게 어디 하루이틀 일이냐는 듯 그녀의 어깨를 툭툭 치며 고개를 흔들었다.

설아의 페이스에 말려들어 밖으로 한 발짝 발을 내밀던 청년이 문득 빈을 바라보며 잠시 멈칫거렸다.

"혹시… 레이디들께서 간첩은… 아니시겠죠?"

"이봐요, 질문 안 받는다고 했죠?! 게다가 멍청하게 적군을 살려주는 간첩 봤어요? 어서 가기나 해요! 더 이상 꾸물거린다면 저도 가만있진 않을 거예요!"

설아가 청년의 손에 램프를 건네며 그의 등을 힘껏 떠다밀자 마지못해 앞장을 서는 청년의 뒤로 이번에는 회색의 로브를 만지작거리는 프리스트가 눈에 들어왔다.

"뭐예요? 무슨 말이 하고 싶어서 안 가고 버티시는 거죠?"

이제 질렸다는 듯 팔짱까지 끼고 서서 말해 보라는 듯 건방진 포즈를 취하는 설아에게 그는 살짝 인상을 찡그렸다.

"난 여기에 남겠소."

이건 또 무슨… 엘프가 숲에 불 지르는 소리인가?

"네?"

"여기에 남겠소. 구슬 때문이라면 저보다 여기 계신 아크레님께서 더 많은 도움을 주실 거요. 저 같은 늙은이는 데리고 가봐야 짐밖에 되지 않을 거고 저들도 구슬이 당신들 손에 넘어갔다는 이야기를 들으면 나를 더 이상 이곳에 묶어두진 않을 것이오. 어쨌거나 난 수도에서 온 사람이니 지금까지 살아남을 수 있었던 것처럼 잘 견뎌낼 수 있을 것이오."

"간단하게 말해요. 그렇게 길게 설명하는 말을 일일이 기억해 줄 정도로 머리 좋은 사람 여기엔 없어요."

그는 더욱 확고해 보이는 얼굴로 자신의 말을 이어 나갔다.

"…신앙에 배반하고 싶은 마음은 없소. 태양이 없는 어둠 속에선 부정한 것들만이 움직인다는 쉴드의 가르침을 아직도 생생하게 기억하고 있단 말이오! 그런데 내게 믿음을 배반하라는 건가?!"

흥분한 듯 거칠어진 그의 말투는 존칭에서 반말로 바뀌었고 자연스럽게 올라간 자신의 언성에 얼굴까지 붉어졌다.

"바보 같군. 여기 계신 프리스티스님을 부정한 분이라고 생각하십니까? 당신의 동료도 부정해요? 네? 당신 일행도 부정해요?"

비아냥거리는 그녀의 말에도 그는 고집스럽게 그 자리를 지키고 서 있었다.

"누가 뭐라고 해도 난 움직이지 않겠소."

"마음대로 하세요. 우리도 싫다는 사람을 붙잡고 늘어지진 않으니까 말이죠."

설아는 일행을 향해 가자는 듯 고갯짓을 해 보이고는 미련없이 밖으

로 나가 버렸고 혼자 남은 프리스트는 가슴을 쓸어 내리며 한숨을 내
쉬었다. 어쨌거나 하이 프리스트로서 쉴드의 말을 지킨 것이니 만일
여기서 죽게 된다 하더라도 그는 순교자가 되고 싶지 어둠에서 떠는
부정한 자가 되고 싶진 않았다.

"…그 구슬이 어디 있다구요?"
"녹색 지붕 집… 꼬마에게 맡겼으니 방 어딘가에 있겠지요."
기어들어 가고 있는 아크레의 목소리에 빈이 미간을 찡그렸다.
"그러니까 어느 녹색 지붕 집인데요?"
빈의 눈 아래로 펼쳐진 녹색 지붕 집은 신전을 제외한 모든 집이라
고 해도 과언이 아니었다.
"이렇게 되면 나무 위로 기어올라 온 보람이 없잖아! 어떻게 된 게
전부 녹색 지붕이야?!"
버럭 소리를 지르며 짜증스럽게 나무에서 내려온 빈은 손가락으로
집들을 가리키며 화를 냈다.
그의 말을 들어보니 무기를 뺏겼을 때 이상한 낌새를 눈치 채고 자
신에게 구슬을 돌려줄 때 은근슬쩍 가짜로 바꿔치기한 뒤 마을 분위기
가 어땠는지 살펴보라는 폐하의 명이 있었다고 핑곗거리를 만들어냈단
다.
혼자가 아닌 감시자가 있었기에 어떻게 구슬을 숨기지도 못하고 있
던 참이었는데 언뜻 보니 열 살가량의 꼬마들이 구슬을 가지고 노는
게 보였단다. 은근슬쩍 구슬을 흘렸더니 꼬마 여자애 하나가 냉큼 구
슬을 줍고는 후닥닥 집으로 들어가 버렸단다. 언뜻 보기에 그 집 지붕
이 녹색이라 기억하기 좋겠다며 속으로 쾌재를 부르는데 신전으로 돌

아가는 길에 무심코 하늘을 올려다보니 지붕이 줄줄이 녹색이라는 게 이야기의 전부였다.

"당신, 바보 아니야?"

"…그렇게 말씀하신다고 해도 할 말 없습니다."

"이거 이 야밤중에 아이들 모아놓고 누가 가지고 갔냐고 물어볼 수도 없으니……."

빈의 말에 남주는 흘낏 시계를 바라보았다.

"야밤은 아니잖아. 아직 8시도 안 됐는데……."

"해 떨어졌는데 이곳의 부모들이 애들을 모아주겠냐?"

빈의 한심스럽다는 듯한 말투에 남주는 가벼운 한숨을 내쉬었다.

"하아~ 그것도 그렇다. 나참, 어째서 밤이 부정하다고 하는 건지……."

"그런 것보다 어떻게 할 거야? 밤새 이렇게 있을 수도 없고 그렇다고 산 지리도 모르는데 내려갈 수도 없잖아. 그 짜증나는 드래곤도 버티고 서 있을 텐데……."

빈은 설아를 향해 살짝 미간을 찡그렸다.

"구슬을 찾는 게 제일 큰일이야. 구슬만 있으면 드래곤에게 겁먹을 필요도 없지. 돌려주면 그뿐인걸."

"당신들, 그 구슬을 드래곤에게 넘기겠다는 말입니까?! 폐하께서 원하시는 물건입니다. 어떻게 그런 불충한 말씀을 하실 수 있습니까?!"

질책하는 듯한 그의 말에 설아의 눈꼬리가 올라갔다.

"그런 말은 임플란드 인에게나 하세요! 우린 여기 사람이 아니니까. 게다가 본래의 주인에게 돌려주는 일에 토를 달다니… 기사의 입에서 나오는 말치고 쩨쩨하잖아요."

그는 입술을 깨물며 설아를 노려보았다.

"주군을 위한 일입니다."

"주군께서 원하신다 해도 그것이 옳지 않으면 고쳐 주고, 고칠 수 없다면 설령 자신의 목에 칼이 들어와도 거절하는 것이 기사지요. 그래서 기사가 되는 것이 힘든 법 아니겠습니까? 그렇지 않으면 검 좀 다룰 줄 아는 자들은 개나 소나 다 기사라고 부르지 왜 당신 같은 기사가 따로 있겠습니까?"

빈은 허리를 곧게 펴고 진지한 얼굴로 아크레를 바라보았다. 아크레는 푸른 눈동자가 흔들렸으나 침묵을 지켰다.

"저거저거, 또 후까시 잡는다."

"저러다 작업 들어가는 거 아니야?"

"설아야, 솔직히 말해 봐. 사실 주인공이 빈이었어?"

"내가 약 먹었냐?"

아크레와 빈의 귀에 들어가지 않을 정도로 작은 목소리로 소곤소곤거리던 소녀들은 이번에는 빈이 자신의 품에서 망고슈를 꺼내 드는 것을 볼 수 있었다.

"당신이 충성을 바치는 자는 정의입니까, 주군입니까? 대답에 따라서 이 검이 당신에게 기사의 자격을 물을 것입니다."

"…저는……."

아크레는 한쪽 무릎을 꿇어 예를 갖추었다.

세 명의 소녀는 '저 남자가 왜 저러나?', 혹은 '저건 오버다!' 하는 표정으로 그가 하는 행동을 유심히 지켜보았다.

"당신의 존함을 알려주시겠습니까?"

"…빈입니다만……?"

"특이한 이름이군요. 전 크라크, 크라크 아크레라고 합니다, 빈님."

"여기 결투 신청은 저렇게 하는 건가? 빈이 녀석 괜히 후까시 잡다 골로 가는 거 아니야?"

"글쎄, 빈이 듣겠다. 조용히 해봐."

남주와 설아는 흥미진진한 얼굴로 그들을 바라보며 마치 영화의 다음 장면을 기다리는 관객처럼 조바심을 냈다.

"…저를 제자로 삼아주십시오."

"에엑!"

뜬금없이 제자라니?

"이봐요, 아크레 씨! 인생 망치고 싶어요?! 저 구리구리한 녀석의 제자로 들어가고 싶다는 말이 그렇게 쉽게 나오다니……. 아아, 나라면 목에 칼이 들어와도 절대로 사양하겠어요!"

거의 절규에 가까운 남주의 비명 소리에 아크레는 살짝 미간을 찡그렸다.

"스승님을 욕하지 말아주십시오. 아무리 친한 사이라고는 하지만 불쾌합니다."

"으아아! 벌써 스승이라고 부르다니……. 당신, 실수한 거야! 이젠 코 꿰였다고!"

설아가 골치 아프다는 듯 두 손으로 머리를 감싸고는 뒷걸음질치듯 그 두 사람 사이에서 물러나자 남주 역시 차마 눈 뜨고 볼 수 없다는 듯 '으아아아아!' 하는 비명을 지르며 근처에 있는 나무로 달려가서 머리를 퍽퍽 박아댔다.

"이봐, 너무하잖아. 나도 이미지라는 게 있는데 그렇게까지 거부 반응을 보이다니……."

인상을 찡그리며 야단법석을 떨고 있는 설아와 남주를 바라보던 빈은 아크레를 향해 가벼운 한숨을 내쉬었다.

"하아, 질문에 대답이나 해요. 게다가 당신은 나보다 나이도 많아 보이는데 어떻게 제자로 받아요? 게다가 전 누구를 가르칠 만한 검술 실력이 되지 않았습니다."

"전 기사입니다. 그리고 나이의 문제는 상관없이 스승님의 사고방식이 마음에 듭니다. 검술이라면 부족하지만 제가 도와드릴 수도 있으니 제자로 받아주십시오."

"스승을 가르치는 제자라니, 들어본 적 없습니다. 이곳에서 무사히 벗어날 때까지 동행으로 지내는 거라면 모르겠지만……."

"스승님, 제가 감히 어떻게 스승님을 가.르.치.겠습니까? 도.움.을 드린다는 것일 뿐이지요. 오해하지 마십시오."

서로를 바라보는 눈에 파지직 불꽃이 튀는 것 같았다.

무슨 일이 있어도 제자로 들어갈 것 같은 아크레의 표정에 빈은 한숨을 내쉬었다.

"하아, 우선 이 검을 받아요. 적어도 기사라면 무기는 있어야 하겠죠?"

"스승님께서는……?"

"걱정 말아요. 이것 말고도 망고슈는 또 있으니까."

아크레는 감동한 표정으로 망고슈를 받아 들었다.

"감사합니다. 이 은혜는 잊지 않겠습니다."

"…그만 하고 일어나세요."

빈의 말에 그는 벌떡 일어나 망고슈를 로브 안으로 집어넣었다.

"솔직히 말해 봐. 너보다 아크레 씨가 검을 들고 있는 편이 나을 것 같아서 넘긴 거지?"

"시끄러워. 설아야, 이제 어쩔 거야?"

빈의 질문에 설아는 아크레를 바라보았다.

"거기가 대충 어디쯤이었는지는 기억해요?"

"저도 이곳이 처음이라… 부근에 우물이 있긴 했습니다만……."

램프의 불빛으로 우물이 있는 곳까지 확인한다는 것은 무리였다.

"이래서야 날이 밝아야 움직일 수 있을 것 같은데… 어쩐다? 딱히 갈 만한 곳이 있는 것도 아니고 날 밝으면 신전에서 추적해 올 텐데… 여관 같은 데 어디 없나?"

"이곳이 유배지라는 것을 잊으셨습니까? 여관이 있을 리가 없지요. 폐하의 사자나 교단에서 사람이 나올 때야 신전에서 묵으시니 사실상 여관도 필요없고 말입니다."

"어떻게 그렇게 잘 아시는 거죠?"

설아의 의심스러운 듯한 말투에 그는 잠시 말을 멈췄다.

"…짐작일 뿐입니다. 조금만 생각해 보면 알 수 있는 문제죠."

"하긴……."

난감한 표정으로 무심코 남주를 보는 순간 뭔가 허전하다는 생각이 든 가희는 고개를 갸웃거렸다.

"남주야, 소환책 신전에 두고 왔니?"

"아니, 여기 있어."

남주는 로브에서 책을 꺼내 보였고 다시 신전에 들어가야 하는 게 아닐까 긴장했던 세 명의 소녀는 한숨을 내쉬었다.

"아아, 그 책은……."

놀란 듯한 표정으로 남주를 바라보는 아크레에게 그녀는 살짝 눈을 홀겼다.

"아아, 놀라라. 왜요? 이 책에 뭐라도 묻었어요?"

"당신들은… 정체가 뭡니까? 어린 나이에 현자나 읊조릴 만한 이야기를 줄줄 해대지를 않나 전설 속에서나 겨우 들어볼 수 있었던 책과 하이 프리스티스로 이루어진 파티라니……."

정색을 하며 묻는 그에게 설아는 버럭 소리를 질렀다.

"압! 나는 왜 빼요?!"

"…설아야, 설아야, 지금은 그게 중요한 게 아니잖아."

남주가 설아의 등을 퍽퍽 두들기며 정신 차리라는 듯한 표정을 짓자 그녀는 미간을 찌푸렸다.

"아프다. 그만 해라."

"저는 지금 심각하게 묻고 있는 겁니다. 안경만 해도 보통 사람들은 구경조차 하기 힘든 물건인데… 당신들은 누구십니까?"

자신에 대한 언급이 겨우 안경이 갖는 희소성의 가치 정도라는 뉘앙스에 설아는 입을 삐죽거렸다.

"드래곤."

"아아……."

아크레는 경악에 찬 눈으로 설아를 바라보았다.

"드래곤이라고 하면 만족하시겠어요?"

생긋 미소를 지으며 얼굴 가득 '속았지롱~' 하는 표정을 짓는 설아에게 그는 버럭 소리를 질렀다.

"장난이 너무 지나치시군요!"

"뭐… 이쪽도 뭐라고 설명하기 힘드니까 하는 말이에요. 장난이 아니라 설명할 수가 없으니까. 우리는 임플란드 인도 아니고 간첩도 아니에요. 그러니 이쯤에서 정체를 파악하려는 수고는 그만두시고 어지 간하면 넘어가자구요. 하아~”

설아가 정색하자 그는 고민하는 듯한 표정으로 소녀들을 한번 쭉 바라보았다.

한결같이 평범해 보이는 소녀들이었다.

위험한 요소는 많지만 정작 그녀들에게선 위험이 느껴지지 않았다.

“하아, 좋습니다. 딱 한 가지만 묻지요. 당신들이… 인간이라는 것은 확실하겠죠?”

그의 말에 소녀들은 피식 미소를 지었다.

“그럼 우리가 오거로 보여요? 인간 맞으니까 안심하세요.”

설아의 농담조의 말투에 그는 가벼운 한숨을 내쉬었다.

자신의 짐작이 맞다면, 그리고 자신의 지식이 올바른 것이라면 저 책은 자신을 소유한 주인을 절대적인 강자로 인도할 것이다.

“정말 난감하군. 이러다 그 바퀴벌레 같은 프리스트 집단이 활동하는 시간이 되면 우린 또 붙잡히게 되는 건가?”

남주의 푸념 같은 말에 아크레는 물끄러미 그녀가 들고 있는 책을 바라보았다.

“…그런데 그거 폼으로 들고 다니는 겁니까?”

남주는 그의 말에 그렇지 않아도 커다란 눈을 더 크게 치켜떴다.

“이 책 말인가요? …혹시 사용법을 아시는 거예요?!”

질문을 끝내기가 무섭게 그녀는 아크레의 손을 덥석 붙잡고는 물에 빠진 사람이 지푸라기라도 잡는 듯한 간절한 눈빛을 보냈다.

“…폼이었던 겁니까?”

땀을 삐질삐질 흘리며 묻는 그에게 남주는 단호하게 고개를 끄덕거렸다.

"사용법을 모르니 폼이죠."

"그런데 뭐 믿고 그렇게 당당하신 겁니까?"

"어떻게 사용하는지만 알면 더 이상 폼이 아니니까요."

"하아, 일반적인 소환술에 대해서라면 저도 아는 바가 없습니다만 그건 전설로 워낙 유명한 책이니 남들이 아는 만큼은 알고 있습니다. 전설에 의하면 그 책에 소환진을 그려 그것에 해당하는 게 소환되면 계약을 맺을 수도 있다고 합니다. 일단 계약을 맺기만 하면 그 해당 페이지를 찢기만 해도 그 페이지에 계약되어져 있는 소환수가 소환된다고 합니다. 복잡한 소환 의식 같은 것이 생략된 채 말입니다."

아크레는 남들이 다 알고 있는 사실을 자신만이 알고 있는 것마냥 떠들어댄 것 같아 민망해졌다. 그러나 그의 말에 이어진 남주의 질문은 옛이야기를 좋아하는 다섯 살짜리 애들도 알고 있을 만한 기본적인 것이었다.

"그럼 소환진은 한 번 쓰고 또 그려야 되는 건가요?"

"당신… 프리스트님께서 설교하실 때 졸았습니까? 하아, 그 책이 어째서 전설에 나왔다고 생각하세요? 그 페이지는 아무리 찢어도 다시 채워집니다. 전설이 사실이라면 아마도 그 책의 두께가 얇아지는 일은 결코 없을 겁니다. 흠… 전설이 정확하다면 말입니다."

"와우! 이거 굉장한 책이군요!"

남주는 그제야 땡잡았다는 표정으로 책을 바라보았지만 해결해야 할 문제가 아직 남아 있었다.

"그런데 소환진은 아십니까?"

그녀가 책의 주인이 맞는 건지 의심스러워진 아크레는 그녀를 향해 가벼운 핀잔을 주듯 농담을 걸었다.

"…소환진, 그런 것도 정해져 있나요?"

그러나 그는 농담을 걸 상대를 잘못 골랐다. 그녀는 초보 소환사 중에서도 생초보였으니 말이다.

"그런데 그거 뭐 가지고 그려? 우린 펜도 없잖아."

"아, 그런 문제도 있었지."

좋다 말았다는 듯한 표정으로 책을 내려다보자 지금까지 조용히 있던 뮤가 남주가 있는 곳으로 튀어나와 몸을 흔들어댔다.

"뮤?"

의아한 표정으로 뮤를 바라보는 것도 잠시, 소녀들은 자신도 모르게 눈을 크게 뜨기 시작했다.

그렇게 손수건으로 문질러 대도 닦이지 않던 피가 섬뜩하게 털려져 나와 바닥에 고였던 것이다. 이상한 것은 바닥이 모두 흙으로 되어 있는데도 전혀 스며들지 않고 있다는 사실이었다.

"이걸로 그리라는 거… 냐?"

뮤우! 뮤!

"…소환진 그릴 줄 모르니까 미안하지만 이건 필요없어."

섬뜩함에 고개를 흔드는 남주에게 아크레는 걱정 말라는 표정으로 씨익 웃어 보였다.

"실프를 소환하는 진은 알고 있습니다. 한번 그려보시겠습니까? 저야 그런 쪽으로는 전혀 능력이 없는 것인지 한 번도 성공해 본 적이 없지만……."

"에… 그런데 이런 걸 기사인 당신이 어떻게 알고 있는 거죠?"

남주의 미심쩍은 표정을 본 아크레는 가벼운 미소를 지었다.

"실프나 운디네 같은 경우 만인의 연인이니까요."

쑥스러운 듯 머리를 긁적거리는 걸로 봐서 남자들이 군대에서 갖는 담배와 같은 의미가 아니었을까 조심스럽게 추측해 보는 남주였다.

어쨌거나 남의 속도 모르고 신이 나서 망고슈를 꺼내 들고 좋아라 바닥에 진을 그려대는 그를 보며 그녀는 속으로 한숨을 내쉬었다.

'하아~ 제자나 스승이나 남의 속을 긁는 데는 뭔가 있다니까. 쳇, 제자가 되더니 남의 속 긁어놓는 법부터 배웠나 봐.'

남주가 내켜 하든 그렇지 않아 하든 어느덧 복잡해 보이는 소환진이 완성되었고 그녀는 여전히 내키지 않는다는 표정으로 침을 꿀꺽 삼키고는 손가락에 피를 적셨다. 본래 만화가 지망생이니 복잡하다고 해도 보고 그리는 것 정도야 간단한 일이었다. 내심 소환수를 그리는 게 아닐까 긴장했던 것에 비하면 소환진이야 여러 개의 도형으로 이루어져 있는 것이니 말이다.

"흐음, 이렇게 하면 되는 거야?"

진을 완성시킨 그녀에게 그는 고개를 끄덕거렸다.

"이제 찢어서 던져 나타나면 성공이죠."

그의 말에 일행은 긴장한 얼굴로 남주의 행동을 지켜보았다.

"나와라, 나와라, 나와라, 나와라, 나와라, 나와라, 나와라……."

남주는 눈을 꼭 감고는 소환진이 그려진 페이지를 찢어 공중으로 던지며 마치 주문을 외우듯 반복해서 외쳤다.

"나, 나왔다!"

어쩐지 경악에 찬 듯한 목소리에 남주는 감았던 눈을 번쩍 뜨고는 자신의 앞에 있어야 할 실프를 바라보았다.

깨끗하게 정리되어 반짝이고 있는 대머리와 3m는 족히 넘어갈 듯한 장신의 너무나도 튼튼한 실… 프… 를……?!

"이게 어떻게 된 거죠?"

"말도 안 돼! 시, 실프라고? 당신이……?!"

아크레는 경악에 찬 듯한 표정으로 자신의 머리카락을 양손으로 감싸 쥐었다.

자신이 소중하게 간직해 뒀던 소환진이… 훈련소에서 온갖 어려운 일을 견디게 해줬던 마음속의 위안이… 저렇게 커다랗고 시커먼 남자였단 말인가?!

"저와의 계약을 원하십니까? 저는 소환책의 진입니다만……."

"아까 그 진이 소환책의 진?! 풋! 푸하하하하!"

멀뚱멀뚱 구경만 하고 있던 빈이 도저히 못 참겠다는 듯 폭소를 터뜨리자 아크레는 털썩 땅에 주저앉아 버렸다.

"아아… 이건… 이건… 말도 안 돼."

아직도 패닉 상태에 빠져 있는 아크레를 흘낏 바라본 진은 가벼운 한숨을 내쉬었다.

"하아, 어쩐지 반기지 않는 듯한 분위기군요. 전 그 책의 첫 소환수가 되는 줄 알고 부름에 응한 것입니다만 필요없으시다면 물러가겠습니다. 그렇지만 이왕 나온 거 한 가지는 무료 봉사해 드리죠. 제가 들어드릴 수 있는 것 중 한 가지만 말씀해 주십시오."

"에… 어쨌든 내가 불러낸 거니까 계약할래. 이렇게 된 거 안 하는 것보다 하나라도 많은 소환수를 갖는 게 나을 것 같아."

남주는 생긋 미소를 지으며 진에게 고개를 끄덕거려 댔다.

"영광입니다. 제 이름은 실프, 마스터의 존함은 어떻게 되십니까?"

"임남주. 잘 부탁해."

손을 내밀어 악수를 청하는 남주에게 그는 감격한 듯한 태도로 두 손을 꼭 잡고 위아래로 붕붕 흔들어댔다. 아크레는 그의 이름이 실프 라는 것을 들은 후 완전히 재기 불능에 빠진 듯 넋 나간 사람처럼 멍하 게 그만 바라보고 있었고, 빈은 이제 아예 배를 잡고 주저앉아 버렸다.

"혹시 봉인의 구슬을 가져올 수 있을까? 이 마을 어딘가에 있을 텐 데……."

남주의 말에 진의 안색이 창백하게 변했다.

"설마 진심은 아니… 시… 겠죠?"

"응?"

"봉인의 구슬은 저 같은 소환수가 만지면 바로 봉인당한다는 사실을 모르십니까?"

"어? 그래? 그럼 구슬이 어디 있는지는 알 수 있어?"

"당연하죠. 그렇지 않으면 저 같은 진은 벌써 사라져 버렸을 것입니 다. 다른 명령을 내려주십시오."

"저기… 그 구슬이 어디에 있는데?"

남주가 면목없다는 듯 조심스럽게 질문하자 그는 신경 쓰지 말라는 듯 가벼운 미소를 지었다.

"…라이트!"

진의 주변으로 여러 개의 빛의 구가 떠올랐다. 눈물을 찔끔거리며 눈을 깜빡거리는 일행에게 미안한 표정을 지으며 진은 빛의 구 몇 개 를 이동시켰다.

"주인님, 잠시 실례하겠습니다."

진은 남주를 번쩍 안아 올리고는 손으로 빛의 구가 떠 있는 곳을 가 리켰다.

"저기 분수대 있는 게 보이십니까?"

"아아… 응."

"왼쪽에서 다섯 번째입니다."

"고마워."

"천만의 말씀입니다, 주인님. 달리 더 부탁하실 것은 없으십니까?"

실프가 상냥한 목소리로 질문하자 남주는 그 말을 기다리고 있었다는 듯 눈을 빛내고 있었다.

"혹시 소환진 아는 것 있어?"

"…네?"

"그러니까 소환진 아는 거 있냐고……."

"그걸 소환사가 소환수에게 묻고 있는 것입니까?"

어쩐지 한심함을 넘어서 어이가 없다는 말투였다.

"으아아! 시끄러! 시끄러! 알면 좀 바닥이든 어디든 그려봐."

"뭐… 진이라는 특성상 가끔 하급의 소환수를 소환해다 쓰는 일이 있긴 합니다만……."

"아아, 그래?"

눈을 반짝이며 저 진이 봉이려니 하는 표정의 남주에게 진은 한숨을 내쉬었다.

"하급 소환수야 절 불러내시면 간단한 것이니 필요없으실 테고 좀 더 강력한 진을 알려 드리겠습니다."

진은 큰 키에 어울리지 않게 쭈그려 앉아서는—설아가 보기엔 충분히 궁상스런 포즈였다—바닥에 소환진을 그리기 시작했다. 남주는 내키지 않았지만 또다시 손가락에 피를 묻혀 소환진을 따라 그려냈다.

"호오, 주인님은 피를 즐겨 쓰시는 겁니까? 궂지 않나요?"

"즐겨 쓰는 게 아니라 도구가 없어서……. 게다가 이상하게도 안 굳더라고."

"주인님, 경우에 따라 피를 좋아하지 않는 자들도 있으니 조심하십시오. 뭐… 피로 계약을 맺은 자들이 강하다는 것은 알고 있지만 말입니다."

"헤에, 그럼 너도 강한 거야?"

"최상급의 진이라 불러주십시오."

어쩐지 자부심이 느껴지는 말이었다. 남주가 따라 그린 진은 모두 다섯 개로 도형 외에 그녀가 생전 처음 보는 글자도 쓰여 있었다.

"그런데 이 소환진들은 누구를 소환할 때 쓰는 거야?"

"…고대어 모르십니까?"

"몰라."

너무나도 당연하다는 듯한 대답에 진은 어이가 없다는 표정으로 가벼운 한숨을 내쉬었다.

"주인님, 실례지만 소환사 맞습니까?"

"…꼭 알아야 돼?"

이대로 있다가는 계약 자체에 회의가 들 것 같은 생각에 그는 남주의 말에 충실하게 답변하려 애썼다.

"하아. 첫 번째는 드래곤, 두 번째는 유니콘, 세 번째는 피닉스, 네 번째는 천사, 다섯 번째는 마족입니다. 드래곤은 위력적이고 까다로운 것은 피닉스입니다. 악마와 천사를 동시에 소환하는 것은 몸에 기름을 끼얹고 피닉스와 왈츠를 추는 것보다 어리석은 짓이라는 것을 명심하십시오."

그의 말에 남주는 살짝 인상을 찡그렸다. 만만한 건 유니콘이라는 건가?

"아무튼 죽고 싶지 않으면 둘 다 조심하라는 거지?"

"그렇습니다. 그렇지만 유니콘은 순결한 소녀를 좋아하니 순순히 주인님과의 계약에 응해줄 겁니다. 혹시나 루시퍼나 사탄이 유희를 즐기기 위해 부름에 응할 경우가 있는데 그중 십중팔구는 계약의 대가로 영혼을 달라느니 어쩌느니 하는 소리를 해댈 것이니 주의해 주십시오."

루시퍼나 사탄은 남주도 익히 들어 알고 있는 존재들이었다. 그들의 위력은 에이션트 드래곤과 맞먹거나 우위에 있다고 여겨질 정도로 위험한 존재다.

"에이, 설마 이런 자들을 부를 일이 생기겠어?"

남주는 의미심장한 미소를 지으며 설아를 향해 불끈 주먹을 내밀어 보였다. 어쩐지 엉뚱한 상상을 하면 가만두지 않겠다는 표정이라 그녀는 무심코 고개를 끄덕끄덕거렸다.

"뭐… 그렇다 해도 소환진을 알아두서서 나쁠 것은 없지 않겠습니까? 아무튼 이 소환책은 소환자를 철저하게 보호하는 기능이 있습니다. 영혼이 어쩌고저쩌고 하면 팍팍 코웃음 치며 '돌아가기 싫은가 보군' 이라고 하면서 책장을 넘겨 보여주십시오. 바로 알아서 길 겁니다."

윙크까지 해 보이며 신나서 소환책에 대해 설명하는 그에게 남주는 연신 탄성을 질러댔다.

"오오, 그거 멋진데……!"

"그렇다고 남발하진 마십시오. 어디까지나 소환자만을 보호하는 기능이지 일행을 보호한다는 소리는 아니니까 말입니다. 마족들은 생각보다 영리합니다.”

“헤에, 아무튼 고마워. 수고했어.”

“그럼 가보겠습니다. 필요하시다면 언제든지 불러주십시오.”

실프가 꾸벅 고개를 숙여 인사하고는 흔적도 없이 사라지자 주변을 환하게 비추고 있던 빛의 구들도 순식간에 사라져 버렸다. 달빛은 여전히 어두웠고 램프는 아크레가 들고 있는 것이 전부였다.

“길도 알았으니 한번 쳐들어가 볼까?”

“우리가… 도둑이나 강도냐? 쳐들어가게?”

남주의 말에 빈은 살짝 눈살을 찌푸렸다.

“무슨 섭섭한 말씀을……. 언제 우리 편이 나쁜 놈인 거 봤어? 우리 편은 언제나 정의의 사자인 법. 하하하!”

“그럼그럼, 정의의 사자! 강아지나 고양이, 오리는 안 돼.”

묘하게 신난 듯한 어조로 끼어드는 설아에게 소녀들은 침묵의 시선을 보냈다.

“…….”

“왜들 반응이 없어? 재밌지 않아?”

“…설아야, 썰렁해.”

가희의 냉정한 말에 설아는 머리를 긁적거렸다.

“음, 그래? 가, 가자.”

얼굴을 붉히며 앞으로 성큼성큼 걸어가는 그녀를 보며 다들 피식 미소를 지었다.

램프를 들고 있는 아크레와 남주가 앞장을 서고 가희가 뮤를 안아 들고 가운데에 서자 설아와 빈이 자연스럽게 후방을 맡았다.

길이 어두운 탓에 일행은 바짝 붙어 걷기 시작했고 얼마 지나지 않아 분수대 앞에 도착했다.

이제 남은 문제는 어떻게 그 집에 들어가나 하는 것이었다.

"이 마을은 프리스트와 프리스티스가 치안도 함께 담당하고 있겠죠?"

설아의 질문에 아크레는 고개를 끄덕거렸다.

"아마… 그럴 겁니다."

"그럼 가희 네가 일단 문을 두들겨 봐. 나머지는 여기서 기다리고."

"왜? 뭐 좋은 생각이라도 있어?"

"글쎄, 일단은 부딪쳐 봐야지. 생각대로 될지 안 될지는 모르겠지만……."

뭔가 좋은 생각이라도 있는 건지 알 수 없는 미소를 지으며 가희를 물끄러미 바라보던 설아는 갑자기 진지한 표정을 짓더니 가희의 얼굴 앞에 새끼손가락을 들이밀었다.

"그전에 우리 약속 하나 하자."

"응?"

"절대로, 절대로 내가 무슨 말을 하든지 토 달기 없기, 그리고 웃지 않기."

"그래, 약속."

그게 뭐 어려운 일이라고 약속까지 해달라는 건지 의아하긴 했지만 가희는 자신의 손가락을 걸며 덥석 약속해 버렸다. 돌이켜 보면 약속은 쉽게 하는 것이 아니라는 결론이 나오는데도 말이다.

탕! 탕! 탕!

세차게 문을 두드리는 가희의 표정에는 다급함이 담겨 있었다.

탕! 탕! 탕!

　문짝이 부서져라 두드리는데도 어두운 탓인지 쉽사리 문을 열지 않
았다.

　"뭐, 뭐요?"

　중년남자의 굵직한 목소리가 들려왔다.

　"아, 문을 여시면 안 됩니다. 어둠은 부정한 것, 창문을 통해 저희들
을 확인하십시오."

　남자가 움직이는 소리가 들리자 설아와 가희는 창가로 달려갔다.

　커튼을 조금 걷고 바라보니 하이 프리스티스와 웬 소녀 한 명이 자
신을 보고 있었다. 그의 눈에 비친 그녀들의 모습은 한결같이 심각하
고 무엇인가를 염려하는 듯한 걱정스러운 표정이었다.

　안경을 낀 소녀가 자신이 보고 있는 창문을 살짝 두드리며 창문 좀
열어보라는 듯 한쪽 손을 열심히 흔들며 문을 여는 시늉을 해 보였다.

　"여보, 하이 프리스티스신데 어쩌지?"

　"일단 창문 조금만 열어봐요."

　중년부인이 창가로 오며 다시 주의를 준다.

　"조금만이에요. 아주 조금만……."

　중년남자는 알아들었다는 듯 고개를 끄덕거렸다. 문을 열자마자 소
녀는 다급한지 인사도 없이 소리를 버럭버럭 질러댔다.

　"안 돼요! 그렇게 많이 열어선 좋지 못한 공기가 들어간다구요! 조금
더 닫으세요! 목소리가 들리기만 하면 되니까……."

　소녀의 말에 그는 황급히 문을 닫았다. 표시도 나지 않을 정도로 아
주 조금 열려 있는 문틈 사이로 계속해서 소녀의 목소리가 날아들었다.

　"이분은 수도에서 오신 하이 프리스티스십니다만 이 집에 암울한 기

운이 가득해서 프리스트들께서 만류하시는 것도 뿌리치고 어둠 속으로
뛰쳐나오셨습니다."

"암울한 기운이라니? 거기서 그러지 마시고 안으로 들어오시겠습니
까?"

중년의 남자가 창가를 벗어나려고 하자 소녀가 또다시 날카롭게 소
리를 질렀다.

"안 됩니다! 저희는 이미 어둠에 노출되었으니 폐를 끼칠 수 없지요.
오래 이야기해서 좋을 건 없으니 본론부터 말씀드리죠. 이 집에 어린
따님이 계시죠?"

"그걸 어떻게 아십니까?"

중년의 남자는 긴장된 표정으로 창문에 바짝 얼굴을 가져다 댔다.

"그 아이가 얼마 전에 구슬 하나를 들고 오지 않았습니까?"

그는 자신의 부인을 바라보았다. 그녀는 걱정스러운 표정으로 고개
를 끄덕거렸다. 아이들이 가지고 노는 보통의 구슬과는 달리 흔히 볼
수 없는 검은색이 특이하기도 하고, 어린 딸이 가지고 놀다가 입에 넣
어 삼키려는 것을 보고 기겁해서 뺏어두었던 것이다.

"그것은 어둠과 인연이 닿은 물건입니다. 그럴 리는 없겠지만 교단
에서 구슬이나 저희에 관한 이야기를 묻는다면 일절 '모른다' 라고 하
셔야 합니다. 어둠에 대한 경계심이 얼마나 높은지는 잘 알고 계시죠?
교단에서는 따님을 데리고 가버릴지도 모르니까 말입니다. 그들의 완
고함이란… 앞뒤가 꽉꽉 막혀서… 아, 이런… 실언이었습니다. 죄송합
니다."

"아닙니다. 속 시원히 잘 말씀하셨습니다. 저는 이곳에 유배 오신
공작님의 하인일 뿐인데도 이곳에 와서 죄인 취급을 받고 있습니다.

이곳의 프리스트는 무엇인가 잘못되어 있지요."

그는 인상을 찡그리며 부인으로부터 구슬을 받아 들었다.

"문 열지 마시고 틈에 놓아주십시오."

"…혹시 저희들 때문에 어둠과 맞설 생각을 하신 겁니까?"

그는 감동받은 듯한 태도로 소녀와 하이 프리스티스를 번갈아 바라보았다.

"프리스트는 쉴드님의 안내자입니다. 바른길로 인도하지 않으면 안내자가 될 자격이 없겠지요. 그럼 행복하시기를……."

소녀는 그가 구슬을 내려놓자 천천히 구슬을 집어 들고는 그들을 향해 가볍게 목례를 했다.

프리스티스는 소녀의 말에 감명을 받았는지 그렇지 않으면 앞날이 불안한 것인지 고개를 푹 숙였다. 겉으로 내색하지 않으려는 듯 가볍게 떨고 있는 소녀의 어깨를 보며 그의 아내까지 눈물을 글썽거렸다.

"우리가 짊어져야 할 짐을 저분들께서 대신 짊어지시는군요."

"우리는 오늘을 잊지 말아야 해."

그는 부인의 어깨를 감싸 안고는 어둠 저편으로 사라져 가는 프리스티스를 바라보며 조용히 속삭였다.

집과 어느 정도 떨어진 곳에서 설아는 가희의 옆구리를 팔꿈치로 쿡쿡 찔러댔다.

"내가 웃지 말라고 했지?"

"미안미안. 우후후… 그, 그렇지만 그 순간 어쩐지 설아가 사이비 교주 같아서……."

"…내가? 에이, 그런 느낌 날까 봐 '쉴드의 안내자를 믿습니까?' 하는 말도 안 썼는걸."

"후후후, 그, 그런……."

가희는 생긋 미소를 지으며 너스레를 떨어대는 설아를 바라보았다. 어둠 속에 몸을 가리고 숨어 있던 일행이 분주하게 설아가 든 램프 빛에 모여들었다.

"성공했어?"

조심스럽게 묻는 빈의 말에 설아는 구슬을 내밀어 보였다. 검은색에 유난히 반짝이는 구슬은 아이들이 가지고 노는 구슬과 크기나 모양이 똑같았다.

"헤에, 그런데 이거 깨뜨리면 어떻게 되는 거야?"

"아아, 절대로 안 됩니다! 이 안에 봉인된 것도 영원히 사라지게 됩니다. 봉인이 해제되는 것이 아니라 사라지는 거죠."

"그렇게 되면 우린 그 세, 세이아인지 뭔지 하는 드래곤의 밥이 되는 거겠지?"

빈은 생각만 해도 끔찍하다는 듯 가볍게 손을 밀쳐 내고는 살짝 뒤로 물러났다.

"세이아가 아니라 세이드 스크린이야."

"세이드나 세이아나."

"그럼 빈이와 비니가 같은 거냐?"

"이상한 걸로 말꼬리 좀 잡지 마."

빈은 인상을 찡그리며 언성을 높였지만 남주는 순순히 물러나지 않았다.

"네가 먼저 재수없는 소리 했잖아. 말이 씨가 된다는 말도 몰라?"

"그만그만! 갈 길이 멀어. 해가 떠서 프리스트들이 움직이기 전에 드래곤을 찾아야 한다구. 서둘러, 우린 이곳 지리도 모르잖아.”

그녀의 말에 아크레는 가벼운 한숨을 내쉬었다.

“이런 밤에 몬스터로 우글거리는 하이비스커스 산에서 지내겠다니… 배짱이 좋은 것도 한계가 있지 너무 심하신 것 아니십니까?”

“그래서 안 따라오시겠다구요? 그런 거라면 상관없으니 마음대로 하세요. 전 일행이 늘어나는 것도 달갑지 않았던 터였는데 잘됐죠 뭐.”

설아가 알밉게도 생글생글 웃어가며 말을 꺼내자 그는 고개를 가로저었다.

“서운한 말씀 마십시오. 어디를 가든지 항상 함께하겠습니다.”

“네, 네. 그렇게 결정하셨으면 서둘러서 앞장서 주시죠.”

또다시 가희를 보호하는 듯한 구성이 짜여졌다. 맨 앞에는 아크레가, 가운데는 가희와 남주, 뒤는 설아와 빈이 맡았다. 설아가 무술을 한다거나 몸이 날렵하다든가 하는 생각을 한다면 큰 오산이다. 조금 전에 빈이 프리스트에게 던졌던 망고슈를 갖고 있다는 이유로 뒤를 맡고 있을 뿐이었다. 아주 잠깐 언급한 바가 있지만 설아가 가장 즐겨 하며 사랑하는 운동은 숨 쉬기 운동이다. 그것은 같은 글쟁이인 가희도 사정이 비슷할 것이고 남주도 크게 다를 바가 없었다. 소환의 힘을 가지고 있으니 여차하면 진이라도 불러내면 된다고 생각하는—사실 그보다는 빈과 함께 있으면 워낙 서로가 부딪치는 일이 많아서가 아닐까 조심스럽게 추측해 보는 설아였다—빈 덕분에 뒤로 오게 된 것이다.

“확실히 사람이 없으니까 조용하군요.”

도시 규모는 아니지만 마을로만 따지자면 미르셀은 규모가 꽤 컸다. 유배지라고 하지만 그것은 돈 많은 귀족들 재산의 일부로서 딸려온 사람에겐 형벌이라기보다 삶의 터전이 바뀐 것일 뿐이었다. 전에 살던 곳보다 덩치 좋은 사람들이 자주 보이고 문신을 새긴 사람들을 보는 것에 점점 무감각해져 나중에는 문신 감정까지 해주는 일도 생긴다는 게 문제지만. 저 나무에는 꽃이 너무 많이 피었네, 새 눈이 짝짝이네, 해골이 너무 깜찍하네 등등.

프리스트가 치안을 담당하는 바람에 속으로야 어떻든 밖으로는 평화로움을 유지했고 조그맣던 마을은 작은 도시를 연상시킬 정도로 발전했다.

즉 마을이 길다는 말이다. 숲에 도착하기도 전에 지치기 딱 좋다고 할까…….

몇 시간이 지났을까. 드디어 마을의 출구가 보였고 일행은 긴장된 표정을 지으며 숲으로 걸음을 옮겼다(마을 출구는 입구와 같다. 별다른 것 없이 바다를 건널 수만 있다면 슬란드로 넘어갈 수 있을 것 같았지만 의외로 마을을 벗어나려는 자들은 없었다. 덕분에 마을의 입구와 출구는 단 하나밖에 존재하지 않았다).

"조심하십시오. 가능하면 발소리를 죽이고 맹수들과는 눈을 마주쳐선 안 됩니다."

곁에 있는 굵은 나뭇가지를 꺾어다 즉석 횃불을 만들어 일행에게 건네며 아크레는 이 무모해 보이는 소녀들에게 당부의 말을 잊지 않았다.

"세이아인지 세이드인지, 아무튼 드래곤 씨 거기 없습니까?!"

빈이 목이 터져라 고함을 지르자 놀란 새들의 푸드득 하는 날갯짓 소리가 들려왔다.

빈의 목소리가 메아리가 되어 쩌렁쩌렁하게 울리는 소리도 들려왔지만 아무런 반응이 나타나지 않았다.

"일단 내려가면서 계속 불러봅시다."

아크레의 말에 빈은 고개를 끄덕이며 최대한 소리를 높였다.

"드래곤 씨! 이봐요, 세이드 씨!"

푸드득푸드득 새들이 날갯짓을 하며 계속해서 날아올랐지만 정작 중요한 드래곤이 보이지 않자 남주는 살짝 미간을 찡그렸다.

"비켜봐, 내가 할게. 세이드 스크린 씨!"

마치 소리를 증폭시키는 마법이라도 걸어둔 것처럼 커다란 남주의 목소리에 일행은 소리없이 눈으로 그녀를 갈구며 충격을 받은 자신의 귀를 만지작거렸다.

"하여튼 확성기가 따로 없어. 아아~ 귀야~"

빈이 살짝 눈살을 찡그리며 두리번거렸다.

"케니! 세이드 스크린 씨!"

가희 역시 열심히 드래곤 모녀들을 불러댔지만 반응이 없긴 마찬가지였다. 하이비스커스 산이 얼마나 높은지, 미르셀이 어디에 붙어 있는지도 전혀 모르는 그녀들로선 자신들이 얼마만큼이나 산 아래로 내려온 것인지 짐작조차 가지 않았다. 다만 뭔가가 나타나 자신들을 위협하지 않을까 내내 긴장하고 있었던 것밖에는.

"이거 골치 아프군. 목도 아프고 이제는 기운도 없어."

빈이 불만스러운 듯한 표정으로 말하자 설아는 한숨을 내쉬었다.

"하아, 저 봐라, 저 봐라. 이제 해까지 뜬다."

"아아… 말도 안 돼! 진짜 이놈의 아줌탱이는 어딜 그렇게 싸돌아다니는 거야!!"

에코의 효과처럼 '아줌탱이는… 아줌탱이는…' 이 반복되자 일행은 눈이 휘둥그레졌다.

드래곤이 들어봐라. 얼마나 입에 게거품, 아니지, 드래곤 거품을 물겠는가.

"지금 어떤 X가 아줌탱이라는 거야?!"

단단히 화가 난 듯한 목소리다.

"이 목소리는……."

일행은 뒤를 돌아보는 순간 머리가 텅 비어버리는 느낌을 받았다. 역시 칭찬하는 건 몰라도 욕하는 건 안다고, 케니를 꼭 붙잡고 있는 세이드의 얼굴에는 분노로 핏기가 가셔 있었다.

"세이드 스크린 씨!"

그녀의 시선이 자신 쪽으로 돌아오도록 뒤에 있던 설아가 두 손을 번쩍 들고는 열심히 흔들어댄다. 그제야 자신들이 구면임을 확인한 세이드는 두 눈을 크게 뜨고는 일행을 향해 반가운 듯 소리를 질렀다.

"아앗! 너희들은……?!"

"반가워요! 케니의 목소리를 찾았어요! 받으세요."

"뭐?!"

세이드의 눈은 놀라움으로 가득했다. 빌어먹을 프리스트들 덕분에 제대로 설명도 못했던 터인데 이들은 어떻게 알고 케니의 목소리를 가져온 걸까?

"안 돼!"

어디선가 낯익은 청년의 목소리가 들려왔다. 그는 설아가 세이드를 향해 구슬을 쥔 손을 내밀고 있는 것을 발견하고는 앞뒤 잴 것 없이 자신의 로브에서 워프 가루가 든 주머니를 꺼내 설아 일행을 향해 던졌다. 순식간에 눈앞에서 케니의 목소리를 들고 있는 일행을 놓쳐 버린 세이드는 분노했지만 용언의 힘은 절대적이었다.

그녀는 눈앞의 한입거리도 안 되는 프리스트를 해칠 수도 없었고 마을을 뒤집어엎을 수도 없었다. 타오르는 분노를 조용히 추스르며 그녀는 가라앉은 목소리로 뼈째로 씹어 먹어도 시원치 않을 프리스트에게 질문을 던졌다.

"아델라이데 그라시아가 이곳으로 돌아오면 너희는 어떻게 할 생각이지? 유희는 그리 길지 않아. 너희들이 그녀가 좋아하는 색으로 온통 마을을 도배했다고 해서 그녀가 애착이라도 가질 거라는 생각은 곤란해. 해츨링의 일은 모두의 일, 너희는 어떻게 할 생각이지?"

그녀의 말에 프리스트는 생긋 미소를 지었다.

"인간의 생은 짧은 법이죠. 게다가 이런 범죄자들이 모여드는 쓰레기 같은 곳이 없어진다면 쉴드께서도 좋아하실 겁니다."

프리스트는 유유히 워프 가루를 뿌려대며 모습을 감추었다. 세이드는 너무나 질끈 아랫입술을 깨무는 바람에 피가 나오고 있다는 사실도 깨닫지 못했다.

2장
예상 밖의 전개들

여기는 또 어디냐?

순식간에 바보가 된 기분이란 이런 것일까?

아직도 멍한 표정으로 구슬을 쥔 손을 내밀고 있던 설아는 상황 파악이 되지 않는다는 얼굴이었다.

"방금… 뭐였냐?"

프리스트가 던진 주머니를 머리에 얹고 있는 빈은—아마도 빈의 머리에 정확하게 올라가 워프 가루가 뿌려진 것이 아닐까 하는 일행의 추측에 그녀는 처음으로 큰 자신의 키를 원망했다고 한다—손으로 워프 가루가 조금 남아 있는 주머니를 꺼내 들고는 '뿌드득' 이를 갈았다.

"그 망할 프리스트, 아까 칼 맞은 놈 맞지?!"

"스승님, 그런 과격한 말투는 레이디로서의 기품에 손상이 갑니다."

"제가 지금 기품 따지게 생겼습니까?"

"레이디는 어떤 상황이라도 레이디다워야 하는 법입니다."

단호한 그의 말에 가희를 제외한 세 명의 소녀들은 일제히 '더 떠들어봐라~ 더 떠들어보라니까' 하는 표정으로 아크레가 입을 다물어 버리도록 만들었다.

"그런데 여기는 어디지?"

설아는 구슬을 주머니 속에 집어넣으며 주변을 둘러보았다.

숲과 인연이 많은 것인지 이번에도 나무와 꽃들이 만발한 곳이었다. 제일 먼저 눈에 들어온 것은 노란색의 카나리아와 잉꼬, 앵무새 등등 누군가 일부러 풀어놓지 않은 이상 함께 있는 것이 부자연스러운 아름다운 새들이었다. 그러고 보면 잘 정리되어 있는 화단도 간간이 눈에 들어왔고, 어쩐지 숲이라기보다 인위적으로 가꿔놓은 거대한 정원 같은 느낌이 들기도 했다.

"이곳은……?!"

아크레는 가볍게 주위를 둘러보며 감탄한 듯한 표정으로 지었다.

"여기가 어디인 줄 알아요?"

"이곳은 폐하가 계신… 성입니다. 임플란드의 수도 피오네지요."

말을 마친 아크레는 설아와 빈을 번갈아 바라보며 가벼운 한숨을 내쉬었다.

"하아, 역시 봉인의 구슬은 드래곤의 것이 아니라 폐하의 손에 들어갈 운명이었나 봅니다. 제게 그 구슬을 주지 않으시겠습니까?"

"드워프가 베틀 엑스로 미친 듯이 자기 발등 찍는 소리 할 거예요?"

설아가 도끼눈을 치켜뜨며 묻자 아크레는 정색을 했다.

"저도 당신들의 말처럼 드래곤에게 돌려주는 것이 좋을 거라고 생각했습니다. 그러나 지금의 상황은… 이것은 쉴드의 뜻이라고밖에 생각되지 않습니다. 드래곤의 코앞에서 그녀에게 주려던 구슬을 프리스트가 막다니…….”

“핑계 한번 화려하군요. 그렇게 말씀하시면 이 구슬을 지키는 것이 쉴드의 뜻이라는 생각이 드는데… 잘못되었습니까?”

“왜 그렇게 생각하십니까?”

“이쪽 프리스트가 그쪽보다 쉴드랑 더 친하거든요. 이쪽은 하이 프리스티스, 그쪽은 일반 프리스트. 생각해 봐요. 당신이 쉴드라면 어느 쪽을 통해 당신의 뜻을 전달하시겠습니까?”

설아의 말에 그는 어이없는 표정을 지었다.

“그런 억지가…….”

“억지는 그쪽에서 먼저 부렸잖아요. 만약 식사를 하려고 자리에 앉았는데 그때 마침 지나가는 프리스트가 당신 집에 들어와서 식사를 못했다면 당신은 그것을 쉴드의 뜻이라 여기고 그때부터 굶어 죽을 때까지 식사를 안 하실 겁니까?”

“무슨 그런 터무니없는 말씀을…….”

“당신이 지금 그런 터무니없는 주장을 하고 있는 겁니다.”

“설아야, 그만 해.”

가희가 눈에 핏대를 세우고 있는 설아와 그녀의 주장을 납득할 수 없다는 표정을 짓고 있는 아크레 사이를 가로막으며 더 이상 험악한 분위기가 되지 않도록 말리자 설아는 할 수 없다는 듯 그를 향해 손을 내밀어 악수를 청했다.

“당신과 일행으로 있기로 한 것은 그 숲을 벗어나는 시점까지였습니다. 이 구슬은 약속대로 우리가 가질 테니 왕께 고자질을 하시든지 그렇지 않으면 모르는 척해주시든지 하는 것은 당신 판단에 맡기기로 하겠습니다. 그럼 건강하시길…….”

아크레는 그녀가 내민 손을 물끄러미 바라보기만 할 뿐 결코 잡지는
않았다.

"그 검이 당신을 용병이 아니라 올바른 기사가 되는 길로 이끌어주
길 바랍니다."

빈이 가시있는 말을 던지며 남은 워프 가루를 일행의 머리 위로 뿌
렸다.

순식간에 일행의 모습이 사라졌고 아크레는 긴 한숨을 내쉬었다.

"하아, 후회할 것입니다. 아마도 저는 폐하께 당신들의 이야기를 할
것이고, 폐하의 명을 받고 당신들을 추적하는 것은 제 몫이 되겠지요."

휘이잉~ 휘이잉~

일행의 현재 심정을 대변해 주는 마음의 소리와도 같은 바람이 모래
를 날리며 지나갔다.

"여긴 또 어디야?!"

신경질적으로 주변을 둘러보던 설이는 경악에 찬 표정으로 고함을
질렀다.

여기도 모래, 저기도 모래. 앞? 당연히 앞에도 모래. 눈에 보이는 것
은 오로지 모래밖에 없는 이곳은 도대체가 어디란 말인가?

"사막."

빈의 짤막한 대답에 설이는 생긋 미소를 지었다.

"그렇구나. 여기는 사막이었어… 가 아니잖아! 너 후까시 잡을 때가
있고 안 잡을 때가 있지 사막에 떨어지게 만들면 어쩌라는 거야?!"

버럭 소리를 지르는 그녀에게 빈은 태연한 표정으로 대답했다.

"사람이 살다 보면 종종 그런 실수를 할 수도 있는 거지 뭘 그래?"

"…야, 이게 살다가 종종 할 만한 실수냐?!"

남주가 버럭 소리를 지르자 가희는 조용히 한숨을 내쉬었다.

"너희들 계속 싸울 거야?"

평상시 같으면 뜯어말린다고 정신이 없었을 텐데 포기했다는 표정으로 자신들을 바라보는 가희에게 뭔가 위화감을 느낀 일행은 서로의 얼굴을 바라보며 조용히 입을 다물었다.

"어머, 벌써 그만두는 거야? 시시하게……. 어느 한쪽이 재기 불능이 될 때까지 밟지 않고 왜? 평상시에 잘하는 일들이잖아."

"으아아! 경… 가희가 이상해."

"자, 잘못했어, 가희야. 화 풀어, 웅?"

가희의 쿨한 반응에 소녀들은 바로 저자세를 취했다.

"어머, 뭘 잘못했다는 건지 난 하나도 모르겠는데?"

"아아, 앞으로 절대로 안 싸운다. 맹세해!"

설아의 말에 가희는 평상시처럼 생긋 미소를 지으며 소녀들의 등을 툭툭 두드렸다.

"약속했다. 에헤헤."

어쩐지 평소대로의 표정이 더 무섭다는 생각이 드는 일행이었다. 사실은 소녀들 중 가장 강한 자는 남주의 말대로 가희였던 것이다.

아마 가희는 상상도 못했을 것이다.

지금 이 세 명의 소녀가 한 손으로 입을 가리며 '오호호호홋' 하는 여왕님 웃음을 날리는 자신을 상상하고 있다는 것을.

"일단 우리에게 있는 건 소환책, 망고슈 두 개가 전부지?"

뮤~ 뮤! 뮤!

뮤는 가희의 품에서 바둥거리며 자신의 존재감을 알리려는 듯 목소리를 높였다.

"아, 그것참. 조용히 해봐."

남주가 뮤에게 다가가 살짝 눈을 흘기며 소환책을 꺼내 드는 순간 뮤는 덥석 책의 귀퉁이를 물어버리더니 순식간에 책을 삼켜 버렸다.

"으… 으아아아!"

"뮤?! 뱉어! 빨리 뱉어!"

"꺄아~ 어떡해. 그거 먹는 거 아니란 말이야!"

소녀들이 경악에 찬 표정으로 뮤를 바라보자 설아는 가희에게서 뮤를 뺏어 들고는 거꾸로 잡고 흔들어대기 시작했다.

"뱉― 어! 뱉어! 뱉어! 뱉어! 뱉어! 뱉어!!"

"서, 설아야."

무너지는 설아를 보며 가희는 당황했지만 설아는 아랑곳없이 뮤를 좌우로 흔들어댔다.

뮤~ 뮤! 뮤!

뮤가 항의하는 듯한 태도로 괴성을 질렀지만 설아는 또다시 꽥 하고 소리를 질렀다.

"소환책 내놔!"

그녀의 말이 떨어지기가 무섭게 뮤는 툭 하고 소환책을 뱉어냈다. 남주는 찜찜하다는 표정으로 책을 바라보았다. 그런데 이게 웬일인가?

"설아야."

"응?"

"책이… 책이 그대로야."

"에?"

"책이… 안 젖고 그대로야."

“어? 정말?”

가희가 신기하다는 표정으로 책을 들어 보이자 설아는 입이 딱 벌어졌다. 침으로 흥건히 젖어 있어야 할 책이 멀쩡한 것이다.

“혹시 뮤 너……? 그 책 다시 줘봐.”

설아는 가희로부터 책을 받아 들며 묘한 미소를 지어 보였다.

“뮤, 이거 한번 먹어봐.”

“야, 너 미쳤어?”

빈이 그녀를 뜯어말리며 책을 빼앗으려 하자 설아는 눈에 잔뜩 힘을 주며 그녀를 노려보았다.

“시끄러. 가만히 있어봐.”

뮤, 뮤?

뮤는 반쯤 기가 죽어버린 듯한 목소리로 설아에게 뭔가를 호소하는 듯했다.

“아, 미안. 계속 거꾸로 들고 있었네.”

설아는 뮤를 바로 안아 들고는 책을 내밀었다. 뮤는 또다시 책을 삼켰다.

“이것도 삼킬 수 있어?”

설아는 눈빛을 반짝이며 망고슈를 내밀었다.

“서, 설아야.”

가희는 당황한 표정으로 설아를 말렸지만 뮤는 낼름 망고슈를 삼켜버렸다.

“뮤, 책이랑 망고슈 다시 꺼내줄래?”

생긋 미소를 짓는 설아를 향해 뮤는 책과 망고슈를 다시 뱉어냈다.

“우후후후, 프로그램 씨, 감히 나한테 구라를 쳐?”

“서, 설아야.”

“이게 어딜 봐서 감시자냐?! 가방이지!”

설아는 쓸 만한 게 생겼다는 눈으로 뮤의 입을 벌려 안을 살폈다. 특별히 입 안 어디가 다른 것도 없었다. 굳이 다른 점을 찾으라면 이빨이 없다는 것이었다.

“그만 해라. 뮤 입 찢어지겠다.”

빈은 설아에게서 망고슈 한 개와 뮤를 낚아채고는 가희에게 뮤를 넘겨주었다.

남주 역시 소환책을 받아 들고는 진의 소환진이 그려진 책장을 찢어 진을 소환해 냈다.

“부르셨습니까, 주인님?”

어째서 진은 옛날이야기 속에서나 현실에서나 나오면서 하는 대사가 똑같은 걸까. 불렀으니 나왔지 설마 불러놓고 ‘나 안 불렀는데’ 할까 봐 확인하는 것도 아닐 테고.

“주인님?”

“아, 저기… 여기가 어디야?”

진은 남주를 내려다보며 말로 설명할 수 없는 야릇한 표정을 지었다.

하긴 소환수더러 소환진을 그려달라고 하질 않나, 자기가 뜬금없이 소환해 놓고 여기가 어디냐고 묻지를 않나, 수많은 계약을 거쳐 수많은 주인을 만나왔지만 이번만큼 황당한 만남도 없었던 것 같다는 생각을 하며 진은 한숨을 내쉬었다.

“겨우 두 번째 소환된 것이긴 하지만 주인님은 부르실 때마다 절 황당하게 만드시는군요. 뭐… 좋습니다. 어디 보자.”

진은 두리번두리번거리더니 당황한 표정으로 자신의 주인을 내려다보았다.

"여기가 어딥니까?"

"…내가 물었던 게 그거거든."

진은 그녀의 말에 이마를 손으로 탁 소리가 나도록 치고는 고개를 끄덕거렸다.

"제가 봐도 주변이 온통 모래밖에 보이지 않는 걸 보니 여긴 분명히 사막이군요, 주인님."

"그건… 나도 알거든."

남주의 쿨한 반응에 진은 검지손가락을 들어 보이며 살짝 윙크해 보였다.

"화내시면 싫.어.요. 주.인.님."

"다, 다, 닥쳐!"

온몸에 퍼진 닭살을 벅벅 긁으며 자신도 모르게 거부 반응을 일으키는 남주였다.

생각해 보라.

자신의 키보다 두 배도 더 커 보이는 훤칠한 키와 우람한 근육을 가진, 더군다나 햇살이 반사되어 더욱 눈부신 반짝이는 대머리를 가진 남자가 몸을 비비며 콧소리를 내는 모습이라니…….

현 시대에 사는 평범한 17세 소녀의 정서로는 용서할 수 없는 포즈다.

"농담입니다, 주인님. 화 푸십시오."

저놈의 진의 눈에는 주인인 남주의 일그러진 얼굴밖에는 보이지 않는 듯 굳어버린 세 명의 소녀에게는 미안한 표정조차 보이지 않는다.

남주가 아무런 대답이 없자 그는 궁상스럽게 쭈그리고 앉아 소환진 하나를 그려주는 것이 아닌가.

“저보다 사막에서 유능한 안내인이 되어드릴 겁니다. 행여나 계약을 맺지 않겠다고 버티거든 실프가 지난번부터 뱀탕을 해 먹어보고 싶어 하더라는 한마디만 해주십시오. 그리고 이것은 낙타와 식량과 물입니다. 도움이 되어드리지 못한 것에 대한 사죄이니 용서하시길……..”

남주는 뮤가 만들어낸 피로 소환진을 따라 그리며 고개를 끄덕거렸다.

“고마워. 큰 도움이 될 거야.”

“고맙다니요. 당연히 할 일을 했을 뿐입니다, 주인님. 확실치는 않지만 이곳은 이노르인 것 같습니다. 사막 지대라고 하면 이노르의 마르윈이지요. 소환해서 물어보면 그녀가 정확하게 알려줄 것입니다. 아, 그리고 광대한 크기에 걸맞게 여러 가지 성격을 지닌 부족들이 있으니 주의하십시오.”

“부족이라니?”

“이노르는 왕과 호족이 지배하는 나라입니다. 이들 중에는 유목민도 있고 야만적인 기질을 가진 자들도 더러 있지요. 그렇지만 대부분 쉴드의 독실한 신도들이기 때문에 이방인이라고 해도 하이 프리스티스가 계시는 한 그렇게 심한 짓은 하지 않을 겁니다. 그래도 만약이라는 게 있기 때문에 혹시라도 거슬리는 말을 듣게 되더라도 상대하지 않으신다면… 큰 문제는 생기지 않을 것입니다.”

“고마워. 그럼 다음에 또 부탁해.”

남주의 말에 그는 허리를 숙여 인사하고는 사라져 버렸다. 낙타는 길이 잘 들여진 것인지 매어놓지도 않았는데 얌전히 그들을 바라보며 서 있었다.

“아무래도 우리가 진 하나만큼은 잘 만난 것 같지?”

낙타에 얹어진 짐에서 물통을 꺼낸 빈은 생긋 미소를 지으며 흡족한 표정을 지었다.

"안내인이… 필요하긴 하겠지?"

남주는 새로 그려놓은 소환진을 보여주며 그녀들의 의향을 물었다.

"그런데 있지… 그거 뱀은 아니겠지?"

가희가 창백한 얼굴로 질문하자 남주는 잘 모르겠다는 표정을 지어보였다. 조금 전에 진이 '뱀탕'이 어쩌고저쩌고 한 말이 마음에 걸린 듯했다.

"글쎄… 뱀이라고 해도 소환사의 말에 잘 따를 테니까 걱정 마. 우리 보고 공격하거나 하진 않을 테니까."

그녀의 말에 가희는 잔뜩 겁을 먹은 듯한 얼굴로 고개를 끄덕거렸다.

"난 다리 없는 건 질색이야. 지렁이도 싫어. 정말 뱀은 아니었으면 좋겠는데……."

"다리 많은 것보단 낫지 않아? 거미라든가 지네라든가… 난 그런 게 더 싫더라. 그런데 말이야……."

설아는 생각만 해도 싫다는 듯 잔뜩 인상을 찡그리더니 이내 장난스런 미소를 지으며 손가락으로 뮤를 가리켰다.

"가희 넌 다리 없는 거 싫다더니 뮤는 용케 안고 있네?"

"음, 얘야 귀여우니까. 만일 뱀이 예쁜 언니나 오빠라면 아마 괜찮을지도……."

농담조로 말하며 생긋 웃는 가희를 뒤로하고 남주는 새로운 페이지를 찢었다.

"축하해, 가희야. 네 소원대로 됐다."

소환되어진 존재를 보며 설아가 피식 미소를 지었다.

"나를 부른 게 누구?"

상반신은 정말 잘빠졌다는 설명 외에 달리 표현할 방법이 없을 정도
로 빼어난 몸매지만 하반신은 미끈하게 뻗어 있는… 뱀의 모습을 한
아름다운 여인이 생긋 미소를 지으며 소녀들을 바라보았다. 가슴까지
내려오는 금발의 웨이브진 머리카락과 맑은 녹색의 눈동자, 건강해 보
이는 갈색 피부의 섹시함이 돋보이는 여인은 소환책을 들고 있는 남주
에게 다가가 붉은 혀로 자신의 입술을 적시며 눈을 반짝거렸다.

"너로구나. 저기 말이야… 내가 배가 고파서 그러는데 저기 가운데
있는 애 좀 잡아먹으면 안 될까?"

입맛을 다시는 그녀의 모습에 설아는 화들짝 놀란 표정으로 남주를
바라보았다.

그녀는 외모로 보건대 '라미아' 라고 불리는 사막 지대에서 사는 종
족이었다.

라미아는 보통 어린아이와 젊은 남성의 피를 좋아하는 종족이긴 하
지만 기본적으로는 온순한 성격이었다. 적어도 설아가 알고 있는 상식
으로는 그랬다.

"잡아먹는다고 해도 죽이거나 하는 건 아니고 피만 아주 조금 마시
게 해달라는 거니까. 안 돼? 너 어차피 나랑 계약 맺으려던 거 아니야?"

자신의 코앞에서 날카로운 송곳니를 드러내는 라미아가 설아의 시
야에 들어왔다. 그녀는 라미아가 온순하다는 말을 했던 놈이 누구인지
잡히기만 하면 가만두지 않겠다는 생각을 하며 주먹을 불끈 쥐었다.

"배가 고파서 그런다면… 뮤!"

뮤는 남주의 부름에 통통거리며 다가왔다.

"피라면 여기 있으니까 설아는 그냥 둬."

"난 슬라임 같은 건 먹지 않아."

불쾌하다는 듯 인상을 찡그리는 그녀에게 설아는 살짝 미간을 찡그렸다.

"뮤는 슬라임이 아니야. 가방이라구."

"서, 설아야."

"그리고 그 피는 남자 건데, 비교적 젊은……."

"에에?"

그녀는 군침이 돈다는 듯 입맛을 쩝쩝 다셨다.

"속는 셈치고 먹어주지."

그녀가 긍정의 반응을 보이자 뮤는 피를 뱉어냈고 그 모습에 그녀는 어쩐지 찜찜하다는 듯한 표정으로 인상을 찡그렸다.

그러나 그것도 잠시뿐, 피의 비릿한 향기를 참을 수 없는 듯 그녀는 바닥에 뿌려진 피를 할짝거리기 시작했다.

"아아, 맛있다."

그녀는 만족했다는 표정으로 남주를 바라보며 생긋 미소를 지었다.

"나한테 부탁할 게 뭐야? 계약은 싫지만 이왕 나온 거 한 번 정도라면 도와줄게."

"…아까는 피 주면 계약한다며?"

"저 애 피가 아니었잖아."

생긋 미소를 지으며 설아를 보는 그녀에게 남주는 살짝 인상을 찡그렸다.

"왜 그렇게 설아에게 연연하는 거예요?"

"그거야 제일 어려 보이니까."

그녀의 대답은 정말 간단했다.

'하긴… 설아가 어려 보이긴 정말 어려 보이지.'

설아는 남주가 보기에도 확실히 동안이었다.

키도 작고 통통한 데다가 피부는 까무잡잡하지, 얼굴은 동글동글하고 단발머리까지. 어려 보이는 요소는 다 가지고 있는 걸 볼 때 과연 어린 소녀의 피를 좋아하는 라미아가 눈에 불을 켜고 덤벼들 만했다.

"아! 짜증나, 짜증나! 자, 먹어라, 먹어! 대신 이빨 자국 나면 실프에게 던져 줘버릴 테니까 이빨 자국은 내지 말아줘."

그녀의 말에 라미아의 안색이 하얗게 질려 버렸다.

"으윽… 실……."

"왜? 먹으라니까 먹기 싫어?"

거의 '배 째!' 라는 듯한 분위기로 인상을 구기는 설아에게 그녀는 흠칫하는 목소리로 질문했다.

"시, 실프……?! 혹시 빌어먹을 노친네 진?"

"노친네라는 소리를 들을 정도로 늙지는 않았지만 실프라는 이상한 이름의 진이라면 맞아. 아무튼 그 진이 요즘 뱀 고기가 땡긴다고 그랬었지?"

"뭐야?! 너도 소환사였어… 요?"

비굴하게 저자세로 나오려는 라미아에게 설아는 고개를 저었다.

"아니, 저기에 있는 남주가 진이랑 계약을 맺었으니까 아는 사이라면 아는 사이일 뿐이지. 그렇지만 뱀 고기 대신 라미아를 먹어도 맛있을 거라는 말 정도라면 진에게 해줄 수 있어."

"실프라면… 지금이라도 불러줄 수 있는데. 설아야, 불러줄까? 진에게 '빌어먹을 노친네' 라고 했다는 걸 알려주면 식욕이 더 돋을지도 모르지."

남주가 설아의 말을 거들고 나서자 라미아는 이마에 맺힌 땀을 닦아

내며 한숨을 내쉬었다.

"하아, 제 이름은 라토모입니다, 주.인.님. 잘 부탁드려요."

울며 겨자 먹기로 라미아와의 계약에 성공한 남주는 피식 미소를 지으며 첫 번째 질문을 던졌다.

"으음… 여기가 어디인지 알 수 있어?"

"그럼요. 여기는 제 홈그라운드인걸요. 이곳은 마르윈의 사막 지대예요. 마침 주인님께 낙타가 있으니 잘됐군요. 비교적 사람들이 친절한 도시로 안내해 드릴 게요."

사근사근한 말투의 라토모에게 남주는 생긋 미소를 지었다.

"잘 부탁해."

소녀들은 생전 처음 낙타에 올라탔다.

낙타는 생각보다 속도가 빨랐고 라토모 역시 사막에서 사는 종족답게 능숙하게 모래 위를 기어 다녔다.

사실 속도로 치자면 낙타는 라토모를 따라올 수 없을 정도였지만 그녀는 진의 말대로 유능한 안내인답게 속도를 맞추어주었다.

대략 두 시간 정도 아무것도 없는 사막을 지나오자 멀리서 성의 외곽이 일행의 눈에 들어왔다.

"바로 저기예요. 비교적 외국인들에게도 친절한 사람들이니까 잠시 쉬어가시는 정도라면 큰 불편함은 없을 겁니다. 그럼 전 이만 가보겠습니다. 필요하시면 불러주세요."

"으응, 고마워!"

라토모가 사라진 후 일행은 욱신거리는 허리를 부여잡고 낙타에서 내려왔다.

태어나서 지금까지 살아오는 동안 낙타는커녕 승마 경험조차 없는 소녀들에게 아무리 훈련이 잘되어 있는 낙타라지만 중심을 잡는다는 것이 보통 일은 아니었다. 뻣뻣하게 허리에 힘을 주질 않나, 낙타가 긴장될 정도로 고삐를 꽉 쥐질 않나, 결국 낙타나 사람이나 금방 지쳐 버릴 수밖에 없었다.

"아아, 허리야! 빈이 넌 용케 괜찮은가 보다?"

엉거주춤한 자세로 허리를 두들기며 설아는 비교적 팔팔해 보이는 빈을 부럽다는 듯한 눈으로 바라보았다. 기본적으로 운동 신경이 좋은 편이니 두 시간이면 그녀로서는 충분히 낙타 타는 요령을 익힐 만한 시간적인 여유가 되었나 보다.

"나야 워낙 타고난 운동 신경이 있으니까. 하하."

어쩐지 아저씨 같은 폼으로 허리를 쭉 펴고 웃고 있는 빈의 등을 쿡 건드리는 남주.

"으아아악! 이게 무슨 짓이야?!"

곧게 펴졌던 빈의 허리가 완전히 움츠러드는 순간이었다.

"후까시 좀 그만 잡으라고."

남주의 말에 빈은 눈에 힘을 주며 토를 달았다.

"누가 후까시를 잡았다는 거야?"

"음? 빈아, 남주야, 너희들 지금 싸우는 거야?"

상냥하긴 하지만 어딘지 모르게 카리스마 넘치게 들리는 가희의 목소리에 소녀들은 흠칫 긴장했다.

"싸우긴 누가 싸운다는 거야? 아니야~ 아니야~"

"아하하하, 빈이가 허리 아픈데 무리할까 봐 살짝 건드려 준 것뿐이야."

두 손을 휘저으며 가희의 기분을 살피는 두 소녀에게 설아는 피식 미소를 지었다.

"후후, 운동 신경이 좋아도 사람은 사람인가 보다. 천하의 빈이가 폼 잡는 걸 마다하는 걸 보면⋯⋯."

"자, 자, 쓸데없는 소리 그만 하고 어서 저 성에나 들어가 보자. 우리도 쉬어야지."

빈이 앞장서서 성을 향해 출발하자 소녀들은 낮게 킥킥거리며 그녀의 뒤를 따랐다.

거대한 성안의 도시⋯⋯.

소녀들이 이곳에 도착해서 받은 첫 느낌이었다.

"거기 아가씨들, 이리 와보세요. 이게 슬란드에서 직접 수입해 온 비단옷이라는 겁니다. 많이 빨 필요도 없습니다. 비단이라는 것은 때가 타면 탈수록 빛깔이 좋아 보이는 특이한 옷이지요. 구경하고 가세요!"

"식사들하세요! 디저트가 무료예요!"

그들이 도착한 성은 보면 볼수록—규모는 어떨지 모르겠지만 분위기만큼은—미르셀에 버금가는 활기 찬 도시였다. 물론 미르셀이야 알고 봤더니 유배지였다는 황당한 마을이었지만 이곳은 성안에 있는 도시였다. 적어도 성주가 있는 도시라는 이야기다.

"남주야, 거기 짐 안에 한번 볼래? 돈 같은 거 있는가."

일단 숙소를 정해야 하기에 주섬주섬 짐을 뒤적거렸지만 불행히도 돈은 나오질 않았다. 당연히 아는 사람이 있을 리 없었고 주머니에는 동전 한 닢도 들어 있지 않았다.

"아아, 설정할 때 금화 한 자루씩 쥐어달라고 하는 건데⋯⋯."

"넌 언어의 마술사니까 돈 같은 문제는 네가 어떻게 할 수 없어?"

"그런 좀 곤란해."

"왜?"

"그렇게 되면 먼치킨이 될지도 모르니까."

설아의 말에 다들 의아한 표정을 지었다.

"먼치킨?"

"그런 게 있어. 그나저나 정말 어떻게 한다?"

예상치 못한, 정말로 현실적인 돈 걱정을 하게 된 것에 짜증을 내며 설아는 자신이 쥐고 있는 망고슈를 바라보았다.

"이거 겉 장식… 보석이지? 제법 돈 될 것 같은데 한번 팔아볼까?"

설아의 말에 빈이 펄쩍 뛰었다.

"무기도 없이 만일 사고라도 나면 어떻게 할 건데?"

"누가 무기도 없이 다니자던? 이거 팔고 좀 더 싼 가격에 무기를 구하자는 거지."

"너… 여기 화폐 가치 알아?"

빈이 또다시 딴지를 걸자 설아는 설레설레 고개를 흔들었다.

"어떻게든 되겠지. 일단 이걸 팔 만한 곳부터 알아봐야겠어."

설아는 노점상을 하고 있는 아가씨에게 다가가 생긋 미소를 지었다.

"저기요, 혹시 이 근처에 물건을 팔 만한 곳 없나요?"

"어떤 물건을 말씀하시는 겁니까?"

"검이요."

"흠, 보석이나 값비싼 물건이 달려 있다면 왼쪽 통로의 잡화점으로 가시고, 그렇지 않으면 대장간으로 가시는 것이 나을 거예요. 대장간은 마을 안쪽에 있으니 쭉 더 올라가셔야 해요."

"감사합니다."

꾸벅 머리를 숙여 보인 설아는 일행을 향해 따라오라는 듯한 표정을 지으며 잡화점으로 들어갔다.

"어서 오십시오."

"이것을 팔려고 합니다만……."

설아는 품에서 망고슈를 하나 꺼내 들었다.

"호오, 이런 검을 왜 팔려고 하시는 겁니까?"

가게 주인은 의아한 표정으로 일행을 바라보았다.

검을 내민 소녀가 돈이 있어도 구하기 힘든 안경을 끼고 있는 것으로 봐서는 상당한 신분의 자제 같았다. 돈이 없어서 고생하는 것 같지는 않은데 어째서 저렇게 정밀하게 세공이 된 검을 팔려고 하는 걸까? 그것도 장식으로 달려 있는 루비와 사파이어 같은 보석은 보기 드문 최상급이었다.

"얼마나 주실 수 있으세요?"

"금화 80개 드리죠. 다른 가게에 가시면 더 받으실 수 있을지 모르겠지만 저희 마을에서 잡화상은 여기 한 군데밖에 없고 썩 나쁜 가격은 아니니 사정이 급하신 거라면 이쪽에서 파시는 것이 좋을 겁니다."

"네, 여기서 팔게요. 어차피 다음 마을까지 가는 데 걸리는 시간도 장난이 아닐 것 같고 혹시 지도 있습니까?"

"이노르 전체가 나와 있는 지도 말씀이십니까?"

"네."

"여기 있습니다. 돈도 세어보시겠습니까?"

보통은 저렇게 말하면 '괜찮습니다'라고 하며 들고 나갈 테지만 설아는 이왕 팔아버린 물건이니 챙길 것은 확실히 챙긴다는 표정으로 일일이 금화를 세기 시작했다.

"하나, 둘… 칠십아홉, 팔십! 맞네요. 여기 검이요. 그럼 안녕히 계세요."

　설아는 꾸뻑 인사하고는 근방의 여관으로 들어갔다. 손님을 기다리
느라 대기하고 있던 소년이 솜씨 좋게 낙타를 모는 것을 확인한 후 따라
들어온 빈은 검을 판 것이 내내 못마땅한지 얼굴이 퉁퉁 부어 있었다.

　"어서 오세요."

　"일단 방 하나와 간단한 식삿거리 4인분 방으로 가져다 주세요."

　"얼마나 묵고 가시겠습니까?"

　"아직 정하진 않았습니다만 삼사 일 정도로 체크해 주시겠습니까?"

　설아의 말에 숙박계를 작성하던 아가씨는 생긋 미소를 지어 보였다.

　"손님들께서도 성주님의 따님이 되실 분을 구경하기 위해 오신 모양
이군요?"

　"네? 성주님께서 입양이라도 하시나 보죠?"

　"어머, 모르셨군요. 저희 성주님께서 후계자가 없어 고민하시던 중
에 사막에서 예쁜 딸을 주웠다며 얼마나 기뻐하시는지……. 이번에 양
녀가 생겼다고 축제를 여신 거예요. 아참, 오늘 오후가 되면 따님을 공
개한다고 하셨죠. 그것 때문에 사람들이 많이 모여들었는데 관심있으
면 손님들도 나가보세요."

　생긋 미소를 지으며 숙박계를 내려놓은 그녀는 서랍장에서 열쇠를
꺼내 설아에게 건넸다.

　"복도 끝방입니다 계산은 어떻게 하시겠습니까?"

　"선불로 치를게요. 저… 거스름돈은 필요없으니 저희들이 필요하다
는 것이 있다면 바로 구해주시겠습니까?"

　설아가 금화 한 닢을 꺼내 들어 보이자 아가씨의 눈이 휘둥그레졌다.

　"당연히 준비해 드리죠. 걱정 말고 시키세요."

그들을 방까지 안내하려는 기세의 그녀를 저지하며 설아는 금화를 그녀에게 넘겼다.

"필요하면 부를 테니 아무도 저희 방에 접근시키지 말아주십시오."

그녀는 얼른 금화를 집어넣고는 고개를 끄덕였다.

여관은 비교적 깨끗했다. 설아는 방 안으로 들어오기가 무섭게 일행에게 몇 개의 금화를 나눠 주고 남은 것은 뮤에게 맡겼다. 뮤라면 도둑맞을 염려도 없을 테니 안성맞춤이었다.

"거스름돈은 왜 안 받은 거야?"

"우리가 큰돈을 막 쓰고 다니면 어떨 것 같아? 도둑이나 강도의 표적이 되기 딱 알맞다구. 필요한 게 있으면 저 여관 주인을 통해서 구하는게 나을 거야. 그리고 식사 들고 나중에 올라오면 금화 한 개를 작은 돈으로 바꿔 달라고 하면서 금화가 얼마나 가치가 있는지 알아봐야지."

"헤에, 너 머리 쓴다?"

"당연하지. 이왕이면 똑똑하다고 해줘. 우훗."

의기양양한 미소를 지으며 으쓱거리는 설아에게 일행은 가벼운 한숨을 내쉬며 고개를 흔들었다.

"갈아입을 만한 옷들도 준비해야겠지?"

"그건 진이 챙겼어. 짐 꾸러미 속에 들어 있을걸."

똑똑.

"식사가 벌써 준비된 건가?"

고개를 갸웃거리며 문을 열자 낙타를 몰고 갔던 소년이 짐을 들고 올라왔다. 짐을 건네받고 고맙다는 인사를 하며 문을 닫으려는 순간 소년의 눈이 날카롭게 빛났다.

"혹시 마르윈의 검은 고양이를 쓰다듬어 보시려고 오신 겁니까?"

"걱정 마. 네 고양이는 건드리지 않을 테니까. 살벌하긴……."

빈이 소년에게 가벼운 미소를 지으며 손을 내저어 보이자 소년은 물끄러미 일행을 바라보고는 방 밖으로 나가 버렸다.

"검은 고양이라니?"

소년이 나간 뒤 남주가 의아한 듯 묻자 빈은 어깨를 으쓱거리며 대답했다.

"나도 몰라. 하도 살벌한 눈으로 묻기에 안 건드린다고 이야기했을 뿐이야."

"그래? 뭐… 신경 쓰지 말자. 그보다 진이 뭘 챙겨줬나 한번 볼까?"

남주의 말에 소녀들은 고개를 끄덕이며 묵직한 짐들을 풀기 시작했다.

"와우! 이런 걸 한꺼번에 다 들고 오다니, 아까 그 애 생각보다 힘이 센가 보다."

자신 쪽으로 짐을 끌어당긴 남주가 감탄한 듯 말하자 일행도 동의한다는 듯 고개를 끄덕거렸다.

갈아입을 만한 옷 몇 벌과 각종 취사 도구, 건량과 육포들. 그야말로 야외에서 필요한 물건들이 대부분이었다. 특이한 것이라면 펜 정도? 잉크는 들어 있지 않고 달랑 펜만 들어 있었는데 깃털이 황금빛으로 반짝거렸다. 남주는 펜을 일단 소환책에 끼워두고는 나중에 잉크를 사야겠다고 생각하며 침대 위에 올려두었다.

똑똑!

"식사입니다."

샌드위치와 수프를 들고 온 아가씨에게 설아는 금화를 하나 내밀었다.

"이걸 은화로 바꿔 주실 수 있습니까?"

그녀는 난감한 표정으로 고개를 저었다.

"그렇게 큰돈을 바꿀 만한 돈은 없답니다. 은화도 제법 큰돈인데… 금화라니요."

"주변에서 바꿀 만한 곳 없습니까?"

"…1년을 꼬박 벌어도 금화를 바꿀 만한 돈은 힘듭니다. 아, 잡화점이라면… 네, 제가 바꿔올게요. 그 외에 부탁하실 건 없으세요?"

"잡화점이 그렇게 장사가 잘되나? 가게도 그렇게 커 보이진 않던데……."

남주가 이상하다는 듯 고개를 갸웃거리자 아가씨는 생긋 미소를 지었다.

"그곳은 성주님께서 심심풀이로 하시는 곳이에요. 저희 영주님께선 아직 어리셔서 철이 없으시거든요."

"에? 우리가 갔을 때는 중년의 아저씨가 가게를 보셨는 걸요."

가희의 말에 그녀는 또다시 작게 쿡쿡거려 댔다.

"장난 반으로 시작하신 거지만 돈 버는 재미를 알았으니 가게는 계속 하시려는 거죠. 성주님께서야 워낙 바쁘시니까 가끔씩 나오시고 경영자는 따로 계시답니다."

"원성 사지 않나요? 성주님이야 재미로 하신다지만 다른 사람들은 생활이 걸려 있는 문제잖아요. 같은 잡화점이라면 사람들은 성주님이 계신 곳에서 물건을 사려고 할 테니까……."

설아가 살짝 미간을 찡그리자 아가씨는 걱정 말라는 듯한 얼굴로 고개를 저었다.

"어리긴 해도 영리하신 분이에요. 아주 소량의 물건만 팔고 그날 장사를 끝내 버리시니까 근처에 있는 잡화점도 큰 타격을 받지 않죠. 제가

알기에는 성주님 가게 근처에 있는 잡화점에 한해서 세금을 깎아준다고
하던데… 뭐, 그 정도면 이익이면 이익이지 손해 보는 일은 없어요.”

그녀의 말투에서 이곳의 성주는 인기가 많다는 사실을 눈치 챈 일행
은 슬그머니 성주에 대한 호기심이 생겼다. 나이가 어려서 철이 없다
는 소리가 중년부인의 입에서 나왔다면, 아, 그런가 보다 하고 말았을
지도 모르지만 저 성격 좋아 보이는 아가씨는 아무리 많게 봐준다고
해도 스물여섯 정도다. 그런 아가씨의 입에서 어려서 철이 없다는 말
이 나올 정도면 영주님이 얼마나 만만하다는 소리일까?

“그럼 금방 다녀올 테니 조그만 기다려 주세요.”

아가씨는 설아에게서 금화를 받자마자 후닥닥 밖으로 달려나갔다.
그녀가 밖으로 나가자 일행은 이것저것 짐을 모아 설아에게 넘겼고 설
아는 그것을 뮤에게 꾸역꾸역 먹여댔다.

뮤의 몸은 다른 차원과 연결이라도 되어 있는 것인지 끊임없이 물건들
이 들어갔고 설아는 쓸 만한 가방이(?) 생긴 것에 흡족해했다. 짐들을 하
나도 남김없이 뮤에게 먹인 뒤 일행은 식사를 시작했다. 현실과는 비교
가 안 될 정도로 뛰어난 맛에 감탄하며 배부르게 먹었다고 생각한 순간
숨을 헐떡이며 들어온 아가씨가 작은 주머니와 큰 주머니 하나를 내밀었
다. 그렇게 서두를 필요는 없었는데… 어쩐지 미안하다는 생각을 하며
고맙다는 인사를 건네자 아가씨는 생긋 미소를 지으며 밖으로 내려갔다.

“우리도 방에 가만히 있지 말고 무기라도 사러 가자.”

“그래, 대장간에 가면 쓸 만한 무기를 찾을 수 있을 거야.”

무기라는 말에 일순 표정을 구기는 빈의 눈치를 보며 설아가 남주의
말에 맞장구치자 빈은 할 수 없다는 듯 고개를 끄덕거렸다.

소녀들은 뮤와 함께 아가씨가 그려준 약도를 들고 대장간으로 향했

다. 그때까지만 해도 소녀들은 불길하고 어두운 그림자가 자신들의 뒤를 쫓고 있음을 눈치 채지 못하고 있었다.

"그러고 보니 축제라고 했었던가?"

사람들로 가득 찬 거리를 보며 설아는 질렸다는 듯한 표정으로 일행을 바라보았다.

축제의 하이라이트는 당연히 밤이다.

야시장에 들어선 푸짐한 먹거리라거나 각종 가게들, 그리고 축제 때에만 맛볼 수 있는 즐거운 이벤트까지. 진정한 축제를 즐기고 싶다면 해가 저물어가기 시작할 때쯤이 제일 적합하다. 이런 것들은 이렇게 일일이 설명할 필요도 없는 이야기겠지만.

여긴 해 떨어지면 사람들이 나오지 않는다. 금기의 시간이니까 나오고 싶어도 나오지 못한다는 말이 훨씬 적합할 수도 있겠다.

그러니 해가 떠 있는 동안 사람들이 더욱 몰려들어 우글우글거려 댈 수밖에…….

"성주인지 영주인지 애 한 명 더 생겼다간 아주 난리를 치겠다, 난리를 치겠어."

밀려드는 인파에 앞으로 갈 생각조차 하지 못하고 골목 한 귀퉁이에 물러서 주변을 둘러보던 남주는 난감한 표정으로 설아를 바라보았다.

"뭐, 좋잖아. 축제처럼 재밌는 게 어디에 있다구. 이렇게 된 거 우리도 재밌게 놀다 들어가지 않을래? 무기는 천천히 사도 되니까."

빈의 말에 가희와 뮤의 눈동자가 동시에 반짝이기 시작했다.

"난 찬성!"

뮤—

"으에! 이 많은 인파를 뚫고 지나가자고?"

설아가 눈살을 찌푸리자 가희와 빈은 생글생글 미소를 지으며 고개를 끄덕였다.

"설아야~ 가자~ 응?"

가희의 애교 섞인 콧소리에 설아는 두 귀를 막았다.

"뭐라고? 안 들려— 안 들려—"

"이래도 안 들려?"

빈이 설아의 코앞에 주먹을 들이밀자 그녀는 양쪽 귀를 막고 있던 두 손을 내리며 가벼운 한숨을 내쉬었다.

"그치만 사람 많은 데는 더워서 질색이란 말이야."

"게다가 시끄럽기까지 하잖아. 이러다가 일행끼리 흩어지면 어쩌려고?"

제법 타당성있게 느껴지는 남주의 말에 설아는 생긋 미소를 지었다.

"맞아. 다른 사람이라면 몰라도 길치인 난 꽤 위험하다구."

"서로 딱 붙어 가면 괜찮지 않을까?"

가희가 조심스럽게 말을 꺼내자 빈 역시 몇 마디 거들고 나섰다.

"만약 서로 떨어지면 여기서 만나기로 하면 되잖아. 우리가 묵고 있는 여관과도 가깝고 아무리 길치라도 자기가 묵고 있는 여관 위치 정도는 체크하지 않았겠어?"

확인하듯 자신의 얼굴을 바라보는 빈에게 설아는 가벼운 한숨을 내쉬었다.

"우리가 묵고 있는 여관 이름이 뭔지 기억하는 사람?"

"……."

설아를 제외한 소녀들 모두가 대답하지 못하자 그녀는 그럴 줄 알았다는 듯 팔짱을 끼며 검지손가락을 흔들었다.

"이봐, 너희들은 여기 초행이야. 나야 어느 정도는 길을 안다고 할 수도 있지만 너희는 아니잖아. 길 잃어버리면 어쩌려고 그래?"

"쳇, 지금 확인하면 되잖아."

순순히 자신의 실수를 인정하면서도 뭔가 기분 나쁘다는 듯한 태도를 보이는 빈에게 그녀는 의기양양한 미소를 지어 보였다.

"훗! 그건 말이지……."

"뜸 들이지 말고 빨리 말해 봐."

빈의 재촉에 설아는 식은땀을 흘렸다.

"여관 이름은……."

"어이, 설마 너도 모른다는 소리 하려는 건 아니겠지?"

빈이 주먹을 쥐어 보이며 '헛소리하면 죽어~' 라는 포즈를 취하자 설아는 어색한 미소를 지어 보였다.

"…근방의 여관으로 들어갔다."

설아의 실없는 말에 빈은 꼭 쥔 주먹을 그대로 그녀의 머리 위로 가져갔지만 차마 내려치지는 못하고 그저 도끼눈을 치켜뜰 뿐이었다.

"내가 생각한 게 그거거든. 근방의 여관으로 들어갔다는 거."

"그래서?"

"여관 이름이 없다는 거지."

설아의 말에 모두 어이없다는 표정으로 그녀를 바라보았으나 그녀는 그저 어깨를 으쓱거릴 뿐이었다.

"괜찮아, 괜찮아. 길만 잃어버리지 않으면 되는 거 아니야?"

설아가 아무 문제 없다는 듯 손뼉을 치며 굳어 있는 소녀들을 향해 생긋 미소를 짓자 남주와 빈은 동시에 그녀의 양쪽 귀를 잡아당겼다.

"그걸 말이라고 하고 있냐?!"

"신이 어째서 사람의 귀를 왼쪽과 오른쪽에 하나씩 붙여주신 건지 널 보고 있으면 충분히 이해가 간다."

"으어어어! 아파! 아프다구!"

설아가 양팔을 허우적거려 대자 빈은 가벼운 한숨을 내쉬었다.

"하아, 위치야 주변 가게들 보고 외우면 되겠지. 이런 마을에 여관이 그렇게 많을 리도 없고 여차하면 사람들에게 부탁하면 될 테니까."

빨개진 귀를 어루만지며 설아는 살짝 미간을 찌푸렸다.

"다들 나만 미워해."

"미움받을 만한 짓을 하잖아."

쿨하게 한마디를 내뱉은 남주의 눈에 갑자기 나타난 벽보가 들어왔다.

"8세에서 18세까지 참여 가능한 피닉스 꼬리 잡기 대회?"

"응? 그게 뭔데?"

빈이 관심있다는 표정으로 남주를 바라보자 그녀는 벽보를 가리키며 거기에 쓰여 있는 글씨를 쭉 읽어 내렸다.

"신청은 따로 받지 않으며 상품은 최신 게임기. 에? 게임기?!"

남주의 눈이 반짝거리기 시작하자 빈은 기회는 이때다 싶었는지 냉큼 그녀의 말을 이었다.

"장소는 마을 전체. 피닉스의 꼬리털은 매우 섬세하고 예민함으로 쥘 때 힘을 주지 말 것. 꼬리털의 상태가 온전하지 못할 경우 실격 처리하겠습니다."

설아는 불길한 생각이 들었지만 설마 저렇게 사람들로 바글바글거리는 거리로 나가기야 하겠냐는 표정으로 남주를 바라보자 그녀는 설아의 등을 떠다밀며 인파 한가운데로 뛰어들었다.

'게임기는 내가 갖는다! 음하하핫!' 이라는 호탕한 웃음소리와 함께……．

"정말 순식간에 말려들어 버렸군."

빈이 거리를 가득 채우고 있는 아이들을 바라보며 생글생글 미소를 지어 보이자 가희는 문득 걸음을 멈췄다.

"달콤한 과자와 사탕 있습니다. 꿀로 만든 달콤한 사탕 있습니다."

가판대 가득 놓여진 색색의 사탕들이 그녀의 시선을 붙잡은 것이다.

"예쁜 아가씨, 사탕 하나 사시겠어요? 피닉스 꼬리 잡기 대회가 시작되면 사고 싶어도 못 산답니다."

서글서글한 미소를 지으며 가희에게 사탕을 건네는 소녀를 향해 살짝 미간을 찡그린 빈은 뮤를 덥석 집어 들어 가희에게 건넸다.

"어이! 너희가 애냐? 사탕 보고 그렇게 좋아하게?"

"그치만 맛있게 생겼는걸."

가희가 눈을 반짝거리며 여전히 움직이지 않자 빈은 그녀의 뒤로 돌아가 양쪽 겨드랑이에 팔을 집어넣고는 가뿐하게 그녀를 들어 올렸다.

"빈아?"

"으싸! 이렇게라도 하지 않으면 아예 들러붙어 살려고 그러지? 쯧쯧, 설아랑 남주를 놓친 거 같은데……."

여전히 그녀를 대롱대롱 들어 올린 채 주변을 바라보던 빈의 시야는 어느새 자신들 또래의 아이들로 꽉 들어차 버렸다.

"아앗! 저기!"

가희는 재빠른 동작으로 빈에게서 벗어나 거대한 상자 속에서 하얀 구름을 뽑아내고 있는 아주머니에게로 다가갔다.

"야! 야!"

빈이 미간을 찡그리며 뒤쫓아오자 아주머니는 생긋 미소를 지어 보였다.

"이게 뭔지 궁금했나 보군요?"

그녀는 두 눈을 반짝이고 있는 가희에게 작은 구름 한 귀퉁이를 떼어 주고는 살짝 윙크해 보였다.

"솜사탕이라는 겁니다. 상당히 달콤하죠."

단것이라면 사족을 못 쓰는 가희인지라 그녀는 아주머니를 향해 감사의 표시로 고개를 꾸벅해 보이고는 입 안으로 솜사탕을 가져다 댔다.

"에?"

입 안에 닿자마자 사르르 녹아버리는 것에 의아한 표정으로 다시 입에 가져가려는 순간 빈이 그녀의 어깨를 덥석 붙잡았다.

"어이, 넌 어떻게 이런 것만 그렇게 잘 찾냐?"

"빈이 너도 먹어봐."

그녀는 솜사탕을 뜯어 그녀의 입 안에 넣어주었다.

"어? 이게 뭐야?"

빈이 신기한 표정으로 그녀를 바라보자 가희는 생긋 미소를 지었다.

"솜사탕이래."

두 사람이 흡족한 표정으로 솜사탕을 뜯어 먹자 뮤는 한심하다는 듯 고개를 설레설레 흔들었다.

뮤! 뮤! 뮤!

"이제 슬슬 피닉스 꼬리 잡기 대회가 시작되려나 보군요."

아주머니는 슬슬 장사를 끝내려는지 주변을 정리하고는 한쪽으로 물러섰다.

먼발치에서 볼품없이 털이 빠져 있는 닭 한 마리가 닭이라고는 상상조차 할 수 없을 정도로 빠른 속도로 달려오고 있었다. 그리고 그 뒤로 한 무더기의 검은 그림자들이 우르르 닭을 쫓아 달려오고 있었다.

"에? 에엣?!"

뭔가 무시무시한 기운을 풍기고 있는 그 기세에 질려 한쪽 벽면으로 물러난 그녀들을 향해 뮤가 괴성을 질렀다.

뮤! 뮤! 뮤!

그 검은 그림자의 정체란 마치 전쟁터에 나온 사람처럼 비장한 분위기를 풍기는 꼬맹이 군단이었던 것이다.

"와아! 귀엽다."

가희가 자기 집의 커다란 양철 냄비를 투구 삼아 쓰고 있는 꼬마 아이를 향해 생긋 미소를 지었지만 워낙 사람들이 많은 탓에 꼬마에게 그녀의 목소리가 들리지는 않는 것 같았다.

"저기, 저기 있다!"

"피닉스다! 잡아라!"

"와아―"

아이들의 함성이 거리를 가득 채우자 닭은 꽁지에 불이 붙은 것마냥 순식간에 시야에서 사라져 버렸다.

"피닉스를 잡으러 가자!"

"와아―"

아이들의 함성이 용맹한 기사단 못지않게 우렁차게 울려 퍼지자 아이들은 누가 먼저라고 할 것도 없이 기세 좋게 달려나가기 시작했다.

"…피닉스 꼬리? 그 볼품없는 닭을 피닉스라고 하는 건가?"

빈이 어이없다는 듯한 표정으로 아이들을 바라보자 그저 인상 좋게 웃고 있던 아주머니가 고개를 흔들었다.

"에이, 그건 작년에 사용된 닭이에요. 아이들이 뭘 모르니까 저렇게 쫓아다니고 있을 뿐이죠. 진짜 똑똑한 녀석들은 조금 더 생각해 보고 느긋하게 움직일걸요. 뭐… 재작년에는 앵무새였나, 오리였나? 피닉스라고 해도 어린애들을 보고 실존하는지 어떤지도 모르는 새의 꼬리털을 가져오라고 할 수는 없는 노릇이잖아요."

아주머니의 말에 가희는 고개를 끄덕거렸다.

아이들에게 놀이로 피닉스 꼬리를 가지고 오라 할 만한 어른이 세상에 어디 있겠냐 싶었던 것이다.

"그럼… 그 피닉스라는 건 뭐죠?"

"그건 성주님께서 아이들이 피닉스처럼 자라주길 바라는 의미에서 개최하는 행사니까요. 대상이 새라는 건 언제나 변함이 없거든요."

아주머니가 푸근한 미소를 짓자 빈은 뭔가 납득할 수 없다는 듯한 표정으로 그들이 달려나간 방향으로 시선을 돌렸다. 순간적으로 '닭도 새냐?' 하는 의문이 들었던 것이다.

"그렇게 위험한 것도 아닌데 아가씨도 한번 참여해 보지 그래요? 든든한 가드도 있겠다."

아주머니의 말에 빈은 눈썹을 꿈틀거렸다.

"가드요?"

"내가 보기엔 훌륭한 가드가 되어줄 만큼 든든해 보이는 신사인데… 내가 사람을 잘못 본 건가요?"

약간은 짓궂기까지 한 미소를 지으며 빈을 바라보는 아주머니께 그녀는 가벼운 한숨을 내쉬었다.

"내가 그렇게 남자같이 생겼나? 이만하면 꽤 미인일 텐데……."

빈이 그런 생각을 하든 말든 가희는 그녀의 팔을 잡아끌며 피닉스라는 소리가 가장 크게 들리고 있는 곳으로 다가갔다.

"남주와 설아라면 보나마나 소동이 일어나고 있는 한가운데에 있을 거야. 우리도 서둘러야 해."

"애초에 누구 때문에 일이 이렇게 된 거라고 생각해?"

빈은 살짝 눈을 흘기며 주변을 바라보았다.

"피닉스다! 잡아라!"

"까아아아! 거기 서, 피닉스!"

자신들 또래의 소녀들이 드레스 자락을 휘날리며 노란 카나리아에게 달려들자 빈은 의아한 표정으로 카나리아를 바라보았다.

"피닉스?"

"그거 로즈 거야. 건드리지 마."

날카로운 목소리가 날아들자 빈은 새로부터 한 발짝 뒤로 물러섰다.

"헤에? 너희들이로구나, 우리 마을에 들어온 이방인이."

로즈라고 불리운 소녀는 도도한 눈초리로 빈과 가희를 관찰했다.

"흐응? 별거 아니네. 난 이방인이라기에 뭔가 다른 게 있을 줄 알았더니. 어쨌거나 이 카나리아는 내 것이야. 우리 집에서 기르는 새지. 그러니까 너희들은 건드리지 마."

"뭐? 그런 법이 어딨어?"

울컥한 표정으로 빈이 그녀를 노려보자 그녀는 코웃음 쳤다.

"여기 있어. 카나리아는 내가 명령하면 언제든지 내 곁으로 올 거야. 모두가 피닉스를 찾다가 지치면 그때 불러들일 테니까 구태여 쫓아다니고 싶다면 말리지 않겠어. 하지만 명심해. 이 새는 내 거야."

"그래, 카니니아는 로즈 거야."

"카. 나. 리. 아. 라니까."

로즈라는 소녀는 우아한 포즈로 뒤돌아서 자신의 카나리아를 쫓고 있는 사람들을 향해 비웃음을 날렸다.

"우리 저 이상한 애 신경 쓰지 말고 설아랑 남주나 찾으러 가자."

빈은 기분이 상한 듯 가희의 손을 잡아끌며 커다란 목소리가 들려오는 골목으로 다시 한 번 접어들었다.

"음하하핫! 피닉스는 내가 접수한다!"

어디선가 확성기에 대고 소리를 지르는 듯한 커다란 목소리가 날아들었다.

"남주… 로군."

가희와 빈은 식은땀을 흘리며 뒷걸음질쳤다.

그녀들과 친구로 지내온 지 꽤 많은 시간이 흐른 터였고 그녀들에 대해서라면 누구보다 더 많이 알고 있는 소녀들의 감이 그녀들로부터 떨어지라고 점잖게 충고하고 있었다.

지금 나갔다간 틀림없이 쪽팔릴 일을 당하게 될 거라는 생각에 그녀들은 다시 한 번 뒷걸음질쳤다.

"어? 가희야! 빈아! 너희들 여기 있었구나."

평상시라면 반갑게 들렸을 설아의 목소리가 이번만큼은 달갑지 않은 소녀들이었다.

"남주?"

"저기."

내키지 않는 질문이었지만 그녀들은 자신들이 걱정하는 바를 떨쳐버리려 애쓰며 설아가 가리키는 곳을 바라보았다.

"…우린 저 녀석 모르는 거다."

"그래, 절대로 모르는 거다."

“나도 동감이야.”

보기만 해도 눈부신 대머리 실프 목마를 타고 있는 남주는 어디서 구했는지 ‘피닉스’란 종이가 붙여진 카나리아를 잡고 폭소를 터뜨리고 있었다.

“그런데 저 녀석 저거 어떻게 잡은 거래?”

빈의 질문에 설아는 어이가 없다는 듯 고개를 절레절레 흔들었다.

“저 모퉁이 골목에서 카나리아가 날아오더라고. 별 관심 없었는데 남주 시력이 좀 좋아? 다짜고짜 실프를 소환하더니 잡으라잖아. 이건 반칙이야. 소환사 아니면 서러워서 살겠어?”

설아의 빈정거림에 빈은 피식 미소를 지었다.

그 로즈라는 소녀가 이 사실을 알면 어떤 표정을 지을지 문득 궁금해진 것이다.

어쨌거나 피닉스 꼬리 잡기 대회는 눈 깜짝할 사이에 마무리 지어졌고 남주는 최신 게임기인 체스를 받게 되었지만 자신이 원하는 것이 아니라는 걸 알고 정중히 거절했다(입에 거품 물고 쓰러지는 것으로).

“괜히 엉뚱한 데 시간 낭비했네. 어서 무기나 사러 가자.”

설아의 말에 그녀들은 순순히 설아의 뒤를 따랐다.

챙그랑 하는 소리와 함께 파편이 사방으로 튀자 화병에 들어 있던 꽃과 물은 바닥에 흩어진 파편들과 뒤섞여 엉망이 되었다. 화병이 깨질 때 냈던 시끄러운 소리에 그의 방으로 황급히 뛰어올라 온 하녀는 한 번도 보지 못했던 그의 신경질적인 모습에 찔끔 겁을 집어먹고는 어쩔 줄 몰라 안절부절못하고 있었다.

“누가 들어와도 좋다고 했습니까?!”

애꿎은 하녀에게 버럭 소리를 지르자 그녀는 황급히 고개를 숙이고
는 방 밖으로 물러 나갔고 그는 침대에 몸을 내던지듯 털썩 드러누워
버렸다.

"당신들은 후회할 것입니다."

소녀들에게 말은 그렇게 했지만 결코 소녀들에 대해 왕에게 고자질
할 생각은 없었다.
구슬의 행방이 묘연하다거나 그곳에 있던 프리스트의 부주의로 구
슬이 깨어졌다고 적당히 둘러댈 생각으로 왕을 알현했건만 그 자리에
는 악마보다 사악해 보이는 프리스트 한 명이 비열한 미소를 지으며
왕의 옆에 서서 자신을 내려다보고 있었다.

"한발 늦으셨군요, 나이트 아크레님. 하마터면 당신을 오해할 뻔했
습니다. 슬란드의 간첩과 손을 잡은 것이라고. 다행히 무사히 돌아오
셨기에 누명이 벗겨졌군요. 하하하."
머리 속이 새하얗게 비워지는 듯했다. 슬란드의 간첩?
"지금 말 다 하셨습니까? 그렇지 않아도 당신의 악행을 폐하
께……."
"악행이라니요? 지금 누구에게 그런 말을 하시는 겁니까?"
그는 아크레의 말을 가로막으며 자신의 회색 로브를 펄럭거려 보였
다. 그의 로브 자락 아래로 하이 프리스트를 상징하는 회색 옷이 아크
레의 시야에 들어왔다.
'그 짧은 시간에 그가 하이 프리스트가 되었다는 건가? 그런 터무니

없는 일이······.'

아크레는 눈을 부릅뜨며 그를 노려보았다.

"저는 필렌 프리스트님을 혼자 두고 가셨기에 그런 의심을 한 것뿐입니다. 악행이라니, 말씀이 지나치시군요. 저를 모욕할 작정이라면 그만두시는 것이 좋을 겁니다."

하이 프리스트를 욕보이는 것은 자칫 쉴드에 대한 모욕으로 이어질 수 있었다.

'뭔가 잊고 있었다 했더니··· 제기랄, 필렌님을······.'

끝까지 그곳에 남겠다던 프리스트를 떠올리며 그는 아랫입술을 깨물었다. 만일 그를 죽이고 그의 옷을 빼앗아 입은 것이라면 생각만 해도 분통이 터질 것 같았다.

"필렌님을 어떻게 하신 겁니까?"

"어떻게 하다니요? 필렌님은 이곳에 계시지 않습니까?"

그의 말에 아크레는 주위를 두리번두리번거리며 그의 모습을 찾았고 눈에 띄지 않는 구석진 곳에 서서 자신과 눈을 마주치지 않으려는 그를 발견할 수 있었다.

"이것이··· 어떻게 된 일입니까? 어째서 저자가 하이 프리스트의 옷을 입고 있는 것입니까?"

거칠게 언성을 높이는 자신에게 그의 목소리가 날아들었다.

"저에 대한 무례는 더 이상 용서하지 않겠습니다! 이 몸은 필렌 프리스트님의 추천으로 폐하의 허락과 주교님의 허락으로 방금 하이 프리스트가 되었습니다. 저를 모독하는 것은 폐하와 주교님을 모욕하는 것이자 필렌님을 모욕하는 것, 그것이 신성 모욕으로 이어진다는 사실을 명심하셔야 할 것입니다!"

기세 좋게 소리치는 그에게 왕은 인상을 찡그렸다.

"시끄럽소. 당신도 잘한 것은 없지 않소. 나의 충직한 신하가 슬란드의 첩자와 손잡고 국경을 넘어갔다고 말한 것은 기사인 아크레 경을 욕보인 게 아니고 무엇이오?"

"폐, 폐하!"

당황한 그에게 왕은 더욱 언성을 높였다.

"나에게도 신성 모독을 갖다 붙일 생각이오? 주교, 어디 당신이 한번 말씀해 보시오. 내가 틀린 말을 했소이까?"

"아닙니다, 폐하. 기사를 욕보이는 것은 정의로운 검으로 나라를 세운 기사도를 욕보인 것이자 나라를 욕보인 것, 나아가 폐하를 욕보인 것이오, 폐하를 수호하시는 쉴드님을 욕보인 것이지요. 사과를 해야 할 자는 카렌 당신이오."

왕과 주교는 팔십을 바라보고 있으나 누구 하나 젊은이에게 뒤지지 않을 정도로 정정했으며 존재감 또한 단숨에 카렌을 꺾어버릴 정도로 대단했다. 보고 있기 딱할 정도로 일그러진 카렌의 표정에 아크레는 속이 후련해짐을 느낄 수 있었다.

"뭐 하시오? 당신은 당신이 지금 해야 할 일을 모르는 것이오? 나이트 아크레 경이 실추된 자신의 명예를 되찾기 위해 결투 신청이라도 하시길 바라오? 때를 놓치면 쉴드의 품에 안긴다 한들 편히 눈을 감지는 못할 것이오."

왕의 불호령에 그는 마지못해 고개를 숙였다.

"…사과드립니다, 나이트 아크레님. 결코 당신을 욕보이려 한 것은 아니었으니 너그럽게 용서해 주십시오."

그는 신중한 자였다. 왕과 주교에게 밉보여서 좋을 것은 하나도 없었다. 그는 순순히 고개를 숙이며 아크레에게 용서를 구했다.

"어떤가, 아크레 경? 너그럽게 용서해 주어 그자에게 빚을 하나 얹어주는 것이 좋지 않겠나?"

왕의 목소리는 자신이 신뢰하는 부하에겐 한없이 부드러운 법이었다.

"폐하의 뜻이라면……."

아크레의 용서가 떨어지자 그는 재빨리 고개를 들었다.

어쨌거나 사나이로서 몸을 굽히는 것은 굴욕적인 것이다.

"나이트 아크레님, 봉인의 구슬은 당연히 찾아오셨겠지요? 폐하께서 나이트 아크레님을 계속 기다리셨습니다. 어서 폐하께 구슬을 드리십시오."

그의 말에 왕은 인자한 미소를 지으며 아크레를 바라보았다.

"나이트 아크레 경에게 포상이라도 내려야 할 텐데… 뭐가 좋겠나?"

최연소로 기사 작위를 받은 이래 줄곧 파격적인 승진을 해왔던 그이고 자신의 휘하 아래 많은 기사들을 거느리고 있는 그에게 내릴 만한 포상은 그다지 흔치 않았다. 겸손한 그는 젊은 나이에 더 이상의 작위는 원하지 않을 것이고 아크레 집안은 임플란드에서 둘째가라면 서러울 정도로 부유하다. 한참을 고심하던 왕은 신뢰를 담은 눈으로 아크레를 바라보았다.

"나이트 아크레 경, 자네가 원하는 것은 무엇인가?"

아크레는 아랫입술을 질끈 깨물었다. 봉인의 구슬은 자신의 손에 있지 않고 소녀들은 바스타드로 떡을 쳐도 모자랄 프리스트의 간사한 입을 통해 슬란드의 첩자로 몰려 있었다.

그는 빈의 망고슈를 꺼내 바닥에 꽂으며 왕 앞에 무릎을 꿇었다.

"신을 벌해주십시오, 폐하. 구슬은 제 손에 있지 않습니다."

"그 검은… 폐하, 그 검은 제가 말씀드린 슬란드의 첩자가 가지고

있던 검의 문양과 똑같은 검입니다. 슬란드의 첩자와 무관하지 않다
고……."

"닥치시오! 닥치시오! 제발 그 입 좀 닥쳐 주시오!"

왕은 머리가 지끈거리는지 손으로 이마를 짚으며 소리를 질렀다.

"카렌님, 당신은 잠시 물러가 있는 것이 좋겠소."

"주, 주교님."

"폐하의 건강을 생각하신다면 물러나는 것이 충신이오."

주교의 말에 그는 할 수 없다는 표정으로 고개를 숙여 예를 표하고
는 자리에서 물러났다. 왕은 한숨을 내쉬며 주교에게 감사를 표했다.

"감사하오. 내심 저자가 두통거리였는데… 한결 낫군."

"별말씀을……. 젊은 프리스트의 기강을 잡는 것이야말로 이 늙은
이의 유일한 낙이니 신경 쓰지 않으셔도 됩니다. 그보다 나이트 아크
레 경에게 그 레이피어를 확인시켜 보시는 게 어떻습니까?"

"주교, 당신이 아예 왕을 하지 그러나? 이 늙은이보다 훨씬 현명하
니 말일세."

왕은 가벼운 미소를 지으며 주교에게 농담을 걸었다.

"폐하의 명이시라 해도 그건 좀……. 아, 폐하께서 주교를 하시겠다
면 당장 바꿔 드리겠습니다."

"됐네. 그런 골치 아픈 자리는 질색이네. 쉴드의 뜻보다 백성의 뜻
이 알기 쉬우니 말일세. 거기, 아무나 좋으니 아크레 경에게 그 레이피
어를 가져다 주게."

"성스러운 기운이 담긴 검이니 조심해서 취급해 주시오."

주교의 염려 섞인 말과 함께 떨어진 명령에 레이피어는 아크레의 앞
에 놓여졌다.

주교는 그가 내려놓은 망고슈를 들어 무엇인가를 확인하는 듯했다. 백합이 수놓아진 검은 겉보기에도 고급으로 보이는 루비와 사파이어로 아름답게 장식되어 있었다. 그리고 그 백합의 아래 면에는 고대 문자로 추정되는 문자가 새겨져 있었다.

"이 레이피어와 그 망고슈에 새겨진 문자와 합해서 읽어보니 '…의 열쇠' 라는 뜻이었네."

아크레에게 확실한 것은 검의 주인이 빈이라는 점과 이 검이 보통 검이 아니라는 것이었다.

"카렌 그는 그녀들을 첩자라 했지만 나는 그들이 첩자라고는 생각되지 않네. 하이 프리스티스 복장의 소녀라면… 그것도 슬란드 인이라면 짐작 가는 바가 있거든. 성녀(聖女) 유이라고 들어본 적 있나? 유이는 내가 타국인이라는 것을 감안한다 해도 주교인 위치에 있으면서 단 한 번도 만나본 적이 없을 정도로 베일에 싸여 있는 인물이지. 슬란드의 국왕조차 만나보지 못했으며 그녀의 얼굴을 알고 있는 사람은 그녀의 측근밖에 없다고 하네."

"제가 알고 있는 이름과는 다릅니다. 그 소녀들의 이름은 빈과 설아, 남주와 가… 희라고 했던가? 하이 프리스티스이신 분이 가희라는 소녀였던 것 같습니다만……."

그의 말에 주교는 한숨을 내쉬었다.

"이 순진한 기사여, 설마 이름이 알려져 있는 그들이 본명을 사용하고 다녔겠나?"

"주교, 자네 너무 나선다는 생각 들지 않는가?"

왕의 말에 주교는 헛기침을 했다.

"흠흠! 아무튼 그녀가 움직였다면 뭔가 심상치 않은 일이 있다는 것 아니겠나? 근래에 해석 불능의 신탁들이 내려지고 있는 것도 그렇거니와 분명히 뭔가가 벌어지려 하고 있다는 생각은 들지만 증거도 없고 조금 전에 말했듯이 신탁 자체도 정확한 해석이 불가능하네. 만일 그녀가 유이라면 지금까지의 신탁을 해석해 줄 수도 있을 테고 그렇게 된다면 이 복잡한 신탁에 대해서도 뭔가 실마리가 풀리겠지. 그러니 말일세… 자네가 그녀를 이곳으로 모셔와야 할 듯싶네."

주교의 말에 아크레는 내키지 않는다는 듯한 표정을 지었다.

"제게 그녀들을 체포하라고 하시는 겁니까?"

"체포가 아닐세."

딱 잘라 말하는 주교의 말에 그는 안도의 한숨을 내쉬었다.

아무튼 소녀들을 체포하는 짓은 할 수 없다고 생각하는 아크레였다. 주교는 그를 보고는 빙그레 미소를 지으며 집게손가락을 자신의 입가에 가져다 댔다.

"쉿! 이 일은 모두 비밀일세. 자네에게 그런 간단한 일을 부탁하진 않아. 요는 납치해 오라는 것일세. 슬란드에서 알면 골치가 아프니 완전 범죄여야 하네. 어디까지나 비밀로 처리해 주게. 이 일이 끝나면 자네에겐 성기사라는 칭호가 주어질 뿐만 아니라 그에 걸맞는 기사단이 주어질 것일세."

"그런 것은 필요없습니다. 저를 이 일에서 빼주십시오. 못 들은 것으로 하겠습니다."

"곤란하네, 크라크 아크레 경. 그녀의 얼굴을 알고 있는 자는 자네밖에 없네. 그것은… 이 일을 완수할 수 있는 자도 자네밖에는 없다는 소리일세."

아크레는 왕을 바라보았다.

"폐하의 뜻이십니까?"

"아닐세. 난 모르는 일이네."

왕이 아무런 말도 못 들었다는 표정으로 고개를 돌리자 주교가 아크레를 향해 입을 열었다.

"교단 측의 의뢰로 받아들이게. 폐하께서는 나보다 높은 분이시나 신앙의 문제로 보자면 폐하를 쉴드게 인도하는 자는 나일세. 지금은 내가 신도인 자네에게 주교로서 명령하는 것이니 폐하와는 아무런 관계가 없네."

왕과 무관한 것임을 힘을 주어 강조하는 주교에게 아크레는 고개를 저었다.

"거절합니다."

"주교, 이렇게까지 거절하는데 없던 일로 해주게. 봉인의 구슬에서 비롯된 문제니 그 구슬은 깨어진 것으로 처리하고 우리는 그 소녀를 놓친 거라고 생각하게나. 아크레에게 몇 주 동안 근신을 명하는 것으로 일을 마무리 지으면 카렌도 대놓고 뭐라고 불만을 표하진 못할 걸세."

"폐하, 지금의 저는 쉴드의 대리자입니다. 쉴드님께서 거론된 이상 협상이란 있을 수 없습니다. 만일 폐하께서 크라크 아크레 경을 감싸고 도시는 거라면, 전 치사하지만 카렌님의 말씀대로 당신의 결백함에 대한 이의를 제기해서라도 당신의 결백을 알아보는 자리를 만들어야겠지요. 이것만큼은 폐하께서도 막아주실 수 없을 겁니다. 정의의 이름 아래 열리는 쉴드의 재판이니 말입니다."

말투부터가 확연히 달라진 주교에게 왕은 한숨을 내쉬었다.

"아크레의 집안에서는 반역자가 나올 수 없소. 그들은 모두 충신이었고 크라크 경 역시 마찬가지요. 왕인 내가 보장하니 믿어도 될 거요.

더우기 크라크 경이 첩자와 손을 잡아? 참새를 잡아다 차라리 드래곤
이라고 우기시오."

왕의 노한 목소리에 주교는 한결 목소리를 누그러뜨렸다.

"저도 경이 첩자와 손을 잡았다고는 생각하지 않습니다. 게다가 그
소녀들이 첩자라는 생각도 하지 않고 있습니다. 그러나 판결은 언제나
옳게만 내려지는 것이 아니라 무죄에서 유죄를 만들어낼 수도 있는 법
입니다. 특히 카렌님 같은 분의 진가는 그럴 때 발휘되는 것 아니겠습
니까? 그러면 아무리 털어도 먼지가 나오지 않는 아크레 경 같은 사람
에게서도 죄 두세 개 정도는 가볍게 만들어줄 수 있으시겠지요."

주교의 말에 왕은 가벼운 신음을 내뱉었다.

"으음… 아크레 경, 할 수 없구려. 아크레 경 자네에겐 미안한 일이
지만 난 충실한 신하를 잃을 수 없소. 그 재판에서 유죄 판결을 받게
된다면 더 이상 기사 노릇을 하지 못한다는 것은 경도 익히 들어 알고
있을 터… 생각을 바꿀 순 없겠소?"

왕은 손자뻘 되는 청년 아크레의 곁으로 다가와 손수 그를 일으켜
세우며 간절한 눈빛을 보냈다.

"그분들 중 빈님께선 제 스승이 되어주신 분입니다. 어떻게 스승님
을 납치하라 하시는 겁니까?"

"아크레 경, 우리가 필요로 하는 자는 프리스티스지 당신의 스승이
아니오."

주교의 말에도 그가 흔들리는 기색이 없자 왕은 한숨을 내쉬었다.

"하아, 명령이오, 나이트 크라크 아크레 경! 그녀를 납치해 오시오.
대외적으로는 그녀를 찾는 동안 휴직으로 처리하겠으니 그렇게 알고
물러가시오. 난 유능하고 충직한 신하를 잃을 생각이 없소. 미안하오,

아크레 경."

왕이 그에게서 등을 돌리자 아크레는 고개를 숙이며 아랫입술을 질끈 깨물었다.

"네, 폐하의 명이시라면 분부대로……."

"…물러가시오."

왕은 그에게서 여전히 등을 돌린 채 명령했고 아크레는 왕에게 그대로 무릎을 꿇어 인사하고는 자리에서 일어나 자신의 저택으로 돌아왔다. 레이피어와 망고슈를 손에 든 채…….

그녀들이 어디로 향했는지에 대한 단서조차 없었다(워프 가루를 사용한 이상 그가 마법사도 아니니 어떻게 추적할 방법이 없었던 것이다).

프리스트 필렌,

그는 무엇 때문에 카렌 같은 자를 따르는 것일까?

쉴드의 뜻에 어긋나는 게 싫다는 이유로 동행을 거절한 보수적인 그였다. 정의를 따르는 것이 쉴드의 가르침이건만 카렌이 그에게는 정의라는 것인가?

카렌에 대한 증오보다 필렌에 대한 배신감이 더 크게 느껴지는 아크레였다.

"차라리 그들이 어디에 있는지만 알아도……."

이대로라면 영영 성으로는 눈길조차 줄 수 없을 것이며, 눈에서 멀어지면 마음에서도 멀어지는 법이라고 그는 점차 왕에게서 신뢰를 잃어갈지도 모를 일이다.

그는 차라리 이 모든 것을 잊고 술기운이라도 빌려 잠이나 청해보는 것이 낫겠다는 생각을 하며 침대 옆 탁자로 손을 뻗었다. 위스키 병의 차가운 감각을 느끼며 병을 입으로 가져가는 순간 그는 놀라움에 병을 떨어뜨리고 말았다. 망고슈가 은빛으로 빛나며 공중으로 두둥실 떠오른 것이다. 위스키 병이 바닥으로 떨어지면서 또다시 '챙그랑' 하는 커다란 소리가 났지만 조금 전 하녀에게 소리를 지른 탓인지 아무도 자신의 방으로 올라오지 않았다.

그는 눈을 비비며 자신이 보고 있는 것이 환영이 아닌가 하는 의심을 하며 침대에서 벌떡 일어났다. 자신이 본 것이 환영이 아니라는 듯 망고슈에서 빛이 사라지지 않자 아크레는 눈에 힘을 주어 망고슈를 뚫어져라 살펴보았다. 그러자 이번에는 놀랍게도 망고슈에서 뿜어져 나오는 빛이 점점 사람의 형상을 갖추어가더니 온몸이 은빛으로 빛나는 여인으로 변하여 자신을 보고 애절한 표정을 지었다.

"누구십니까?"

간신히 용기를 내어 묻는 그에게 그녀는 계속해서 절박한 표정으로 뭐라고 말을 했지만 그에게는 그녀의 목소리가 조금도 들려오지 않았다.

그녀가 자신에게 무엇인가를 전하려고 할 뿐 해를 끼치지 않는다는 것을 깨달은 아크레는 그녀의 말을 듣기 위해 집중했지만 그녀의 목소리를 들을 수 없기는 마찬가지였다.

답답한 마음에 그는 그녀의 입 모양을 따라 소리를 내어보았다.

"주세… 요? 돌려… 보내 주세요?"

그녀는 고개를 끄덕이며 천천히 입을 열었다.

"주인… 님께?"

아크레는 자신의 머리가 텅 비는 것을 느끼며 그녀의 말을 이어보았다.

"주인님께 돌려보내 달라는 겁니까?"

그녀가 또다시 고개를 끄덕이자 아크레는 마른침을 삼키며 그녀에게 질문했다.

"당신의 주인은 누구입니까?"

너무나 뻔한 대답이었다.

"역시 빈님입니까?"

소녀는 고개를 끄덕이면서도 손가락 하나를 들어 보였다.

"한 사람이 더 있다는 겁니까? 그 사람이 누구입니까?"

그녀는 대답할 수 없다는 듯 고개를 저었다. 누구인지 알아내고 싶은 생각은 들었지만 어차피 프리스티스는 다른 사람에게 치명상을 입힐 만한 무기를 가질 수 없으니 설아와 남주 두 명 중 한 명일 것이고, 자신에게 있어 그 두 사람이라면 두 명 중 누구의 것이든 그것은 그리 중요하지 않았다.

여인이 또다시 자신을 돌려보내 달라는 듯 입을 뻥긋거리자 그는 난감한 표정으로 고개를 저었다.

"난 당신의 주인이 어디에 있는지 알지 못합니다."

그의 말에 여인은 대단히 실망한 표정으로 사라져 버렸다. 그리고 그녀가 사라지자마자 아크레는 마법이라도 걸린 듯 잠에 빠져들었다.

"이노르, 이노르에 있는 마르윈의 사막 지대를 벗어나 프리로 향할 것입니다."

정신없이 잠에 빠져들자 여인은 꿈속에까지 나타나 가냘픈 목소리로 주인이 있는 곳을 알려주었다.

"이노르? 슬란드가 아니라 이노르입니까?"

그녀의 목소리를 들을 수 있어서일까, 아크레의 얼굴에서는 뭔지 모를 안도감이 떠올랐다.

"그렇습니다. 저를 주인님께 돌려보내 주십시오. 주인님의 위치를 알 수 있는 단서는 주인님께서 가지고 계시는 단 하나의 망고슈뿐입니다. 주인님을 더 이상 추적할 수 없게 되기 전에 어서 저를 주인님께로 돌려보내 주십시오!"

"그렇다면 제가 그녀들보다 먼저 프리로 가서 기다리면 되겠군요. 그런데 당신은 어떻게 이런 사실을 알 수 있는 겁니까?"

"다른 자매들이 제게 알려주고 있으니까요. 의심하지 마세요. 저는 수상한 정령이 아니니 경계하시지 마십시오."

수상하지 않다고?

갑자기 불쑥 튀어나온, 그것도 자신이 정령이라고 하는 자를 수상하지 않다고 한다면 누구를 보고 수상하다고 할 것인가.

더군다나 스스로 자신을 수상하지 않다고 말한다 해서 '아, 그렇습니까?' 라고 순순히 납득하는 바보가 세상 어디에 있겠는가?

"알겠습니다. 당신을 의심하는 짓은 하지 않겠습니다."

…그러나 세상에는 종종 바보도 나오는 법이다.

주교의 말대로 이 순진한 기사는 진지한 표정으로 고개를 끄덕거렸고 여인은 만족스런 미소를 지으며 감사하다는 말을 남기고는 스르륵 사라져 버렸다.

아크레는 일어나기가 무섭게 하녀를 불러 여행에 필요한 간단한 짐을 싸도록 지시를 내렸다.

자신이 잠든 사이 누군가 들어와서 방을 치웠던 것인지 어제 깬 화병과 위스키 병 덕분에 엉망이 됐을 카펫도 새것으로 갈아놓았고 새로운 화병엔 장미와 안개꽃이 꽂혀 있었다.

“나답지 않았군.”

자신의 추태를 떠올리며 얼굴을 붉히는 그에게 하녀 한 명이 달려와 급하게 말을 걸어왔다.

“무슨 일이지?”

“일어나셨습니까?”

그녀는 노크하는 법도 잊어버렸는지 아크레의 인기척이 들려오자 문을 벌컥 열었다.

“하아, 잠시 집을 비운 사이 하녀들이 이상해졌군. 단체로 노크하는 법을 잊기로 한 건가?”

“죄, 죄송합니다. 워낙 급한 일인지라…….”

“아침부터 급한 일이라니? 주교라도 찾아온 것이냐?”

그의 비아냥거리는 말에 하녀는 의아한 목소리로 질문했다.

“주교님께서 찾아오실 것을 알고 계셨던 것입니까?”

그는 잠시 멍한 표정으로 하녀를 바라보며 반문했다.

“누가… 오셨다고?”

“주교님께서 오셨습니다만…….”

“이른 아침부터 일진이 사납군. 잠시 기다리시라고 전해 드려라.”

하녀는 고개를 숙여 인사하고는 황급히 아래로 달려갔다. 어머니께서 돌아가시고 줄곧 집안에는 온통 남자들뿐인지라 집안을 다스릴 사람이 절대적으로 필요하다는 것을 실감하며 눈치 빠른 하녀가 가져다 놓은 따뜻한 물에 손을 넣었다.

“오래 기다리셨습니까?”

“오, 금방 내려오시는군요.”

주교는 자리에서 일어나 말끔한 모습의 청년을 향해 미소를 지었다.

"내가 너무 일찍 온 것은 아닌가 걱정했었는데 아크레 경을 보니 쓸데없는 걱정이었소."

"그런데… 이런 시간부터 무슨 일이십니까?"

아크레도 사람인지라 어제의 일을 생각하면 아무리 그가 주교라 한들 자연히 표정이 퉁명스러워질 수밖에 없었다.

"아아, 그렇게 딱딱하게 굴 필요는 없지 않은가? 자네의 기분을 풀어주기 위해 좋은 물건도 가져왔으니 서운한 게 있다면 풀어버리게나."

"필요없습니다. 선물을 받을 만한 일을 하지도 않았을 뿐더러 대가 없이 뭔가를 받는다는 것은 어쩐지 거북해서 말입니다. 죄송합니다, 모처럼 와주셨는데……."

정중히 거절 의사를 보이는 아크레에게 주교는 낡은 가죽 주머니를 꺼내 보였다.

"워프 가루일세. 거절하겠는가? 대가라면 어제 지불하지 않았던가……."

마치 '이래도 안 가져갈래?' 라고 말하는 듯한 주교의 말에 그는 낡은 가죽 주머니를 노려보았다. 분명히 저 주머니에 담긴 워프 가루는 이번 일을 처리하는 데 요긴하게 사용될 것이다.

기사로서의 자존심은 그것을 받아서는 안 된다 경고하고 있지만 그의 마음은 이미 흔들리고 있었다.

"얼마나 사용할 수 있습니까?"

"교단 측에서도 함부로 사용할 수 있는 것이 아니라 1회분밖에 챙기지 못했네만 그녀와 돌아올 때 사용하면 편하지 않겠는가?"

"…감사하게 받겠습니다."

그는 빈의 말처럼 기사다운 기사가 되려면 이런 것은 받지 말아야 한다는 것을 알고 있으면서도 끝내 받아 드는 자신을 한심하다 생각하며 품속에 그 가죽 주머니를 챙겨 넣었다.

"그럼 난 이만 가보겠네."

"식사 정도는 하고 가시는 것이 좋지 않겠습니까? 지금 돌아가신다고 해도 신전에 도착할 무렵이면 이미 식사 시간도 끝나 있을 겁니다."

"아아, 폐하께서 식사를 같이 하자고 하셨네. 자네의 일로 사소한 보복을 하시려는 거겠지. 자네는 폐하께 감사해야 할 것이네. 자네처럼 신뢰받고 있는 자도 없을 테니 말일세."

"네, 저도 그 점 매우 감사하게 생각하고 있습니다."

"뭐… 그 덕에 나는 늙어서도 아침을 굶어야 할지도 모르니 조금은 억울하지만 말일세. 메뉴로 뭐가 나올지 벌써부터 걱정이네. 아아… 멀리 나올 필요 없네. 수고하시게. 그럼 쉴드의 정의로움이 언제나 그대를 지켜주시길……."

주교는 그를 향해 생긋 미소를 지으며 밖으로 나가 버렸다. 주교라는 입장 때문에 종종 악역을 맡기는 하나 그도 본성은 선량하다.

아마 어제의 일이 마음에 걸려 폐하께 가는 것보다 서둘러 자신에게 들른 것임을 아크레는 어렴풋이 눈치 챌 수 있었다.

"그럼 주교님의 아침 식사에도 쉴드의 가호가 함께하시길!"

아크레는 저만치 사라져 가고 있는 주교의 뒤통수에 대고 큰 소리로 외쳤고 문밖으로 주교의 껄껄 웃는 소리가 들려왔다.

아크레는 서둘러 아침 식사를 하고는 하녀가 마법 가방 속에 싸 준 짐을 챙겨 들었다.

그리고는 가족들이 깨어나기 전에 잠시 기분 전환 겸 여행을 다녀오겠다는 편지를 남겨놓고는 집 밖으로 나왔다. 그의 성격상 식구들이 왜 네가 휴직을 당했느냐고 추궁해 오면 분명히 이러지도 저러지도 못해 가족들의 걱정만 끼칠 것을 잘 알고 있었던 것이다.

자신의 신분증과 이노르로 가도 좋다는 통행증을 확인한 그는 미리엘 강으로 향했다.

미리엘 강은 수도인 피오네를 비롯해서 이프, 드리아, 시에라까지 임플란드 전역에 걸쳐 골고루 흐르고 있는 강으로 잘하면 굳이 항구 도시인 네일까지 거칠 필요 없이 바로 그곳에서 작은 배를 빌려 타고 바다로 빠져나갈 수 있을 것이다.

더군다나 이노르는 임플란드에 대해 무척 호의적인 편이라 별도의 질문 없이 통행증만으로 전역을 자유롭게 돌아다닐 수 있으니 광대하다고는 해도 비교적 빠른 시일 내로 프리에 닿을 수 있을지도 모른다는 생각에 그는 한결 마음이 가벼워졌다.

"그녀들을 임플란드로 다시 데려 오는 것은 그녀들을 만난 다음에 생각하고 일단은 그녀들을 만나는 일부터 생각하자."

자신에게 다짐하듯 소리 내어 말해 보는 아크레였다.

쁘리를 향해서!

"뭐야? 이거 왜 이렇게 비싸요! 좀 깎아줘요!"

빈은 레이피어를 만지작거리며 완고해 보이는 노인과 30분째 가격 협상을 벌이고 있었다(설아가 보기에는 가격 협상이라기보다 그저 깎아달라고 떼를 쓰는 것 같았지만 어쩌겠는가, 빈이 가격 협상을 벌일 테니 끼어들지 말라고 말한 것을……).

"그 값이 비싸다고 생각되믄 내사 안 팔고 말라요. 고마 하고 가소!"

"그러지 말고 조금만 깎아줘요. 그렇게 좋아 보이지도 않는데……."

빈의 그 말에 노인은 화가 단단히 난 듯 버럭 소리를 질렀다.

"뭐라카노! 그기 얼마나 힘들여 맹근 건지 알고 그라는 교?!"

"…그러니까 제 말은 조금만 깎아달라는 거잖아요."

"아, 진짜 환장하겠네. 보소, 총각! 와 카는 교? 비싸믄 고마 안 사삐믄 되는 기라. 장사하는데 남의 속 뒤비지 말고 고마 가소."

흥분했는지 노인의 말투는 다소 거칠었고, 비교적 알아듣기 쉬웠던 말투는 거의 알아듣지 못할 말들로 변해가고 있었다. 대충 분위기로 보자면 '비싸면 사지 마라', '장사 방해되니까 그만 가라' 는 듯한 어조라는 것만 알 수 있었다.

"할아버지, 저 총각 아니에요. 그러지 말고 좀 깎아주세요."

"총각 야이라고? 그라믄 유부남인교? 아따, 그라믄 머시가 급해서 장가를 그렇게 일찍 갔다요?"

"그, 그런… 저 아가씨예요, 아가씨! 이렇게 예쁜 남자 보셨어요?"

노인의 말을 용케 알아듣는 그녀에게 일행은 감탄한 표정으로 그저 구경만 하고 있을 뿐이었다. 가희는 거칠어진 분위기를 수습해 보려는 시도도 하기는 했지만 '뭐라카노' 이후의 말들을 도저히 알아듣지를 못하니 끼어들 수도 없는 노릇이었다.

"아따, 징하네, 징해. 인자는 깎아달라는 것도 모잘라가 거짓부렁까지 하쇼? 사람이 그래 살믄 안 되는 기라. 댁 어딜 봐서 아가씨라는 교? 으이, 참말로 기가 찬데이."

"할배요, 누구 왔십니꺼?"

눈매가 서글서글한 이십 대 초반의 남자가 생글생글 웃으며 대장간 안으로 들어왔다.

"아따, 오늘 참말로 손님 많네~ 근디 할배는 와 손님하고 시빈 교, 시비가."

"이 손님 참말로 징하데이~ 저걸 날로 묵을라고 한다. 오십 달텐이 비싸다는 게 말이가, 빵구가? 칼만 안 들었지 순 강도 심보 아이가."

"할배, 저 손님 칼 들고 있는데요?"

그의 말에 노인은 자신의 튼튼한 팔을 뻗어 청년의 뒤통수를 강타

했다.

"에라, 자슥아, 니가 할아비랑 농담 따묵자는 기가?! 으이!"

"저기요~ 저기요~"

설아는 그들의 사이에 끼어들며 청년을 향해 눈을 빛냈다.

"왜 그러십니까?"

청년은 사람 좋아 보이는 미소를 지으며 설아에게 시선을 돌렸다.

"저기… 무슨 말씀 중이신지 같이 알면 안 될까요?"

"안 될 리가 있겠습니까? 하하, 저희 할아버지께서는 슬란드, 그것도 루엔 쪽 토박이시라 사투리가 섞인 게 좀 심하시죠?"

"아… 슬란드 사투리였나 보죠?"

고개를 갸웃거리는 설아에게 그는 쿡 하고 작은 소리로 웃음을 터뜨렸다.

"당신들은 외모는 슬란드 인인 것 같은데… 말씀하시는 건 임플란드 사람 같네요. 억양이라든가 말투가 나긋나긋한 게……. 하긴 우리 할배에 비하면 누가 나긋나긋하지 않을까 싶지만… 쿡쿡……."

"뭐라카노? 이노마가 할아비를 놀리나?!"

"아입니다, 아입니다."

손사래를 치는 그에게 설아가 물었다.

"…도대체 아이가 뭘 어쨌다는 거죠?"

혼란스러운 표정으로 그들을 바라보는 설아에게 청년과 노인은 폭소를 터뜨렸다.

"으하하하! 그기 그런 게 아이고. 으하하하!"

"풋! 푸하하하… 아이라예. 아하하… 이, 이건… '아이' 가 아니라… '아니' 라는 뜻입니다."

바닥에 엎어져 키득거리고 있는 그들을 이해할 수 없다는 표정으로 한참 서 있던 설아는 이제야 감이 온다는 듯 손뼉을 쳤다.

“그러니까 ‘아이’ 라는 게 ‘아니’ 라는 말인 거죠?”

“흐… 흐흑… 네.”

너무 많이 웃어서 이젠 눈물까지 흘리는 청년과 노인은 고개를 끄덕거렸다.

“아따, 이렇게 웃어보는 게 몇십 년 만이고? 아가씨, 아가씨는 뭐 살 거 없는 교?”

노인은 설아의 등을 가볍게 툭툭 치며 친절한 미소를 지었다.

“내 답례로 아가씨는 특별하게 싸게 줄라요. 사양 말고 골라보소.”

“고향 사람인 줄 알고 할아버지께서 긴장이 풀리셨던 모양이네요. 이렇게 말씀을 많이 하시는 걸 보면. 저희 할아버지께서는 이곳에선 과묵하시기로 소문나신 분인데… 쩝, 아무도 못 봤다는 게 아쉬울 따름이군요.”

그의 말에 노인은 그의 뺨을 꼬집었다.

“니 자꾸 맞묵을라 그라는데 내는 니 친구가 아이다. 알긋나?”

“아야야~”

그는 빨개진 뺨을 어루만지면서도 연신 싱글벙글이다.

“어떤 게 좋으세요? 칼? 활? 창? 해머 종류도 많은데…….”

청년은 나무 판으로 가려둔 벽면을 보여주며 골라보라는 듯 느긋하게 그녀들의 선택을 기다렸다.

“이런 거 진짜로 아무한테나 보여주는 게 아닌데 할아버지께서 저렇게 기분이 좋으시니까 특별히 공개하는 거랍니다.”

노인도 그의 말에 인심 쓴다는 듯 기분 좋은 얼굴로 연신 고개를 끄덕거렸다.

"으음… 제가 뭘 아나요. 할아버지께서 훨씬 전문가시니까 제게 걸맞는 것으로 골라주시면 안 될까요?"

"아가씨 참말로 마음에 쏙 드는 게 손자며느리 삼으면 딱이겠다, 딱!"

그의 말에 청년은 얼굴을 붉혔지만 설아는 피식 미소를 지으며 넉살 좋게 고개까지 꾸벅 숙여 보인다.

"감사합니다."

"하하, 이거는 아까 총각이 고른 거랑 같은 건데 재질이 다른 거요. 1등급으로 만든 거고 이것에 비교하면 아까 그건 그냥 쇠붙이지."

그의 말에 빈은 만지작거리던 레이피어에서 손을 떼고 노인이 권하는 레이피어에게로 눈길을 돌렸다.

"이거… 제가 사면 안 될까요?"

"이 레이피어를 보여 드린 것은 지금 이 아가씨에게 한정된 것입니다만……."

청년이 딱 잘라 거절하자 빈은 미간을 찡그렸다.

"차별합니까?"

"차별입니다. 대장간지기들은 완고한 면이 있는 법이지요. 어느 대장간지기도 자신이 만든 것을 모욕당하고 그 사람에게 물건을 팔지는 않을 것입니다."

그의 말에 빈은 살짝 얼굴을 붉혔다.

"그걸 어떻게 아신 겁니까? 아까 그 자리에 계셨던 것도 아니셨으면서?"

빈의 말에 그는 생긋 미소를 지어 보였다.

"들어오다가 본의 아니게 들었습니다.

그의 말에 빈은 다시 한 번 얼굴을 붉혔다.

"기분 상하셨다면 죄송합니다. 악의로 그런 건 아니니… 그러지 마시고 저한테 파세요."

"사실 제 일행은 이곳의 물건이 워낙 마음에 들어서 그랬던 거예요. 저희가 살던 곳은 무조건 물건의 흠을 잡으며 가격의 흥정을 시작하니까요. 그런 방법이 안 좋다고 생각하면서도 버릇을 어쩌지 못해서……. 사실 이곳의 물건이 좋지 않았다면 뒤도 돌아보지 않고 나갈 생각이었습니다. 경비를 아껴야 하는데도 너무 레이피어가 좋아 보여서 그런 거니 관대하게 봐주세요."

설아의 말에 노인은 입가에 흐뭇한 미소를 지어 보였다.

"거 쪼그만 아가씨가 참말로 여시일세. 좋다! 내 기분이다, 총각."

"아가씨라니……. 읍!"

버럭 소리를 지르는 빈의 발을 냅다 밟은 설아와 빈의 입을 재빨리 막아버린 남주의 절묘한 콤비 플레이가 노인과 청년의 기분을 상하게 만드는 것을 막아냈다.

"그럼 이 레이피어는 내키지 않지만 저분에게 넘기기로 하고, 아, 경량화 마법이 걸린 갑옷도 함께 보시겠습니까?"

들던 중 반가운 소리였다.

아크레는 그 무거운 갑옷들을 입고도 잘만 돌아다니는 것이 훈련의 성과라고 말했지만 대부분의 기사들이 입는 갑옷은 경량화 마법을 걸어둔 것들이다.

만약 여러 가지 보조 마법을 걸어두지 않았다면 기습 작전을 펼친다거나 숨는다는 등의 행동은 상상조차 할 수 없다. 갑옷에서 좀 소리가 많이 나고 앉았다 일어날 때마다 역기 들어 올리는 소리를 내야만 할 테니 적

군이 귀머거리가 아닌 다음에야 어떻게 그런 작전들이 가능하겠는가.

솔직히 말해서 훈련이 어쩌고저쩌고해도 아직은 마법에 의존하는 것이 현실이다.

"아아, 레이피어를 쓰시는 분들은 방패를 거의 사용하지 않던데… 손님은 어떠십니까?"

"네, 방패는 거추장스러워서……."

"음, 그렇다면 여기 있는 망고슈들은 어떻습니까?"

"망고슈라면 가지고 있는 게 있습니다."

"투구는?"

"괜찮습니다."

노인은 손자가 장사하는 것을 가만히 지켜볼 속셈인지 대화에 끼어들지 않고 냉정한 표정을 유지하며 그들을 바라보기만 했다.

"자, 그럼 다른 분들을 한번 살펴보겠습니다."

청년은 남주를 가리키며 생긋 미소를 지었다.

"아가씨는… 소환사시죠?"

"어?! 어떻게 아셨어요?"

소환사라고 얼굴에 써 붙이고 다니는 것도 아닌데 도대체 어떻게 아는 것일까 싶은 생각에 그들은 눈을 동그랗게 뜨며 청년을 바라보았다.

"충고를 바라신다면 일 달텐, 해결책 제시는 삼 달텐입니다."

청년은 장인 정신보다 상인 기질이 뛰어난 편이었다.

무뚝뚝하긴 해도 노인 같은 장인들은 묻는 말에는 친절한 편이고 청년 같은 상인들은 친절하지만 묻는 말에는 대답이 인색한 편이다.

"무료로 해주신다면 여기 계신 하이 프리스티스님께서 오늘 점심 식사를 하며 드리는 기도가 당신에 대한 감사의 말씀이실 테고 굳이 돈을 받으신다면 이 키 큰 친구를 비롯한 삼중창의 불만 메들리 송을 듣게 되실 텐데 어느 쪽이 좋으세요?"

생글생글 미소를 지으며 잔머리를 굴리는 설아를 향해 노인은 다시 한 번 폭소를 터뜨렸다.

"으하하핫! 거 보면 볼수록 참말로 마음에 드는 아가씨요. 태현아, 네가 졌으니 그냥 말씀드려 버려라. 내 보기에 말발로는 저 아가씨 못 이기지 싶으다."

"하아, 좋습니다. 먼저 그 시커먼 로브! 마법사나 소환사의 80%가 눈에 띄지 않는다고 생각하면서 그 시커먼 로브를 걸치고 있는데 그거 천만의 말씀입니다. 특히 보통 아가씨들 나이라면 밝은 계열의 로브를 선호하지요. 그 시커먼 로브 자체가 '난 결코 평범하지 않아요' 라고 광고하고 다니는 거라는 사실을 아셔야 합니다. 저는 시커먼 로브를 입은 사람들 중 지팡이를 지닌 사람을 마법사로, 그렇지 않은 사람은 소환사로 구분합니다만 거의 70% 확률의 정확도를 자랑하죠."

"그건 눈치 빠른 사람들의 이야기고 다른 치명적인 점은요?"

다시 한 번 설아가 끼어들자 그는 할 수 없다는 표정으로 충실하게 대답하기 시작했다.

"그 책… 책을 들고 다니는 소녀들이야 꽤 많지만 책에 끼워진 그 펜은 마법펜이죠? 대지든 물이든, 심지어 허공에서도 소환진을 그릴 수 있는 바로 그 펜 말입니다. 레어 아이템이라 구하기도 힘드셨을 텐데 용케 구하셨군요. 그 정도면 눈치가 없는 사람도 수상히 여길 만하지요."

"흐음… 그러니까 만일 정체를 숨기려면 로브는 밝은 색으로 갈아입고 펜은 보이지 않도록 하라는 말씀이시죠?"

"뭐… 이왕이면 그 평범해 보이지 않는 책도 뭔가 씌우는 편이 좋겠죠?"

"으음……."

고개를 끄덕이는 남주에게 그는 여전히 미소를 지으며 몇 마디를 덧붙였다.

"그러나 자신이 소환사임을 숨기실 필요는 없습니다. 어설픈 소환사라면 적을 만나도 호되게 당하겠지만 보통 소환사와 마법사가 있는 파티는 잘 건드리지 않습니다. 자칫하다 벌집을 쑤셔놓은 결과를 초래할 테니까요."

노인은 그의 말을 한마디 거들고 나섰다.

"마법사와 소환사를 공격할 때의 공통점이 뭔지 아쇼?"

"글쎄요?"

"그건 바로 처음에 조진다는 거요."

노인의 말에 소녀들이 어리둥절한 표정을 지어 보이자 그의 손자는 생긋 미소를 지었다.

"할아버지 말씀은 처음으로 집중 공격의 대상이 된다는 뜻입니다."

재빨리 그녀들에게 통역을(?) 해주는 손자에게 노인은 살짝 미간을 찡그렸다.

"니 자꾸 끼어들 끼가?"

"말씀하시는데 끼어드는 게 아니라 통역을 하는 거니 양해해 주세요, 할아버지. 아무튼… 소환사의 역할은 소환수를 불러내는 것. 만일 다 이긴 싸움에 소환사가 언데드 몬스터나 다 죽자고 확 돌아서 제어도 안 되는 드래곤을 소환해 낸다면 어떻게 되겠습니까? 그러니 소환사가 소환진을 그리지 못하도록 초반에 없앨 수밖에 없지요."

남주는 그의 말에 등골이 오싹해지고 있었다. 일행 중 마법사가 없으니 만약 전투가 벌어진다면 제일 먼저 공격받는 것은……

'바로 나?'

"그러나 그것은 실력없는 소환사의 경우 당한다는 소리고 보통의 소환사라면 당하기 전에 해치우죠."

"바보 같은 소리! 그기 살아 있으니 그라지 죽어 나자빠지는 자가 얼마나 많은 줄 아나? 전투에서 살아 있는 자체가 보통은 넘는다는 소린기라."

"무슨 말인지 통역 좀 해주시면 안 될까요?"

남주가 조심스럽게 끼어들자 손자는 생긋 미소를 지어 보였다.

"할아버지 말씀을 그대로 전해 드리자면… '바보 같은 소리! 그것이 살아남은 자보다 죽은 자가 얼마나 많은 줄 아느냐? 전투에서 살아남아 있는 자체가 이미 보통의 실력을 넘는다' 라는 말씀입니다. 뭐, 그렇군요. 당연히 죽은 자는 말이 없으니까 살아 있는 자가 보통의 수준을 대신하는 것이다는 말씀이시죠? 정정하겠습니다. 아무튼 소환사에게 함부로 덤비는 바보들이 그렇게 흔하지는 않으니 안심하십시오."

어쩐지 그 말을 들으니 더 두려운 생각이 드는 남주였다. 작정하고 달려드는 바보를 이길 자도 그렇게 흔하지 않다는 사실을 어렴풋이 알고 있기 때문이다.

"아가씨께 적당한 무기가 있습니다만 한번 보시겠습니까? 소드 스틱이라는 건데… 아, 저기 있군요. 잠시만 기다려 주십시오."

청년은 발뒤꿈치를 들어 올리며 길다란 스틱을 꺼내 보였다.

"평상시는 지팡이로 사용하시고 유사시는 무기로 사용하시면 됩니다."

그는 손잡이와 연결되어 있는 잠금장치를 풀어 날카로운 빛을 뿜어내고 있는 예리한 칼을 꺼내 보였다.

"소드 스틱 같은 경우 총 무게가 1kg이 넘지 않는 것도 많고 이것도 그렇습니다. 가볍기로 이름난 레이피어보다 훨씬 가볍죠. 무기 착용이 금지된 프리스트들이 종종 몰래 가지고 다니기도 합니다. 뭐… 그렇게라도 호신용 무기를 소지하고 싶은 마음은 솔직히 이해가 갑니다. 프리스트라고 해도 드래곤 통뼈도 아니고 유사시에 '오오, 쉴드여!' 를 외친다고 쉴드께서 '짠' 하고 나타나 구해주시진 않으니까요."

그는 가희를 바라보며 찡긋 윙크해 보였다.

"예쁜 하이 프리스티스님, 그렇다고 절 신성 모독죄로 잡아가진 말아주십시오. 이래 봬도 독실한 쉴드의 신도라 매주 신전에 찾아가 오 달텐씩 기부하는 신전의 수입원 중 한 사람이니."

그의 말에 일행은 '푸' 하고 웃음을 터뜨렸고 남주는 긴장을 풀며 소드 스틱을 구입하기로 했다. 방어구에 대해선 경량화 마법이 걸린 갑옷이 그렇게 많은 것도 아니라 주문을 해야 하는데 만드는 데 적어도 2주 이상은 소요된다고 했고, 이 집에 있던 것도 빈이 구입한 것이 전부였다. 사정이 이렇다 보니 무거운 것을 입고 다닐 만큼 체력이 좋지도 않은 일행은 갑옷에 대해서는 일단 과감히 포기하기로 했다.

"자, 하이 프리스티스님껜 뭐가 좋을까요?"

"전 무기는……."

가희는 남에게 치명상을 입힐 수 있는 무기 소지에 대해 그다지 탐탁지 않게 생각했기에 구입하지 않겠다는 의사를 밝히려 청년을 향해 고개를 흔들어 보이고는 그저 눈으로 구경만 할 뿐이었다. 노인과 청년도 그녀에게 추천할 만한 무기를 생각하느라 잠시 동안 고민에 빠져버렸다. 원칙적으로 무기 소지가 금지되어 있는 성직자에게 함부로 무기를 권할 수는 없는 노릇이니 말이다.

그러나 이곳은 사막 지대였다.

이곳을 벗어나면 언제 어디서 어떤 성격의 부족들과 마주칠지도 모르는 일이었다.

"상대에게 치명상을 입히지 않고 그저 상대방을 쫓아내기만 원하시는 거죠? 그런 거라면 역시 몽둥이가 최고인데… 문제는 들고 다니기도 불편하고 하이 프리스티스님께 어울리지도 않는다는 것이겠죠?"

한참만에 입을 연 청년이 난감하다는 듯 고개를 좌우로 흔들자 노인은 그럴 줄 알았다는 듯 그의 머리가 '딱' 소리가 나도록 쥐어박았다.

"소드 스틱이 어디 검만 담겼더냐?!"

"아야! 아아, 그러고 보니 적당한 게 있긴 있었군요."

그가 바닥에 붙어 있는 고리를 들며 바닥인 줄만 알았던 곳에서 천으로 감싸놓은 뭔가 길다란 것을 꺼내 보였다.

"이것은 제가 만든 소드 스틱으로 사실은 실패작입니다만……."

그는 자신의 말을 확인이라도 시켜주듯 손잡이를 뽑아 들어 안이 비어 있음을 일행에게 돌려가며 보여주었다.

"검이 있어야 할 자리가 이렇듯 비어버렸죠. 물론 이렇게 안이 비어 있는 소드 스틱은 특별한 용도로 사용하긴 합니다만 저 같은 경우는… 의도한 바가 아니라 이걸 판다는 것이 대장장이의 프라이드로는 도저히 용서가 안 된다고 할까요. 두 번 다시 같은 실수를 반복하지 않겠다는 교훈으로 팔지 않고 이렇게 숨겨둔 것이죠."

"그렇게까지 하시지 않아도……."

"하하, 할아버지에 비한다면 애송이 대장장이지만 저도 남들에게 장인이라는 소리를 듣는 축에 끼는 편이니… 스스로에게 엄해져야 한다고 할까요?"

그에게서 받아 든 소드 스틱은 가희가 들기에도 확실히 가벼웠다.

"마음에 드십니까?"

"네, 전 이것으로 하겠습니다."

가희가 마음에 든다는 듯 생긋 미소를 짓자 그 역시 뿌듯한 표정을 지었다.

"이대로 평생 묻혀 있는 것은 아닌가 하고 고민했었는데… 잘됐군요. 어차피 팔지 않겠다고 결심했던 것이니 좋은 주인을 만난 기념으로 그냥 선물로 드리겠습니다. 소중하게 써주십시오."

어쩐지 딸을 시집보내는 듯한 아버지의 얼굴로 소드 스틱을 넘겨주는 그에게 가희는 꾸벅 인사를 하며 미소를 지었다.

이제 마지막으로 남은 사람은 설아뿐…….

그다지 근력이 있는 것도 아니고 시력이 매우 나쁘기 때문에 롱 보우 같은 거대한 활이라든가 부피가 큰 투척 무기는 그녀에게 어울리지 않았다. 검에는 그다지 흥미를 보이지 않고 창 같은 무기도 제대로 된 기술을 알 리 없는 설아에겐 효율적이지 못했다.

"음, 뭐가 좋을까? 전 시력이 나쁘거든요. 그걸 감안한다면… 뭐가 좋을까요?"

설아의 말에 그는 잠시 생각에 잠긴 듯 침묵했다가 이내 눈을 반짝이며 부메랑을 꺼내 들었다.

"이건 어떠세요? 검이나 다른 무기들에 비해 무게도 별로 나가지 않는 편인데다 나름대로 파괴력도 상당하거든요."

"부메랑은… 자신에게 되돌아오지 않나요? 이 녀석 반사 신경 둔한데……."

불안하다는 듯 묻는 빈에게 청년은 또 다른 부메랑을 꺼내 보였다.

"보통의 사냥용이나 놀이용 부메랑은 되돌아오지만 이것은 특별히 돌아오지 않도록 설계되어 있습니다. 대장장이는 무기를 만들 때 그것을 사용하는 사람의 안전을 첫째로 생각합니다. 인명 살상용이 되돌아온다면 당연히 자신에게 공격을 퍼붓는 꼴이니 얼마나 위험합니까? 못 받았다가는 그대로 쉴드의 품에 푹 파묻히는 꼴이 될 테니 생각만 해도 아찔하군요."

"에이, 그것도 나름대로 골치 아프잖아요. 정신없이 싸우고 있는데 저걸 언제 줍고 언제 또 던지겠어요? 길이나 짧으면 여러 개를 가지고 다닌다지만 이건 거의 제 팔 하나 길이는 충분히 넘겠는데요."

빈의 말에 그는 한숨을 내쉬며 볼펜 같기도 하고 만년필 같기도 한 것처럼 생긴 물건을 꺼내 보였다.

"수전(袖箭)이라고 하는 암기입니다만 몇십 년씩 연마해야 하는 것과는 달리 쉽게 사용하실 수 있을 겁니다. 무기의 특성상 은폐해서 발사하는 것이 중요하니까 그런 건 배워야겠지만 그것 외에는 기술이랄 것도 없거든요. 사정 거리도 놀라울 만큼 길고 휴대하기도 간단하니 일행 중 아무나 하나 정도 갖추고 있어도 좋을 겁니다. 여기 있는 여러 가지 독 중 아가씨께서 원하시는 것을 이 촉에 발라 드리죠."

노인이 여러 가지 색깔의 가루와 액체가 담긴 병들을 들고 오자 설아는 제일 먼저 하얀 액체와 가루를 가리켰다.

"이건 뭐예요?"

"코끼리도 한 번에 재워 버릴 정도로 강력한 수면제랄까… 이것을 바르는 촉들은 인명 살상용에 비해 속도 많이 무딘 편이죠."

"음, 그럼 이 편이 좋겠군요. 그런데 어떻게 사용하는 거죠?"

“제가 시범을 보여 드리죠.”

그는 자신의 소매에 수전(袖箭)을 숨기고는 벽을 향해 발사시켰다.

‘슝’ 하고 날카롭게 바람을 가르는 소리가 들리더니 맞은편의 벽에 순식간에 작은 화살촉이 박혔다. 설아가 가까이 가서 박혀 있는 화살을 자세히 살펴보니 마디가 없는 대나무 부분에 젓가락 굵기의 3㎝가량 되는 강철의 화살촉이 달려 있었다.

“연발이 가능하니 유용하게 사용하실 수 있을 겁니다.”

청년의 말에 설아는 눈을 반짝거리며 마음에 들었다는 눈빛을 해 보였다.

“와아, 신기해라. 이런 거 옛날 영화에서 많이 봤었는데…….”

“영화가 뭡니까? 음, 뭔가 착각하신 것 같은데… 이건 저희 할아버지께서 얼마 전에 개발해서 손님께 처음 보여 드리는 물건입니다. 시중에선 당연히 볼 수 없는 무기죠. 뭔가 오해가 있는 것 같습니다만…….”

“아아, 네. 제가 뭔가 착각했나 봐요. 워낙 신기해서……. 헤헤.”

의아하다는 듯한 그의 말에 설아는 어색하게 웃으며 말을 얼버무렸다.

“음… 아, 한 가지 더 보여 드릴 게 있는데… 이건 철적(鐵笛)이라고 해서 호신용 타격 무기랍니다.”

철제 피리를 꺼내며 생긋 미소를 짓는 그에게 설아는 멍한 표정으로 물었다.

“피리 가지고 사람을 때린다구요?”

“네. 뭐, 심심하면 연주하셔도 되고 나름대로 좋지 않습니까? 사실 이 두 가지는 이단이랄까… 무신자들이 대부분인 넵피 부족에게 힌트를 얻은 거라 하이 프리스티스님께 권할 수는 없는 물건이고 아가씨가 쓰시면 잘 어울릴 듯싶어 보여 드리는 겁니다. 철적(鐵笛) 같은 경우는 잘 사용하시면 상대의 정신까지 혼미하게 만들어 버릴 수 있습니다. 기회가 되면 만나보세요. 프리에 계신 엘리 씨라고 상당한 미인인데다 철적(鐵笛)의 달인이시죠.”

“우리가 미인을 만나봐야…….”

투덜거리는 빈의 옆구리를 조용히 하라는 듯 팔꿈치로 쿡쿡 찌르며 설아는 청년에게 말을 걸었다.

“철적(鐵笛)이라는 건 제법 많이 파셨나 봐요?”

“지금 아가씨께서 사가신다면 딱 두 개째 파는 거죠. 엘리 씨에게 할아버지께서 십 년 전에 만들어 주셨던가……?”

“십이 년 전이다.”

노인의 말에 그는 어색한 미소를 지으며 고개를 끄덕거렸다.

“음, 아무튼 저희는 사람을 봐가면서 물건을 파니까 좀처럼 이 두 가지 물건의 주인이 나타나지 않더군요. 엘리 씨라면 수전(袖箭)도 잘 사용하시겠지만 최근에 만든 물건이기도 하고 너무 쉽게 인명 살상용으로 사용하실 것 같아 수전(袖箭) 같은 경우는 아가씨께서 처음 손님이시자 마지막이 될 것 같습니다. 하하. 이런, 말을 하다 보니 엘리 씨 험담을 하는 것처럼 되어버렸군요. 오해하진 마십시오. 엘리 씨는 나름대로 좋은 분이시니까요. 아, 그리고 품질에 대해서는 걱정하지 마세요. 세상에서 유일한 드워프들 공식 지정 인간 장인이신 할아버지와 그의 손자가 만든 물건이니 말입니다. 하하!”

그의 손에 들려진 70㎝가 채 안 되는 피리는 까만색으로 반짝거리고 있었다. 남주와 빈은 눈빛으로 저런 것보다 차라리 검을 사라는 듯한 표정이었지만 설아는 대단히 만족했는지 이미 반쯤 눈이 풀려 있었다.

“저… 이거 살래요!”

생긋 미소를 짓는 그녀에게 청년은 고개를 끄덕이고는 주문서를 작성했다.

"레이피어 1개와 경량화 마법이 걸린 갑옷 한 벌, 소드 스틱 2개, 수전(袖箭)과 철적(鐵笛) 1개죠? 음… 수전(袖箭)은 몇 개나 준비해 드릴까요?"

"음, 다섯 개요."

"수전(袖箭) 다섯 개라……. 여분의 화살도 여기 얹어드리죠. 잠시만 기다리세요. 남은 것들 마저 장전해 드리겠습니다."

"내가 할 테니 니는 뭐 잊은 거 없나 단디 생각해 봐라. 아가씨도 이거 잘 배워둬야 다음에 또 쓸 수 있으니 단디 보소."

노인은 능숙한 솜씨로 화살을 장전하더니 비어 있는 원통을 설아에게 내밀었다.

"자, 아가씨도 한번 해보소."

"이렇게요?"

제법 주의 깊게 봐뒀는지 설아는 제대로 장전해 냈고 노인은 기분 좋은 듯 미소를 지었다.

"그럼 이제 한번 쏴보이소."

"아!"

설아는 아무 생각 없이 문을 향해 스위치를 눌렀다. 그녀의 화살은 맞은편 벽 맨 아래의 눈에 띄지 않는 곳으로 박혀 버렸다.

"에헤이, 그기 아니라 목표물을 정하고 쏴야지요."

노인은 손자가 박아놓은 화살을 가리켰다.

"저 우에 쏴보이소."

"……?"

"우에! 우에! 내참, 우에도 모르요?"

"위를 말씀하시는 겁니다."

청년은 난처하다는 듯한 미소를 지으며 자신이 박아놓은 화살의 위를 가리켰다.

"아아, 네."

설아는 이마에 맺힌 땀을 닦으며 정확하게 화살 위를 겨냥했다. 설아의 귓전을 울리는 바람을 가르는 듯한 날카로운 소리와 함께 화살은 청년이 박아놓은 화살을 반으로 가르며 정확히 꽂혔다. 실제로 수전(袖箭)의 경우 아무런 소리도 들리지 않지만 사용하는 자에게는 감각이라는 것이 느껴지기 때문에 전율을 느끼는 것은 그것을 사용하는 설아밖에 없었다.

"아아!"

일행이 아무 말도 못하고 그저 놀랍다는 표정으로 그녀를 바라보고 있자 빈은 기가 막힌다는 듯한 목소리로 설아를 보며 혀를 차댔다.

"쯧쯧… 네가 무슨 '로빈 훗' 인 줄 아냐? 위라고 했잖아."

그러나 어쩐지 남이 박아놓은 화살을 반으로 갈라 그 자리에 자신의 화살을 꽂았다는 것은 뭔가 대단한 일인 것처럼 느껴지기 마련이고, 이미 반쯤 맞이 간 듯한 그녀는 의기양양한 표정으로 자신이 박아놓은 화살을 바라보았다. 그리고는 로브에 달린 후드를 뒤집어쓰며 승리의 'V' 자를 그리는 것이 아닌가.

"이제부턴 나를 명사수 로브 후드라고 불러줘. 후훗~"

"…바보."

빈이 어쩔 수 없다는 듯 고개를 흔들자 노인은 피식 미소를 지었다.

"아이라. 초보자가 이만큼 명중시키는 것이 쉬운 일이 아이라. 대단한 거지. 암~"

청년 역시 감탄했다는 듯 박수를 쳤다.

"대단하군요. 재능이 있으신 것 같습니다. 화살이 목표보다 아래로 향한 건 시선으로 맞췄기 때문이에요. 활시위를 당기는 것이 아닌 만큼 눈짐작보다 조금 위를 겨냥하시는 것이 좋습니다."

"사용하는 데 어디 불편한 것은 없소?"

"네!"

"그럼 됐소. 태현이 니는 장사꾼이가 대장장이가?!"

그때까지만 해도 시종일관 미소를 짓고 있던 노인은 갑자기 태도를 바꾸며 손자에게 버럭 화를 냈다.

"네? 그야 대장장이이죠."

청년이 영문을 모르겠다는 듯한 얼굴로 노인을 바라보자 그에게서 불호령이 떨어졌다.

"근데 와 그라노?! 우리 물건이 뵈주기만 한다고 되는 기가? 우리 꺼는 써야 하는 기다. 그리고 나서 불편한 게 있나 없나 함 봐야지. 와 그냥 팔라 카는데?"

"아, 제가 실수했군요."

"니가 칠랄레팔랄레 까불 줄만 알았지 안즉 한참 멀었데이. 총각도 멀뚱멀뚱 서 있지만 말고 어서 입어보소."

노인의 말에 빈은 가희의 도움을 받아 갑옷을 입었다.

"어디 불편한 데 없소?"

"없습니다."

이제 총각이라는 소리에 거부 반응을 보이는 것도 포기했는지 빈은 순순히 고개를 끄덕였다.

"다행이군요. 아, 아가씨께 팔 토시를 드린다는 것을 깜빡했군요. 수전(袖箭)과 사용하시면 편하실 겁니다."

"쯧쯧, 니 어따 정신을 파는 거고? 난 이제 다른 공방에 가볼 테니 여기 정리는 태현이 니가 하그라. 그라믄 아가씨들도 살펴 가소."

"안녕히 가세요."

인사성 좋게 노인을 향해 고개를 숙인 그녀들은 그가 나가자 청년을 향해 가격을 물었다.

"모두 얼마예요?"

"은화 세 개와 팔십 달텐입니다."

"은화 한 개당 몇 달텐인지 아시죠?"

"……? 백 달텐이지 않습니까?"

"아하하, 제가 숫자 개념이 없거든요."

설아는 생긋 미소를 지으며 팔십 달텐을 세어 그에게 넘겨주고는 은화 세 개를 꺼냈다.

"감사합니다."

"저희야말로 감사합니다. 덕분에 좋은 물건을 샀으니까요. 분명 이곳은 세계에서 제일 가는 무기 상점이 될 겁니다."

"하하, 말씀은 감사하지만 저희 할아버지께서 사람 북적북적거리는 것을 꺼려하셔서 할아버지 생전에 그런 날이 올까 모르겠습니다. 그럼 쉴드의 정의로움이 당신들을 수호해 주시길……."

"쉴드의 정의로움이 당신을 수호해 주시길……."

대충 눈치껏 인사를 따라 한 일행은 각자의 무기를 챙겨 들고 대장간을 나왔다.

오늘 무기를 사기 위해 지출한 돈은 달텐으로 따진다면 삼백팔십 달텐. 달텐이 담긴 주머니가 한결 가볍게 느껴질 정도로 높은 가격이지만 그쪽에서도 파격적인 가격으로 싸게 해준 것이고 기분 좋게 산 물건인지라 결코 비싸다는 생각이 들지 않았다.

"아아, 배고프다."

빈의 난데없는 말에 일행은 피식 미소를 지었지만 그 말을 듣는 순간 자신들도 갑자기 허기가 지는 것이 느껴졌다.

"수프랑 샌드위치 먹은 지가 얼마나 됐다고 배가 고픈 거지? 이상하네."

"에… 저기 음식점 보인다. 우리 저기서 뭐 좀 먹고 가지 않을래?"

가희는 음식점을 발견하고는 기쁜 표정으로 한 골목을 가리켰지만 뮤는 싫다는 듯 버둥버둥거려 댔다.

일행은 뮤를 무시하며 골목 안으로 들어갔고 소매 토시 아래로 수전(袖箭)과 철적(鐵笛)을 숨긴 설아는 일행보다 한발 늦게 골목으로 들어갔다.

"이게 뭐야……."

'오늘은 쉽니다' 라는 붉은 글씨가 쓰여진 간판이 턱하니 걸려 있는 가게 앞에서 일행이 허탈한 듯 한숨을 내쉬며 돌아가려는 순간 한 무더기의 건장한 사내들이 소녀들을 빙 둘러쌌다.

"이쪽에서 언제 안내해야 하는 걸까 고민했었는데 고맙게도 수고를 덜어주셨군요."

얼굴을 검은 천으로 친친 둘러싼 상태에서 눈만 보이는 한 남자가 음흉한 미소를 지으며 소녀들을 바라보자 설아는 의아하다는 듯 자신의 일행에게 질문을 던졌다.

"누구 저 아저씨 아는 사람?"

일행은 모두 고개를 저었다.

"나도 기억 안 나는걸. 아저씨께서 사람을 착각하셨나 봐요."

"아저씨라니, 저 꼬마가……. 나중에 울면서 싹싹 빌기 전에 까불지 말고 얌전히 있는 것이 좋을 거다."

"아아, 생각났다!"

손뼉을 치며 생긋 웃는 설아에게 이번에는 일행이 의아하다는 듯한 표정으로 되물었다.

"아는 사이였어?"

"아니, 대사를 들으니까 바로 떠오른 거지. 자, 여기서 문제! 소설에서 으쓱한 골목에 우르르 몰려다니는 엑스트라 집단의 정체는 뭘까요? 힌트! 이곳은 판타지입니다."

"오오! 나! 나!"

가희가 손을 번쩍 들자 설아는 생긋 미소를 지었다.

"그래그래, 말해 봐."

"도둑 아니면 강도! 아니면 건달!"

"딩동댕~ 이른바 어둠의 자식이라는 거지. 맞죠?"

생글생글 미소를 지으며 자신들을 바라보는 설아에게 그는 난감한 표정으로 대답했다.

"내가 순순히 '응' 이라고 한다면 뒤에 있는 대장에게 한 대 퍽……."

퍽!

그는 말을 잇지 못하고 자신의 머리를 감싸 쥐었다.

"아아, 대장……."

그에게 주먹을 날린 사람은 설아보다 조금 키가 큰, 전체적으로 외소해 보이는 체격의 남자였다. 그의 얼굴도 눈만 빼고는 검은 천으로 가려져 있어 얼굴을 알 수가 없었다.

"과연 길드를 찾을 만큼 배짱이 두둑하군. 거친 방법을 쓰고 싶진 않지만 비밀은 비밀로 남겨둬야 하는 법, 아무 걱정 말고 잠시 푹 주무시라고, 꼬마 아가씨들."

그의 말이 채 끝나기도 전에 그의 양 옆에 있던 청년들은 순식간에 가희와 남주의 등 뒤로 와서는 손가락으로 목을 찔렀다. 그녀들은 땅으로 털썩 쓰러져 버렸고, 청년들의 움직임을 눈으로조차 알아채지 못한 설아와 빈도 쓰러지긴 마찬가지였다.

"자, 뭐 하는 거냐, 손님들을 정중히 모시지 않고?"

그의 불호령에 청년들은 소녀들을 등에 걸치고 자신의 대장을 따랐다.

뮤는 가희의 팔에서 벗어난 직후 바로 통통거리며 도망쳤고 아무도 뮤를 신경 쓰는 자는 없었다. 그리고 그들은 엄청나게 골치 아픈 녀석이 살짝 실눈을 뜨고 자신들의 아지트로 향하는 길을 머리 속으로 외우고 있다는 것 역시 눈치 채지 못했다.

"으음, 여기가 어디지?"

한참 만에 눈을 뜬 소녀들은 어둠 속에서 차츰 적응되어 주변의 모습이 보이게 되자 저절로 입이 딱 벌어짐을 어쩌지 못했다.

자신들을 쓰러뜨렸던 여러 명의 청년들이 쓰러져 바닥에 뻗어 있었고 설아가 궁상맞게 쭈그리고 앉아 그들에게서 화살을 수거하고 있었으니 놀랄 수밖에.

"일어났어?"

그녀가 원통에 화살들을 장전하며 한가하게 묻자 제일 먼저 정신을 차린 빈이 아직도 멍하다는 듯 눈을 깜빡거리며 반문했다.

"어떻게 된 거야?"

"어떻게 되긴, 너희들이 픽픽 땅에 쓰러지기에 나도 같이 쓰러지는 척하고 이거 눌러댔지."

소매를 들어 보이는 설아에게 일행은 알 것 같다는 표정으로 고개를 끄덕였다. 암기를 이렇게 빨리 써보게 될 줄이야…….

"으음, 그래도 뭔가 이상한걸. 어째서 너만 쓰러지지 않은 걸까?"

"나야말로 궁금하다. 목 뒤에 손가락을 갖다 대는 건 또 무슨 놀이냐? 쓰러지는 타이밍 맞춘다고 얼마나 고생했는데……. '어느 손으로 찔렀게?' 하고 물어보는 것도 아니고……."

그제야 일행은 설아가 쓰러지지 않은 이유를 알 수 있었다.

그녀는… 지나치게 둔했던 것이다. 처음부터 이곳에 대해 설명하길 자신들이 받는 영향은 자신들이 마음먹은 대로라 했었다.

어쩐지 바닥에 쓰러져 있는 청년들이 불쌍해지는 일행이었다. 이것이 만일 현실이었더라면 저렇게 바닥에 널브러져 있는 일도 없었을 테니 말이다.

"그럼 나가는 길 알겠네?"

가희가 다행이라는 듯 묻자 설아는 망설임없이 고개를 저었다.

"그게 중간까지는 어떻게 외웠는데 너무 복잡해서 말이야……."

"…그런데 전부 재워 버린 거냐?"

한심하다는 듯한 빈의 말투에 그녀는 미간을 찡그렸다.

"어쩔 수 없었어. 누구 하나 인질로 잡아서 길을 알아낼 수 있다면 좋겠지만 역시… 힘으로는 딸리는걸. 만에 하나 너희들이 깨어나기도 전에 되려 내가 당한다면 어떻게 할 거야?"

"아아, 그건 그렇다 치고 뮤는?"

"몰라. 저 혼자 살겠다고 의리없이 도망가 버린 그런 녀석 따위……."

"저기… 설아야, 네 뒤에……."

'용서하지 않겠어!' 라는 듯한 포즈로 주먹을 꽉 움켜쥐는 설아의 등을 툭툭 치며 가희는 뒤를 보라는 듯 손가락질해 댔다.

"에? 뮤?!"

설아는 통통거리며 한쪽 구석에서 자신을 바라보고 있는 뮤를 향해 의아한 표정을 지었다.

"분명히 도망가는 것을 봤는데? 여긴 어떻게 온 거지?"

"도망가는 척하고 뒤따라온 것 아니야?"

"…그런가? 그럼 왜 난 못 본 거지? 길 외울 거라고 주변에 신경을 못 써서 그랬나?"

뮤! 뮤!

뮤는 맞은편을 향해 따라오라는 듯 통통거리며 가기 시작했다.

"과연! 그래도 명색이 감시자라는 건가? 길치인 설아보다 쓸 만하잖아."

빈의 말에 발끈한 설아는 자신의 팔을 들어 올리며 목소리를 깔았다.

"너도 저 아저씨들 틈에 끼어서 낮잠을 즐겨보고 싶은 거야?"

"아, 아니. 아하하, 설아님이 아니셨다면 죽을 뻔했을지도 모르는 이 몸 구해주신 은혜 0.5초 동안 잊지 않겠나이다."

사극 투로 말을 하는 빈에게 설아는 콱 쥐어박는 시늉을 해 보이고는 피식 미소를 지었다.

뮤! 뮤우?

뮤는 적당한 거리를 유지하며 소녀들을 바라보았다.

"어쩐지 저 표정 우리보고 어서 오라는 것 같지 않아?"

"네, 갑니다, 가요!"

너스레를 떨어대는 빈을 보며 일행은 또 한 번 웃음을 터뜨렸다.

그러나 그런 여유도 잠시뿐.

몇십 개의 코너를 지나 마침내 거대한 문 하나만을 남겨둔 일행은 걱정스런 표정으로 문을 바라보았다.

발을 잘못 디뎌 칼이 날아들지 않나, 평평했던 바닥이 올라가지 않나, 바닥이 없어지는 것은 또 어떻고… 정말 죽을 뻔했다는 말은 이럴 때 사용하라고 있는 말이라는 것을 뼈저리게 깨달은 일행은 지친 얼굴로 하염없이 문을 바라보기만 했다.

어쩐지 거대하게 느껴지는 저 문을 열 엄두가 나지 않는다.

"저기… 어째서 난 우리가 지금까지 지나왔던 길이 하나도 기억 안 나는 걸까?"

"단순한 기억력 문제야. 이럴 때 사람 불안하게 만드는 말은 하지 마."

냉정하게 잘라 말하는 빈에게 설아는 살짝 미간을 찡그렸다.

"출구가 아닐 수도 있다는 말이야. 아무리 내가 길치라지만 어느 정도 지나쳐 온 길은 이게 맞는 길인지 아닌지 정도는 분명하게 기억한다구."

"으아아아아! 짜증나! 사람 불안하게 만드는 말은 하지 말라고 했잖아! 도대체 뭐야?! 무슨 말을 하고 싶은 건데?"

버럭 화를 내는 빈에게 가희는 난감한 표정을 지으며 그녀들을 말렸다.

"싸우지 마. 우리끼리 싸워서 어떻게 하려고 그래? 출구인지 아닌지는 저 문을 열면 알 수 있는 거잖아. 응?"

"그래, 우리끼리 싸워봐야 여기서 나가는 데 도움되는 건 하나도 없어. 싸우더라도 일단 나가서 싸우도록 하자. 빈아, 넌 저 문 열고 우리는 잠깐 물러나 있자. 게다가 설아 말은 혹시 이게 출구가 아니면 위험할 수도 있다는 뜻이니까 너무 신경 곤두세울 필요는 없어."

"어이, 위험하다면서 왜 나한테 시키는 건데?"

"그거야 우리들 중 갑옷을 입고 있는 사람이 너 하나뿐이니까 그렇지. 억울하면 갑옷 벗어서 나 줘. 게다가 애당초 역할 정할 때 그걸 감안하고 전사하겠다는 소리 아니었어?"

남주의 말에 빈은 울컥했지만 뭐라고 반박할 수가 없었다.

"좋아! 까짓거 하면 되잖아!"

빈의 말을 신호로 다들 뒤로 물러났고 그녀는 용기를 내어 문을 벌컥 열었다.

다행히도 우려했던 일은 아무것도 일어나지 않았다.

빈은 무사하게 서 있었고 안에서 환하게 뿜어지는 빛에 일행은 눈을 깜빡거리며 눈물을 찔끔거려 댔다.

"어디로 이어진 거야?"

설아가 눈을 거슴츠레하게 뜨며 빈의 곁으로 다가가자 그녀는 낮은 신음 소리를 내뱉었다.

"제길, 난 왜 이렇게 운이 없는 거지?"

"동감이다."

자신들을 겨냥한 수많은 활시위와 검들, 그 가운데 유유히 서서 귀공자 분위기를 풍기는 옷을 입은 남자가 자신들을 향해 미소를 짓고 있었다.

"뭔데? 왜 그러고 서 있는 건데?"

궁금증을 못 참고 자신에게 다가오려는 남주와 가희를 설아가 재빨리 손을 들어 저지했다.

"오면 안 돼!"

너무나도 단호한 그녀의 말에 남주는 뭔가 있음을 깨닫고 가희와 함께 재빨리 옆의 코너로 몸을 숨겼다.

"일행이 아직 더 있나 보군."

청년이 그녀들을 향해 다가가자 주변의 사람들도 그를 보호하듯 함께 움직였다.

복면을 벗은 그는 초록색의 머리카락을 휘날리며 그녀들을 향해 비타민 C 광고에나 나올 법한 상큼한 미소를 지었다.

"오면 안 된다니까! 뮤! 내 말 씹냐?"

기지를 발휘하여 재빨리 리얼한 연기를 보인 설아는 자신의 주변에 놓여 있는 돌을 집어 뮤에게로 던졌다. 뮤는 자신에게 날아오는 돌을 낼름 집어삼키고는 설아를 무시한 채 청년에게로 향했다.

"당신들이 어떻게 뮤를 아는 거지?"

"……! 당신은 어떻게 뮤를 아는 거죠?!"

서로 놀란 듯한 표정으로 질문하자 뮤는 가만히 서서 그들을 빤히 바라보았다.

"그야 내 애완 동물이니까……."

"그야 우리 애완 동물이니까……."

동시에 소리치듯 똑같은 대답을 내뱉자 그의 얼굴에서 미소가 사라져 버렸다.

"무슨 소리! 뮤는 줄곧 나와 함께 있었는걸!"

"무슨 소리예요? 뮤는 우리랑 함께 있었다구요!"

따지는 것마저 동시에 소리치자 그는 미간을 잔뜩 찡그려 보이며 뮤를 향해 소리를 질렀다.

"뮤!"

"뮤!"

설아도 질 수 없다는 표정으로 뮤를 바라보았지만 뮤는 두 사람이 뭐라고 하든지 신경도 안 쓴다는 표정으로 찍 하품을 하고는 그 자리에 드러누워 버렸다. 지금까지 가만히 있던 빈은 그 꼴을 보더니 버럭 소리를 질렀다.

"이런 오만방자한 녀석! 주인이 부르는데 냉큼 오지는 못할 망정 퍼질러 자겠다는 거야?! 확 회를 떠버린다!"

뮤우? 뮤?

심드렁하게 대꾸하는 폼이 '어디 한 번 네 마음대로 해봐라' 라고 하는 것 같아 빈은 꽉 쥔 주먹을 부들부들 떨어댔다.

"너 이리로 오기만 해봐. 죽었어!"

"역시… 너희는 뮤의 주인이 아니다. 뮤의 태도는 처음부터 거만했지. 이런 건 키워본 자만이 알 수 있는 거랄까? 하하핫!"

어쩐지 이겨서 기분 좋다는 듯한 느낌이 물씬 풍기는 목소리였다.

"마스터, 이 이상 저들에게 접근하시면 위험합니다. "

"왼쪽 코너에 두 명의 복병이 있습니다."

그의 양쪽 옆에 서 있는 중년의 남자들은 시선이 마주치기만 해도 얼어버릴 것 같은 살기를 팍팍 뿜어내고 있었다.

"마스터? 누가? 머리에 피도 안 마른 꼬마가 여기 마스터라는 소리야?"

이왕 정체를 들킨 것 멋있게 등장해 보자는 심보였는지 남주는 큰소리를 치며 그들의 앞으로 나왔다.

"꼬~ 마~아?! 허, 요즘 어린것들은 겁을 상실했나? 어이, 너희가 부모 잘 만나 집에 돈 좀 굴리고 빵빵한 지위를 가지고 있어 세상 무서운 걸 모르는 모양인데 여긴 도둑 길드야. 여기서 까딱 혀 잘못 굴렸다가는 쥐도 새도 모르게 죽는 수가 있어."

"마스터, 품위를 생각하십시오."

"시끄러워! 도둑에게 품위는 무슨 얼어죽을 품위야?! 난 나다우면 그만이야. 아아, 더 이상 기분 나빠지기 전에 거래나 속행하자구. 어이, 너희가 원하는 게 뭐야?"

도둑 길드? 거래?

모두 그녀들에게 생소한 말들이었다.

도대체 이야기가 어떻게 돌아가고 있는 것일까?

"사람 잘못 보신 거 아닌가요? 게다가 거래를 하자니……. 누구와? 설마 우리보고 하는 말씀은 아니시겠죠?"

설아의 말에 그는 또다시 미간에 주름을 만들어댔다.

"나랑 농담하자는 거냐? 우리와 거래를 하고 싶어서 길드 마스터인 나조차 좀처럼 구경하기 힘든 값비싼 보검을 팔고 여관에 며칠 묵지도 않으면서 금화를 쓴 거 아니야? 더군다나 여관 측을 통해 금화를 바꾼 것이 우리의 눈에 띄기 위함이 아니라면 뭐라는 거지?"

"그런 억지가……. 금화 같은 돈을 우리가 직접 들고 다니는 편이 더 눈에 띄지 않아요? 게다가 눈에 띄면 다 당신들과 거래를 하려는 건 줄 알아요? 우연이라는 생각은 못해봤어요?"

설아의 가시 돋친 말에 그는 여유로운 미소를 지어 보였다.

"물론 결정적인 건 따로 있었어. 바로 암호였지. 조금 전 했던 말들을 빡빡 우겨서 우연이라고 쳐준다고 해도 어떻게 우리 암호를 알아낸 거지? '고양이'는 밤에 다니는 '도둑'인 우리를 지칭하는 말이고 '만지지 않는다'는 것은 '의뢰'를 상징한다는 것은 길드원들밖에 모르는 암호일 텐데 말이야. 우리와의 거래를 위해 누군가에게 알아봤다는 소리 아니야?"

그의 말에 일행은 일제히 빈을 바라보았다.

분명히 웃으면서 고양이가 어쩌고저쩌고했던 사람은 그녀였다. 일의 원흉을 따지자면 그녀의 대답이 원흉이 된 것이다.

"그것도 우연이라고 한다면 믿어주실 건가요?"

낮은 신음이 섞인 목소리로 물어보는 설아에게 그는 코웃음 쳤다.

"허, 마스터를 능멸하려 드는 거냐?"

"…저기… 그러니까 우리가 의뢰를 하면 여기서 안전하게 벗어날 수 있는 건가요?"

"…죽인다."

"네?!"

"쓸데없는 소리 자꾸 반복하게 만들면 다음에는 반드시 네 목을 베어버리겠어."

그는 손가락을 까딱까딱거리며 설아를 노려보았다. 그의 손을 따라 활시위가 팽팽해지는 것을 느낀 일행은 긴장한 듯 마른침을 삼켰다.

"가격은 어떻게 결정하실 생각이죠?"

"들어보고 한 사람의 건수대로 정하도록 하지."

"좋아요. 그럼 여기 있는 우리 네 사람의 신분증과 각 나라를 통행할 수 있는 통행증을 부탁하도록 하죠. 저희들의 현재 차림과 걸맞는 신분증이어야 합니다."

"그 정도야 어린애들에게 과자를 뺏어 먹는 일보다 쉬운 일이지. 그런데 네 명? 세 명이 아니라?"

그의 질문에 곁에 있던 근육질의 중년남자가 한숨을 내쉬었다.

"하아. 마스터, 저 벽 뒤에 두 명이 숨어 있다고 말씀드리지 않았습니까? 한 명이 제 발로 기어나왔으니 여기 세 명이 있다는 것은 다른 한 명이 여전히 숨어 있다는 것 아니겠습니까?"

"기어나오다니! 걸어나왔다구, 난!"

버럭 소리를 지르는 남주에게 그는 살기가 담긴 눈빛을 보내 그녀를 조용히 있도록 만들었다.

"얼굴이라도 봐야 대충의 나이를 알 수 있으니 이리 나와."

남주가 뛰쳐나간 이후 계속 나갈 타이밍을 잡지 못한 가희는 그제야 쭈뼛쭈뼛 밖으로 나왔고 그녀를 본 도적들의 표정은 처참하게 일그러졌다.

"지금 우리를 상대로 농담하는 거냐?! 아아, 이거 감옥에 끌려간 것보다 더한 느낌인걸. 제길! 프리스티스, 그것도 하이 프리스티스가 있다는 소린 왜 안 한 거야?!"

버럭 소리를 지르는 그에게 중년의 남자가 의미심장한 눈빛을 보냈다.

"마스터, 교단 측에 신고할지도 모릅니다. 제거하는 게 어떻겠습니까? 더군다나 마스터의 얼굴을 알고 있는 자들이니 살려두면 반드시 후회할 것입니다."

"하이 프리스티스란 말이다! 차라리 왕을 죽이라고 해라! 하이 프리스티스를 죽이고 뒷감당을 어떻게 하려고? 프리스트들이 얼마나 질긴 자들인지 잊었어? 의문사는 인정하지 않아. 모조리 몰려오기라도 하는 날이면 우린 끝장이야. 그리고 내가 얼굴을 보이는 것은 그만큼 신용을 만들려는 것이라고 누누이 이야기했건만 계속 토를 달 거냐?!"

"프리스티스를 죽인다고 아지트가 발각될 리 없지 않습니까?"

"발각되는 게 문제가 아니라 활동을 못하는 것이 문제란 말이다! 프리스트가 집마다 버티고 있을 테니 우리는 움직일 수가 없어! 신성력 중에는 남의 마음을 읽는 것도 있단 말이다. 재수없게 하이 프리스티스에게 걸리기라도 하는 날에는……."

그는 생각도 하기 싫다는 듯 소리를 버럭 질렀다.

"이것 봐요, 누가 신전에 고발한다는 거예요? 계약을 하겠다는 것은
이쪽에서도 말 못할 사정이 있다는 거니까 걱정 말라구요. 염려할 만
한 일은 일어나지 않을 테니까."

딱 잘라 말하는 설아에게 그는 딱딱한 표정으로 물었다.

"그 말을 어떻게 믿지?"

"쉴드에게 맹세해요. 우리는 물론이고 하이 프리스티스님도 말이죠."

"좋아, 일단 믿도록 하지. 보수는 금화 열 개다."

"엑! 금화 열 개?!"

"물론 선불로 지급해 줘. 금화 한 개는 너희 세 명의 몫이고 아홉 개
는 저 하이 프리스티스의 몫이다. 하이 프리스티스의 신분증은 위조가
힘드니 그 정도 대가는 지불해야 해."

"그래도 너무하잖아! 금화 한 개면 일 년은 놀고 먹는데……."

빈의 불평에 그는 기가 막힌다는 듯 그녀를 위아래로 훑어보았다.

"지금 길드 내에서 가격 흥정을 하자는 거야? 밖으로 나가지 못해도
좋아?"

빈은 그의 말에 땅에 퍼질러 앉아버렸다.

"금화 아홉 개."

"뭐?!"

"안 나가. 제대로 된 값으로 거래하기 전까지는."

"무슨 소리 하고 있는 거야?"

"토 달 때마다 가격은 내려갈 거야. 금화 여덟 개!"

"이게 무슨……."

"일곱 개. 하이 프리스티스와 함께 지내는 것도 좋을 거야. 식전, 식
후 기도는 자동으로 올려줄 테니까. 어디 한 번 해보자구."

"크윽… 목숨 아까운 줄 모르는구나."

그는 바스타드 소드를 뽑아 들었다.

"네 목에 검을 들이밀어도 그런 말을 할 수 있나 어디 보자."

"남주야."

설아는 남주를 밀어 그녀와 그들과의 거리를 만들어냈다.

"네 진은 이럴 때 쓰라고 있는 게 아니겠어?"

그녀의 말이 떨어지자마자 남주는 진의 소환진이 그려진 페이지를 찢어냈다.

"실프 소환!"

"부르셨습니까, 주인님?"

페이지를 찢어내기가 무섭게 거대한 진이 나타나자 그는 자신의 주인을 향해 겨냥된 화살과 검을 보며 피식 코웃음 쳤다.

"주인님, 이건 무슨 새로운 놀이입니까?"

"놀이가 아니라 저건 죽이겠다라는 협박으로 생각되지 않아? 하아. 불행히도 우린 지금 협박당하고 있는 중이야."

남주가 '너 바보냐?' 라는 듯한 얼굴로 진을 바라보자 그는 생긋 미소를 지으며 대꾸했다.

"그러니 말입니다. 지금 이 실프의 주인님께 감히 검과 화살을 겨냥하니 하는 소리입니다. 주인님, 어떻게 요리해 드릴까요? 저것들 다 죽여 버릴까요, 반만 죽여 버릴까요?"

같은 편인 설아가 듣기에도 등골이 오싹해지는 소리였다. 길드 마스터도 같은 걸 느꼈는지 손을 까딱하며 활을 쏘라는 지시를 내렸고 그녀들은 자신들에게 날아오는 화살을 보고는 눈을 질끈 감아버렸다.

"멈춰!"

진의 명령에 소녀들을 제외한 모든 것이 굳어버린 듯 그 자리에 멈춰 버렸다. 화살 역시 날카로운 촉이 일행을 향해 쏘아진 그대로 공중에 멈춰졌다.

진은 심드렁한 태도로 귀를 후비며 손을 한번 내저었다.

"방향 바꿔라."

화살은 일제히 반대 방향으로 바뀌어졌고 활시위를 당겼던 자들은 마른침을 삼켜야만 했다.

"주인님께 해를 끼칠 만한 무기는 어서 자진 납세하는 게 좋을 거다."

진의 말이 떨어지자마자 활과 화살, 그리고 수많은 단검들과 검들이 그의 발밑에 떨어졌다. 그중에는 일행에게도 친숙한 망고슈 역시 끼어 있었다.

"어랍쇼? 이것 봐라? 이건 주인님 친구 망고슈였을 텐데?"

진은 눈에 살기를 가득 담아 길드 마스터를 노려보았다.

"네가 감히 주인님 친구 물건을 훔쳐?!"

진은 입에서 불을 뿜어낼 정도로 화를 내며 바닥에 떨어져 있는 활들을 공중에 띄웠다. 화살이 장전되고 활들은 마치 각자의 의지를 담고 있다는 듯 진의 말을 기다렸다.

"이건 마땅히 주인의 손에 되돌아간다. 대답은?!"

"…좋아."

"이거 어린 놈이 꼬박꼬박 반말하네. 야, 뒷말은 어디다 잘라먹었어?"

"…좋습니다."

"주인님, 이제 가실까요?"

진이 공손하게 남주의 의향을 물어오자 남주는 당황했다.

"너 실프 맞니?"

"그럼 운디네 같습니까?"

푼수다. 그것도 농담이라고 하다니……. 저자는 확실한 푼수였다.

주인인 남주 앞에서는 저렇듯 푼수가 되면서 자신을 모르는 저들에 겐 위엄과 살기를 팍팍 풍겨대고 있는 모습에 남주는 어쩐지 배시시 웃음이 나왔다.

"나도 나가고 싶지. 그런데 우리는 나가는 길 모르는걸."

그녀의 말에 진은 서운한 표정을 지었다.

"…저는 어디에 쓰려는 겁니까? 최고급 진이라니까요. 워프 같은 건 쉽게 할 수 있습니다. 무시하지 마세요."

"저기, 무시가 아니라 너 우리 사막에 있을 때는 낙타랑 필요한 물품 들만 챙겨주고 돌아갔잖아. 그런데 워프? 그럼 지금까지 우리가 한 고 생은… 뭐라는 거지?"

남주가 허탈하다는 듯한 눈으로 일행을 바라보자 진은 손사래를 쳤다.

"그게, 이쪽 지대는 잘 모르니까 워프할 지점이 없었다구요. 전 주인 님의 안전을 생각해서……."

"우리가 한 고생은 뭘까……. 하아~"

"그게… 주인님의… 안전이……."

버벅거리는 진을 보며 남주는 또다시 한숨을 내쉬었다.

"하아. 뭘까, 우리가 고생한 것은……?"

남주의 반복되는 말에 그는 안절부절못하다가 또다시 궁상맞은 자 세로 쪼그리고 앉았다.

"이것은 다른 사람이나 물건을 주인님이 계신 곳으로 소환시키는 소 환진입니다."

“그럴 만한 거 없는데?”

“제가 드렸던 펜 안 챙기셨습니까?”

“아니, 챙겼는데……. 여기.”

“그럼 한번 그려보십시오.”

“응.”

놀랍게도 펜은 종이에 닿자마자 검은 잉크가 묻어 나왔고 남주는 진이 그려준 소환진을 눈 깜빡할 사이에 따라 그려냈다.

한숨을 푹푹 내쉬던 남주는 어디로 가고 새로운 소환진을 하나 더 얻어 즐거워하는 녀석이 소환수의 등을 치고 있는 모습에 일행은 고개를 설레설레 흔들었다.

당하는 소환수나 등을 치고 있는 소환사나 쪼그리고 앉아 있는 폼이 똑같은 것이 어쩐지 궁상스럽게 느껴지는 설아였다.

“저건 완전히 자해 공갈단이야.”

빈과 설아가 자신을 보며 귓속말을 속삭거려 대자 그녀는 눈에 힘을 주어 조용히 하라는 무언의 압력을 행사했다.

“그럼 이제 워프해도 되는 겁니까?”

영악한 진은 자신의 주인이 기분이 풀린 것을 보며 화제를 전환시켰다.

“자, 잠깐! 갈 땐 가더라도 우리를 풀어주고 금화는 내고 가야지.”

진은 그의 말에 고개를 돌리며 우두둑우두둑 하는 소리를 만들어냈다.

“뭐라고? 지금 뭐라고 했냐?”

“그러니까 우리랑 금화를…….”

말을 제대로 잇지 못하는 그에게 진은 자신의 얼굴을 들이밀며 눈을 치커떴다.

"우리 주인님이 너한테 돈 빌렸냐?"

"아, 아니, 그런 게 아니라."

"그럼 뭔데? 응?"

"금화 열 개에 신분증과 통행증을 만들어주겠다고 약속을……."

그의 말을 가로막으며 진은 피식 미소를 지었다.

"고작 그런 거에 돈을 그렇게 많이 받아먹겠다고?"

"아니요. 그런 게 아니라 거래니까."

"그 거래에 우리 주인님께 무기를 들이댄다는 항목도 있었나?"

"아닙니다, 그건……."

보기 안쓰러울 정도로 창백한 얼굴을 하고 있는 그에게 저러다 목 부러지는 게 아닐까 싶을 정도로 빳빳하게 목을 들고 있는 진이 우두둑 소리를 내며 주먹을 펴 보였다.

활은 여전히 그들을 겨냥하고 있었고, 더군다나 그들은 진이 걸어놓은 마법 때문에 조금도 움직일 수가 없었다. 그들에게 있어 진은 괴물이며 공포 그 자체였다.

"공짜로 해라. 주인님을 위한 일이니 이 얼마나 영광스러운 일이냐?"

"그렇게는……."

"공짜로 하라면 공짜로 해라. 너 워프할 수 있어? 공중에 활 띄울 수 있어? 무엇보다 부르면 5초 내로 튀어나올 수 있어? 말해 봐. 네가 나보다 잘났어?"

진의 말에 그는 침울하게 대답했다.

"아니요."

"임마, 그런 거 다 할 줄 아는 나도 공짜로 일한다. 불만있냐?"

"어, 없습니다."

"공짜로 해줄 거지?"

"…네."

너무나 살벌한 기세의 말에 그는 뭐라고 반항할 수가 없었다.

"어이, 진, 그 말인즉 내가 노동력을 착취하고 있다는 거야?"

남주가 손가락을 까딱까딱거리며 진을 부르자 그는 잽싸게 남주를 향해 달려왔다.

"그럴 리가 있겠습니까? 역대 주인님 중 전 주인님을 모시는 것이 가장 보람있고 좋습니다."

그의 말에는 한 치의 거짓도 없었으나 상황이 상황인만큼 어쩐지 비굴하게 들리는 것이 사실이었다.

"그렇다면 이 활들과 마법만이라도 좀 풀어주십시오. 부탁하신 물건은 이틀 이내로 아가씨들이 계신 여관으로 가져다 놓겠습니다."

공손한 태도로 부탁하는 길드 마스터에게 진은 코웃음을 쳤다.

"허, 당연하지. 우리가 돌아가면 주인님의 허락 하에 그 활들은 자연히 원주인에게로 돌아갈 것이고 화살도 바닥에 떨어질 거다. 그리고 너희 몸도 자유롭게 움직일 수 있을 테니 귀찮게 하지 말고 기다려. 만일 주인님께서 너희의 죽음을 원하신다면 사정은 달라지겠지만 말이다. 아, 만일 살아서 만나게 된다면 주인님께서 부탁하신 물건은 네가 직접 가져오도록 해라. 혼자 오는 것 잊지 말고. 여러 명이 우르르 몰려오면 알지? 나 성질 더럽다."

주먹을 불끈 들어 보이는 진에게 그는 시종일관 '네, 네' 라고 대답할 수밖에 없었다.

"자, 그럼 가시지요."

“이건 뮤가 아니잖아?”

가희가 뮤를 안기 위해 다가가더니 의아한 표정을 지었다.

“응?”

“설아야, 얘 우리 뮤 아니야.”

“우리 거 아니라고?”

“응, 리본이 없잖아.”

“리본이야 풀어졌을 수도 있고……”

“아니야. 우리 거 아니야.”

“그럼 일단 두고 가시고 다음에 올 때 저것도 데리고 오라고 하시면 되지 않겠습니까?”

진의 말에 찬성한다는 듯 설아는 고개를 끄덕거렸다.

“그럼 부탁해.”

그녀의 말에 아무런 대답이 없자 진은 눈을 부릅뜨며 목소리를 깔았다.

“어이, 들었지?”

“네, 알겠습니다.”

그의 대답을 들은 진은 소녀들과 함께 사라졌고 활과 화살은 진의 말대로 바닥으로 떨어졌다.

워프 거리를 짧게 잡은 덕인지 진과 함께 도착한 곳은 소녀들이 그들에게 잡혔던 바로 그 골목이었다. 설아는 골목 귀퉁이에서 자신들을 발견하고 통통거리고 있는 뮤를 덥석 잡아 들었다.

“야, 니가 감시자냐, 가방이냐?!”

버럭 화를 내며 뮤의 양쪽 뺨을 쭉 잡아당기는 설아에게 뮤는 우는 소리를 냈다.

뮤! 뮤!

"설아야, 한 번만 봐줘. 생존 본능이라는 게 있는데……."

남주가 설아를 뜯어말리며 뮤를 놓아주자 뮤는 후닥닥 가희의 품에 안겼다.

"그런데 얘가 여기 있다는 건 아까 그게?"

빈이 의아하다는 듯 묻자 설아가 시큰둥하게 대꾸했다.

"가방이니까 그쪽에서 갖고 있어도 신기할 게 없잖아? 저게 무슨 감시자야, 가방이지. 가방이라고 말하기 뭐하니까 감시자라 말하고 붙여 준 걸 거야. 분명해."

설아는 발로 꾹꾹 밟아버리려는 충동을 참아내며 가희에게 안겨 있는 뮤를 노려보았다.

"자자! 그만 하고 여관으로 돌아가자. 하아, 오늘 너무 많은 일이 있어서 그런지 피곤해."

빈의 말에 설아는 눈을 빛냈다.

"그리고 보니 여관에 손봐줘야 할 만한 녀석이 하나 남았지?"

빈은 그녀의 말에 피로가 싹 가셨다는 표정으로 주먹으로 으드득 하는 관절 꺾는 소리를 만들어냈다.

"네가 말 안 했으면 잊을 뻔했군."

위험하게 히죽히죽 웃는 두 사람을 보며 가볍게 한숨을 내쉰 남주는 진에게 생긋 미소를 지었다.

"이번에도 고마웠어."

"별말씀을……. 이것이 진의 보람이니 신경 쓰지 마십시오."

"어떻게 해버릴까? 잡아다 팔이나 다리 하나 정도 콱 부러뜨려?"

"아니지. 그 정도로 성에 차겠냐? 산 채로 묻어버리자."

설아와 빈의 흥분한 듯한 목소리에 남주는 미간을 찡그리며 그녀들을 진정시켰다.

"어이, 거기, 시끄럽다. 적당히 안 하면 범죄야. 진, 신경 쓰지 말고 그만 가봐라."

"네."

진은 남주에게 고개를 숙여 인사하고는 그대로 사라졌다.

빈과 설아는 아직도 둘이서 히죽히죽거리며 어떻게 그를 혼내줄까 궁리하는 듯했다.

"저기 말이야, 너무 심한 건 안 되니까 이런 건 어때?"

소곤소곤……

"오옷, 그거 좋은 생각인데……?"

가희가 생긋 미소를 지으며 일행에게 자신의 생각을 들려주자 남주마저 히죽히죽거리며 찬성의 뜻을 비쳤다.

잠시 후…….

"유스, 손님들께서 대로 가운데 있는 과일 가게에서 사과 좀 사다 달라고 하는데 서둘러서 다녀올 수 있지?"

아가씨가 소년에게 말을 걸자 그는 흔쾌히 고개를 끄덕거렸다.

"알았어요. 오늘 일은 이걸로 끝이죠?"

"그래, 유스. 수고했어. 내일도 부탁해."

그녀의 말에 그는 고개를 끄덕이고는 과일 가게 앞으로 발걸음을 내디뎠다.

"왔다!"

과일 가게 근처에서 대기하고 있던 설아는 수전(袖箭)을 쏘았고 근처를 지나가는 척하던 남주와 빈이 쓰러지기 직전의 그를 솜씨 좋게 부축해 화살을 뽑아냈다. 남주는 펜으로 그의 이마에 '바보'라고 쓰는 것을 잊지 않았고 인적이 별로 없다는 것을 깨달은 그녀들은 그를 눈에 띄는 가게 한쪽 벽면에 세워두고는 유유히 여관으로 돌아왔다.

"어땠어?"

태연하게 묻는 가희에게 일행은—아가씨에게 사과를 주문한 사람이 가희였다—엄지손가락을 들어 보였다.

"성공했어. 그래도 좀 아깝다. 깨어났을 때의 표정을 확실히 봤어야 하는 건데……."

빈이 피식피식 미소를 지으며 대답하자 가희는 생긋 미소를 지었다.

남주와 설아는 그런 그녀들을 바라보고는 역시 가희가 제일 강하다는 것을 실감하며 무슨 일이 있어도 그녀의 비위를 건드리는 일은 하지 않는다는 눈짓을 교환했다.

다음날 아침 일행은 여관 아가씨의 '바보'라고 소년을 놀려대는 웃음소리를 들을 수 있었다. 킥킥거리며 아침을 먹는 둥 마는 둥 하다가 달리 할 것도 없던 일행은 진이 되찾아준 망고슈를 들고 잡화점으로 향했다. 진이 되찾아준 물건이긴 해도 일단 그 가게에서는 도둑맞은 물건이고 몰랐으면 몰랐을까 후한 값에 물건을 사준 가게에 폐를 끼치고 싶진 않았다.

괜히 물건을 돌려주고도 이쪽이 다시 훔쳐 달라고 했다는 오해를 살 수 있고, 그쪽에 두면 또다시 도둑을 맞을지도 모르는데 그냥 모르는 척하자는 의견도 있었지만 그 의견을 낸 당사자도 찜찜한 감이 있었는지 생각을 바꿔 그냥 잡화점에 가자며 말을 걸어왔던 것이다.

"음. 그런데 설아야, 지금 이 이야기들 네가 만들어내고 있는 것 맞지?"

가희가 문득 궁금하다는 듯 말을 걸어왔다.

"응, 내가 만들고 있는 거 맞아. 그런데 왜?"

"아니, 일이 생길 때마다 놀라는 것 같아서 궁금해서 그래. 넌 다 알고 있을 거 아니야?"

파지직! 파지직!

"…설아야?"

의아한 표정의 가희가 걱정스러운 눈으로 설아를 바라보았다.

"으… 응?"

"왜 그래? 어디 몸이 안 좋은 거야?"

"아니, 괜찮아. 정신체인걸. 몸이 안 좋을 리가 없잖아?"

설아는 생긋 미소를 지으며 가희를 안심시켰다.

그러나 그녀는 떠올라서는 안 될 것 같은 기억을 떠올려 버렸다.

이야기의 중심에 있을 것과 이야기를 관찰하는 것 중 일행은 중심에 있는 것을 선택했다. 그러나…….

'나는 관찰하고 싶다는 생각을 했었어. 일행을 배신하고 혼자 관찰할 수도 없는 노릇이라 이렇게 같이 다니고 있는 거였는데… 내가 어떻게 여기 있을 수가 있는 거지?'

설아는 혼란스러움을 느꼈다.

'드래곤이 나오면 어떨까?' 라는 생각만으로 케니와 세이드가 등장했었다.

관찰자의 입장으로 이야기를 진행하고 싶었다는 것은 더 큰 바람……. 그렇다면……?

파지직! 파지직!

“설아야?”

가희가 또다시 걱정스러운 표정으로 설아를 바라보자 남주는 설아의 어깨를 툭툭 쳤다.

“으음. 정말이지, 뭘 그렇게 고민하는 거야? 글이라는 게 어디 네 마음대로 써지냐? 프로그램이라고는 하지만 이건 글 쓰는 거랑 똑같잖아. 설아 또 삽질하기 전에 그만 갈궈라.”

“갈구는 거 아니야. 그냥 문득 궁금해져서 물어본 것뿐인데…….”

가희가 미안한 표정으로 설아에게 변명 아닌 변명을 하자 설아는 괜찮다는 듯 배시시 미소를 지었다. 다행스럽게도 잡화점이 가까워져 감에 따라 그녀들의 대화는 끊어졌고 설아는 골치 아픈 생각에서 벗어날 수 있었다.

설아는 앞으로 그것에 대한 생각은 가급적이면 덮어두자고 결심했다.

생각하는 것만으로 자신이 사라져 버릴 것만 같은 불안한 마음이 들었기에.

“어서 오세요.”

친숙한 목소리에 일행은 일제히 잡화점 주인을 바라보았다.

“헉?! 당신들은?”

“당신이 왜 여기에……?!”

서로를 바라보며 당황하는 것은 뮤들도 마찬가지였다.

뮤?!

뮤우?!

문을 열자마자 그녀들의 눈에 들어오는 장면은 길드 마스터였던 청년이 부지런히 가게를 정리하고 있는 모습이었던 것이다.

"아빠, 아데 이거 먹어도 돼요? 네!"

그와 똑같은 초록색의 머리카락을 휘날리며 다섯 살 정도 돼 보이는 여자 아이 한 명이 그의 다리에 덥석 매달렸다.

"아빠?"

설아가 놀랍다는 듯 반문하자 그는 비로소 정신이 들었다는 듯 한숨을 내쉬었다.

"물건은 오늘 중으로 준비할 테니 걱정 말고 기다려 주십시오. 여기까지 찾아오실 줄은 정말 몰랐습니다만……."

"가게 주인이 설마……."

"모르셨습니까? 제가 이 가게의 주인이자 이곳의 성주이죠."

"에엑?!"

일행은 놀랍다는 표정으로 동시에 소리쳤고 청년은 또다시 가벼운 한숨을 내쉬며 '오늘 쉽니다' 라고 붉은 글씨로 쓰여 있는 종이를 붙이고는 가게 문을 닫았다.

"잠시만 기다려 주십시오. 이렇게 된 거 차라도 한잔 대접해 드리죠."

"아빠? 아데 이거 먹어도 돼요? 네!"

아데라고 하는 여자 아이는 끈덕지게 그의 다리에 매달려 재잘거렸고 그는 그런 꼬마가 귀여운지 생긋 미소를 지으며 고개를 끄덕거렸다.

"아데, 먹고 싶은 게 있으면 아무거나 먹고 있으렴. 아빠는 손님들과 잠시 지하로 내려가 있으마."

그의 말에 아데는 고개를 끄덕이며 그의 다리에서 떨어졌다.

"그럼 아데는, 네! 뮤야랑 놀래요. 네! 뮤야, 이리 와."

심드렁한 표정의 그쪽 뮤가 넙죽 엎드리고는 자신에게 오지 않자 꼬마는 화가 난 표정으로 뮤의 목을 덥석 잡더니 질질 끌고 구석으로 갔다. 뮤는 괴로워하며 발버둥 쳤지만 꼬마는 뮤를 놓아줄 생각이 없는 듯 '꺄꺄' 하는 괴성을 내지르며 즐겁다는 표정으로 뮤를 마구 흔들어 댔다.

"뮤야, 뮤야, 재밌어?"

보고 있는 가희가 다 정신이 없을 정도였다. 가희는 꼬마에게 다가가 생긋 미소를 지었다.

"아데, 너 참 예쁘게 생겼구나?"

생긋 웃는 가희를 보며 꼬마도 따라 생긋 미소를 지었다.

"아데, 그렇게 쥐면 뮤가 '아야' 하지 않겠니?"

꼬마의 환심을 사는 데 성공한 가희가 조심스럽게 뮤를 꼬마의 손에서 풀어준 다음 천천히 뮤를 쓰다듬었다.

"이렇게 예뻐해 줘야 착한 아이지. 아데는 예쁘고 똑똑하고 뮤보다 언니니까 심술 같은 건 안 부리지?"

"응!"

힘차게 고개를 끄덕끄덕한 꼬마는 제법 의젓하게 대답하고는 가희에게서 뮤를 넘겨받았다. 가희는 그런 꼬마에게 또다시 생긋 미소를 지었다.

"자, 한번 쓰다듬어 볼래?"

꼬마는 고사리 같은 손으로 뮤의 눈이 튀어나올 것만 같은 정도로 힘껏 쓰다듬었다.

"아, 아니, 그게 아니라 좀 더 살살 해야지."

당황한 가희가 꼬마에게 주의를 주자 이번에는 뮤의 얼굴을 쥐어뜯어 놓는다. 그러고도 꼬마는 새로운 놀이(?)를 배운 것에 만족했는지 '헤헤' 하고 미소를 지었다.

가희는 꼬마의 한쪽 팔을 꽉 잡으며 자신의 눈을 바라보도록 만들었다.

"아데, 그러면 안 돼. 뮤는 예뻐해 줘야지. 아데보다 동생이고 애완 동물이잖아."

도대체 꼬마보다 어리다는 결론은 어디서 나온 건지······.

"뮤는요, 네! 아데 가방인데요. 네!"

···뮤 2세 너도 그런 취급을 받고 있었구나.

"아데, 가방이라도 말이야, 아껴 쓸 줄 알아야지. 그래야 착한 아이 거든."

"네."

아데는 그녀가 팔을 잡은 손에 힘을 주자—그 모습을 보고 있던 사람은 아무도 그녀가 팔을 잡은 손에 힘을 주는 것을 눈치 채지 못했다. 그녀의 표정이 시종일관 사람 좋은 얼굴로 미소를 짓고 있었으니 '아, 가희가 애를 참 좋아하는구나!' 라는 생각밖에 들지 않았던 것이다—꼬마는 그녀에게서 자신의 팔을 빼려 시도했지만 자신의 힘으로는 어림도 없다는 것을 깨닫고는 순순히 대답했다.

"과연 프리스티스님! 아이를 보는 데 능숙하시군요."

그가 감탄했다는 듯한 표정으로 말하자 가희는 특유의 온화한 미소를 지으며 일행에게 합류했다.

그의 안내로 내려간 지하실은 설아가 기억하는 한 어제 끌려갔던 아지트의 입구였다.

그는 일행이 모를 것이라 생각하고 마침 비어 있는 지하로 안내한 것이겠지만 설아는 이 지하실이 밖과 연결되어 있다는 사실을 눈치 채고는 과연 도둑 길드답다며 감탄했다.

"여기 앉으시죠."

"차는 됐으니 말씀해 보세요. 어째서 성주님께서 길드 마스터를 하고 계시는 건지."

설아의 말에 그는 한숨을 내쉬었다.

"그게 그렇게 궁금하십니까? 도둑 길드 마스터는 제가 하고 싶다고 할 수 있는 것이 아니지요. 굳이 설명하라면 성주를 하고 있는 것과 마찬가지 이유입니다."

"……?"

"그러니까 세습된 거란 말입니다. 한참 청춘을 즐길 나이에 밤에는 도둑 길드 마스터로, 낮에는 성주로 과중한 업무에 시달리고 있는 불쌍한 인생이라는……. 하아."

적에게(?) 저런 신세타령을 하는 걸 보면 여관 아가씨의 말대로 철이 없긴 정말 철이 없는 모양이다.

"성주가 되신 지 얼마나 되셨는데요?"

"한 달 정도 됐나? 이 잡화점이야 그전부터 하고 있었던 거지만……."

그의 말인즉 아버지가 돌아가시고 나서부터 한가하게 잡화점을 경영하던 청년이 아니라 막중한 임무를 떠맡게 된 처량한 신세라는 말이었다.

"청춘을 즐기지 못했다는 말은 별로 믿음이 안 가는걸."

빈이 짓궂은 표정으로 말하자 그는 어리둥절한 표정으로 되물었다.

"네?"

"딸 말이에요, 그 애 한 다섯 살쯤 되어 보이던데… 그만하면 남들보다 청춘을 빨리 즐긴 거 아닙니까?"

남주가 옆에서 거들고 나서자 그는 얼굴을 붉혔다.

"무슨 말씀이십니까? 아데는 제 딸이긴 하지만 양녀입니다."

그의 말에 빈은 여전히 짓궂은 표정으로 피식거려 댔다.

"초록색 머리카락이 그렇게 흔하던가? 게다가 젊은 성주님께선 아가씨들 사이에서 꽤 인기 많으시던걸요?"

그는 얼굴을 붉히며 버럭 소리를 질렀다.

"그런 게 아닙니다! 아데는… 저보다 나이가 많습니다."

응?

이건 또 무슨 엘프가 나무를 뽑아다가 숲에다 불 피우고 토끼를 구워 먹는 소리란 말인가?

"그녀의 이름은 아델라이데 그린시아. 임플란드에 있는 하이비스커스 산에 레어를 튼 그린 드래곤이죠. 제 말이 농담 같습니까?"

정색을 하고 되묻는 그에게 일행은 고개를 끄덕거렸다.

"당연히 농담이죠. 난 이런 이야기에 출현하고 싶지 않다구."

"그럼그럼. 나도 이런 이야기는 쓰고 싶지 않아."

"아무리 의외의 전개라지만 우리 고생하는 걸 생각하면 설아가 그럴 리가 없지."

"뭔가 잘못 아신 걸 거예요. 여기가 개나 소나 바닥에 굴러다니는 돌멩이나 전부 드래곤이라면 몰라도 이렇게 자주 드래곤이 나온다면 역시 곤란하다구요."

가희마저 웃기지도 않는 소리 그만 하라는 듯한 분위기를 풀풀 풍겨

대자 그는 가볍게 한숨을 내쉬었다.

"무슨 말씀들을 하시는 건지 잘 모르겠지만 믿고 싶지 않아 하는 그 마음은 충분히 이해가 갑니다. 사실 저도 믿고 싶지 않으니까요."

비장한 표정으로 현실임을 주장하는 그에게 남주는 소환책을 꺼내 보였다.

"거짓말이면 알죠?"

"…거짓말이 아닙니다. 그녀는 틀림없는 드래곤입니다."

제. 기. 랄!

"그런데 왜 당신보고 아빠라고 부르는 겁니까?! 당신이 드래곤이라도 된다는 거예요?!"

흥분된 어조로 따져 묻는 빈의 질문에 그렇다라고 대답했다면 소녀들은 그 자리에서 설아를 파묻어 비석을 꽂아버릴 기세로 그와 설아를 번갈아가며 노려보았다.

"제가 드래곤이었다면 아마 어제 그렇게 당하고 있지만은 않았겠지요. 게다가 이렇게 아가씨들께 경어를 쓰는 일도 없을 테고 말입니다."

그의 말에 설아는 안도의 한숨을 내쉬며 꼬마에 대해, 아니, 아델라이데에 대해 질문했다.

"그녀가 드래곤이라면 당신을 아버지라고 따르는 이유가 뭡니까?"

"그녀는 기억 상실증에 걸렸고 그 상태에서 제일 먼저 만난 사람이 접니다. 덕분에 암살 위험이 많은 길드 마스터로 지내면서도 목숨을 부지하고 있고, 가끔씩이긴 해도 이렇게 잡화점도 운영할 수 있는 것이죠. 아데에게 정도 많이 들었으니 이 상태로 지내는 것도 나쁘지 않다는 생각이 들지만……."

"들지만?"

"역시 이대로 있기에는 아데가 너무 가엾습니다."

그건 또 무슨 드워프가 진주로 구슬치기하는 소리란 말인가?

"이봐요, 혼자 비장한 건 좋은데 제발 알아들을 수 있게 설명해 봐요."

"…아데는 키리아라는 엘프의 연인이었습니다. 제게 아데를 부탁한 자가 바로 그 키리아라는 엘프였습니다. 엘리라는 여인과 사랑에 빠진 그가 그녀로 하여금 기억을 잃게 하는 곡을 연주하게 해서 지금에 이르게 된 것이죠. 그 엘리라는 여인은 이상한 피리를 연주해서 사람의 정신을 가지고 노는 재주가 있다고 했습니다. 엘프는 본바탕이 선량한 자고 엘리 씨 역시 자신이 직접 그녀를 죽일 정도로 모진 사람은 아니라 차마 죽이진 못하고 저희 길드에 죽여달라는 의뢰를 했습니다만 당신이라면 자초지종을 듣고도 죽일 수 있었겠습니까?"

"왜 하필 나한테 물어요?"

남주의 말을 무시하고 그는 계속 말을 이어 나갔다.

"그녀가 어린아이로 있는 것은 어린아이 상태로 있으면 최소한 버리지는 않겠다고 한 키리아 그 쳐 죽일 놈의 말 때문이었습니다. 어린아이 상태로 있으면 인간이라도 그녀를 처리하기가 쉬우니까 그런 말로 그녀를 꼬신 거겠지요. 어쨌거나 키리아에게서 전후 사정을 들은 저희는 기억을 잃은 아데를 죽였다고 보고하고는 제 딸로 키우고 있는 거죠."

"…당신, 도둑 길드 마스터와는 어울리지 않는 사람이군요."

설아의 말에 그는 씁쓸한 미소를 지었다.

"저희 아버님 유언도 그런 말씀이셨죠. 어울리지 않는 일을 하게 해서 미안하다라는……. 하지만 이런 일도 필요한 사람은 많은 법입니다. 잘해내야죠. 적당한 후계자가 나타날 때까지만이라도……."

그가 주먹을 불끈 쥐며 자신에게 다짐하듯 말하자 설아 역시 고개를 끄덕거렸다.

"좋은 마스터가 될 거예요. 아데라는 든든한 후원자가 있잖아요?"

"감사합니다. 아무튼 제가 이런 말을 하는 이유는……."

그는 소녀들을 바라보며 말끝을 흐렸다.

"말씀하세요."

가희의 말에 그는 안심한 듯한 표정으로 말을 이었다.

"하이 프리스티스님께서 이해해 주시리라 믿고 말씀드리겠습니다. 아데가 드래곤이라는 사실을 아는 사람은 그 당시 의뢰를 들었던 저와 제 심복 둘뿐입니다. 아무에게도 말씀하시지 않겠다고, 특히 교단 측에는 입도 뻥긋하지 않으시겠다고 약속해 주십시오. 그리고 또 한 가지… 프리에 있는 엘리라는 여인을 만나주셨으면 합니다."

"교단에 말하지 않는 거야 걱정하지 않으셔도 됩니다만 엘리를 만나 달라는 것은 무슨 의도십니까?"

"물론 공짜로 부탁드리겠다는 것은 아닙니다. 키리아가 살고 있는 엘프 마을은 인간에 대한 경계심이 심해서 지금까지 아무도 들어가 보지 못했다고 합니다. 물론 엘리라는 여인은 제외하고 말입니다. 인간이라고 해도 하이 프리스티스님께서 계시니 엘프들이 문전 박대하진 않을 테니 부탁드리는 겁니다. 이대로는 아데도, 그런 남자를 좋아하고 있는 엘리도 너무나 가엾습니다."

"옛 말에 남의 연애사에 관여하는 녀석이 있으면 자손 3대에 걸쳐 저주를 받아 마땅하다는 말이 있습니다. 저희는 그다지 관여하고 싶지 않아요. 당사자의 문제니까."

빈의 딱 부러지는 거절의 말에 남주는 울컥한 표정을 지었다.

"여자를 울리고 다니는 놈은 자손 만대에 걸쳐 저주를 받아야 해! 이대로 두자는 거야? 아데가 너무 가엾잖아!"

"그렇게 말을 한다고 해도 우리가 그 여자를 찾아가서 대체 뭘 어쩔 수 있다는 거야?"

짜증을 내는 빈에게 그는 머리를 숙였다.

"많은 걸 바라진 않겠습니다. 그저 키리아 몰래 그녀에게 아데가 살아 있다고만 전해주십시오. 그녀의 판단에 맡기겠습니다. 그러니 제발……."

"그러다 기억을 되찾은 아데가 반쯤 미쳐서 복수하겠다고 길길이 날뛰면 책임은 누가 질 거예요? 꼭 그런 게 아니라도 만약 그 엘리라는 여자와 키리아 둘이서 잘 먹고 잘살고 있으면 괜히 들쑤시는 꼴밖에 더 됩니까?"

빈의 말에 또다시 울컥한 남주는 설아를 향해 시선을 돌렸다.

"네가 결정해. 어차피 이건 네 이야기… 아니, 네 말이 가장 영향력이 크니까."

빈 역시 남주의 말이 맞다는 듯 잠자코 설아를 바라보았다.

"우리야 정의의 사자 아니겠어? 당연히 응징하러 가야지. 그보다 아데가 드래곤이라는 건 확실한 거겠죠?"

"그렇습니다."

"만약 아데가 기억을 되찾게 되면……. 뮤, 구슬 꺼내줘."

설아는 뮤로부터 봉인의 구슬을 받아 그에게 넘겼다.

"아데가 정신을 차리면 그 구슬을 아데에게 주고 그걸 가지고 레어에 돌아가 보라고 전해주세요. 세이드와 케니가 위험하다고 하면 바로 가볼 겁니다. 그 구슬은 아데가 정신 차릴 때까지 잘 보관하셔야 합니다."

"그럼 부탁을 들어주시는 겁니까?"

그가 기쁜 듯이 눈을 빛내자 설아는 고개를 끄덕거렸다.

"별로 할 일도 없으니 못 들어줄 것도 없죠."

"감사합니다. 대가로는 뭐가 좋겠습니까?"

"아니요. 이미 받았는걸요. 이 망고슈 말이에요."

생긋 웃어 보이는 그녀에게 그는 단호하게 고개를 저었다.

"아닙니다. 그것은 어차피 돌려 드리기로 했던 것이니 대가가 될 수 없지요. 원하시는 것이 있으시다면 말씀해 주십시오. 그것이 피닉스의 깃털이라도 구해다 드리겠습니다."

"아아, 그럴 필요 없어요. 우리도 부탁한 것 있잖아요. 그 구슬… 그냥 상대적인 거라 생각해 주세요."

남주의 말에도 그는 또다시 완고하게 고개를 흔들었다.

"아닙니다. 그렇게 위험한 곳에 보내는 건데……."

"그럼 우리한테 빚진 걸로 생각하시고 필요한 게 생기면 그때 들어주시는 걸로 하는 건 어떠세요?"

설아의 말에 그는 그제야 고개를 끄덕였다.

"그럼 그렇게 하겠습니다. 잘 부탁드리겠습니다."

일행은 그제야 그가 아가씨들에게 인기있는 이유가 무엇인지 알 것만 같았다.

"그럼 슬슬 나가보도록 하죠. 아데를 혼자 두려니 내키지가 않아서……."

소녀들은 그의 말에 따라 잡화점으로 올라갔다. 아데 혼자 앉아 있을 거라고 생각해 서둘러 올라온 보람도 없이 꼬마는 중년의 남자에게 안겨 있었다.

아마도 사정을 아는 그의 심복이라는 자 같았다. 그는 어제 소녀들이 난동을 피웠던(?) 그 장소에 있지 않았는지 그녀들을 알아보지 못했다.

"손님이 계셨군요. 다음에 다시 오겠습니다."

"아니, 괜찮아. 그것을 주문하신 손님들이시니까."

그의 말에 심복은 종이 봉투를 건넸다.

"하이 프리스티스의 신분증을 위조하느라 조금 애는 먹었지만 지금까지 것들 중 가장 정확할 것입니다. 그곳에 이름만 기입하시면 됩니다."

슬란드 인으로 표시된 그녀들의 신분증은 놀랍도록 정교했다.

귀족의 경우 집안을 상징하는 꽃이라거나 동물을 새기는 것이 대유행이었는데 그녀들은 모두 비둘기가 새겨진 신분증을 지니게 되었다.

"사촌 자매라고 되어 있으니 누군가 물어보거든 주의하십시오. 통행증은 슬란드에서 넘어온 것을 구할 수가 없어서 이곳에서 다시 만들었으니 이노르에서 분실한 것으로 처리하고 재발급받은 것이라 하십시오."

"감사합니다. 그럼 저희는 바로 가봐야겠군요."

"행운을 빕니다."

쉴드가 어쩌고저쩌고하는 인사는 서로를 위해 생략했다. 그의 경우 도둑이고 이쪽은 사이비니―설령 저쪽에서 눈치 채지 못했다 하더라도 사이비는 사이비니까―서로에게 편안한 인사는 아니었던 것이다.

"빠이빠이! 뮤야 친구도, 언니도 빠이빠이~"

아데는 중년남자의 품에 안긴 채 손만 흔들어댔다. 소녀들은 아데를 향해 생긋 미소를 지으며 손을 마주 흔들어주었다.

여관에서 낙타를 찾아와 마을 밖으로 나간 일행은 소환책에 있는 라미아가 그려진 소환진을 찾아 그녀를 소환해 냈다.

"오랜만이에요, 주인님."

라미아는 넉살 좋게 남주에게 인사를 걸어왔다.

"아아, 오랜만인 건가?"

"그럼요. 전의 주인님께선 하루에도 몇 번씩이나 불러주셨는걸요. 한가한 건 좋지만 지루한 건 질색이랍니다."

어쩐지 질책이 담긴 듯한 그녀의 말에 남주는 뒤로 한 발 물러서서 고개를 끄덕거렸다.

'왜 내가 부리는 소환수들은 하나같이 평범하지 못한 거지?' 라는 불평 아닌 불평을 속으로 늘어놓은 그녀는 라미아를 향해 한숨을 내쉬며 그녀를 부른 용건을 말했다.

"프리까지 최단거리로 안내해 줘."

"네, 주인님."

아크레의 수난

"그런 멍청한 소리를……. 당신 임플란드에 살면서 여태껏 한 번도 배를 타본 적이 없는 거요?"

미리엘 강을 거치며 별다른 고생 없이 바다로 나갈 수 있을 줄 알았건만… 완벽한 오판이었다. 강줄기가 좁아 배를 띄울 수가 없다는 것이 사람들의 말이었다.

괜한 헛걸음을 했다고 생각하며 서둘러 네일로 향했지만 그 역시 쉴드의 충실한 신자였다.

피치 못할 사정으로 설아 일행과 함께했을 땐 저녁에 돌아다니지 말라는 금기를 깼지만 혼자 있을 땐 그럴 엄두가 나지 않아 금기에 대해 더욱 철저해지는 그였다. 해가 지고 난 뒤의 컴컴한 하늘에 노출되는 것을 피하기 위한 일정을 짜다 보니 시간은 더뎌지고, 잠이 들면 일정이 늦어지는 것에 대한 망고슈의 질책과 재촉이 쏟아져 일일이 변명을 늘어놓는 고난의 연속이었다.

간신히 프리로 건너온 지금은… 운 나쁘게도 다시 임플란드로 쫓겨나게 생겼으니 문제는 바로 교단 측에서 준비해 준 워프 가루였다.

이노르는 임플란드와의 관계가 우호적인 곳으로 역사상 크고 작은 전투에 서로에게 많은 도움을 줬던 나라다. 덕분에 타국이라고는 해도 비교적 관대하게 서로의 나라를 자유롭게 왕래할 수 있었다. 그러나 그것은 평민과 성직자들에 한해서의 이야기인 듯 실상은 임플란드에서 낮은 지위에 있는 자에 대해 여간 까다로운 것이 아니었다. 그것은 임플란드 내에서의 이노르 인들에게도 마찬가지겠지만 입구에서 제재를 당해 버린 아크레의 심정은 비참하기 짝이 없었다.

"도대체 무슨 문제입니까? 제가 워프 가루를 지니고 있는 것은 교단의 허락을 받은 것입니다."

"그것을 저희가 확인할 도리도 없고 그곳과 이곳은 엄연히 국가가 다릅니다. 이노르에 오셨으면 이노르의 법을 따르셔야지요."

"주교님께서 허락하신 것인데도 그래야만 합니까?"

그의 말에 그는 미간을 찡그렸다.

"이것 보십쇼. 제가 그렇게 한가한 사람으로 보입니까? 아무리 주교님께서 임플란드 사람이라고는 하지만 함부로 그분을 입에 올리지 마십시오. 임플란드 인이 여기서 걸리면 십중팔구 주교님을 들먹거려 대는데, 상식적으로 생각해서 주교님께서 그런 말을 했던 사람들 모두를 일일이 다 만나고 다니셨을 만큼 한가하신 분입니까?"

아크레는 짜증스런 표정으로 그를 노려보았다.

"그럼 제가 거짓말이라도 한다는 겁니까?"

"글쎄요… 그것을 제가 알 수가 없으니 일단 제재를 가하는 것 아니겠습니까? 억울하면 주교님을 모시고 오십시오. 그렇지 않는 한 그 워프 가루를 지니신 채 이곳을 통과하실 수는 없으실 겁니다. 저희도 이러고 싶지는 않지만 요즘 폐하의 안전을 위협하는 무리들이 많습니다. 폐하의 암살 가능성을 사전에 막으라는 지시가 떨어졌으니 더욱 철저할 수밖에 없지요. 죄송합니다."

그 역시 왕을 모시고 있는 자로서 납득이 가는 말이긴 했다.

워프 가루를 지닌 자가 국왕을 암살하고 워프 가루를 사용해 도망갈 수도 있는 일인데다가 워프 가루 자체는 프리스트나 프리스티스들 같은 성직자들을 위해 만들어진 것이니 일반인인(?) 아크레가 갖고 있다는 것에 충분히 경계할 법도 했다.

"맡기기만 하면 되는 겁니까?"

한결 마음을 누그러뜨린 아크레가 질문하자 그는 이해해 줘서 고맙다는 표정으로 고개를 끄덕거리며 상자를 가리켰다.

"서명을 하시고 저곳에 놓아두십시오."

아크레는 한숨을 내쉬며 워프 가루가 들어 있는 낡은 가죽 주머니를 내려놓았다.

"그럼 잘 보관해 주십시오. 쉴드의 정의로움이 당신을 수호해 주시길……."

"즐거운 여행 되십시오. 쉴드의 정의로움이 당신을 수호해 주시길……."

워프 가루에 자꾸 눈길이 가긴 했지만 이미 벌어진 일이니 미련을 버리고 그는 처음 보는 마을에서 낙타나 사야겠다는 생각을 했다.

이노르라는 나라는 제대로 된 지도가 없는 나라였다. 사람이 살 수 있는 곳이라고 해봤자 마르윈의 사막 지대 몇 군데와 프리밖에 없는 곳이라 만일에 있을 전쟁을 생각해서인지 외부인에게는 절대로 지도를 주지도 않을 뿐더러 자신들도 제대로 된 지도를 갖고 있지 않았다.

말이야 쉽지만 이 넓은 곳에서 언제 설아 일행을 찾아내야 할 지…….

아크레는 눈앞이 막막해져 왔다.

눈앞에 펼쳐진 항구 도시 특유의 갈매기 떼가 날아다니는 하늘을 바라보며 그는 한숨을 크게 내쉬었다.

"하아~"

"어이, 거기!"

날카롭게 날아드는 여인의 목소리에 그는 고개를 들었다.

"네? 저 말입니까?"

"정의로운 쉴드의 이름으로 묻겠습니다. 당신은 쉴드를 믿습니까?"

아무리 주변을 두리번거려도 자신 외의 사람은 보이지 않았다.

"당신은 누구십니까? 어디에서 말씀하시는 겁니까?"

"묻는 말에 대답이나 하세요! 당신은 쉴드를 믿습니까?"

"숨어서 말씀하지 마시고 이리 나오십시오!"

버럭 소리를 치는 그의 말에 그녀는 차분한 목소리로 대답했다.

"마지막으로 묻겠습니다. 쉴드를 믿습니까? 대답이 없다면 믿지 않는 것으로 간주하죠."

"왜 그런 질문을 하는 겁니까?"

그의 말에 나무숲 사이로 바스락바스락하는 소리와 함께 십여 명의 엘프가 자신을 향해 활을 거누었고 자신의 눈앞으로 소녀 한 명이 날렵하게 뛰어내려 왔다. 밝은 갈색의 긴 생머리와 유난히 하얀 얼굴에 날씬한 체형으로 보는 사람의 보호 본능을 일으키는, 그리고 어딘지 모르게 낯익어 보이는 미소녀는 아크레를 향해 생긋 미소를 지었다.

"당신은 가희님?!"

외전

시작, 그 이전의 이야기

"판타지 작가가 되고 싶습니다."

'아다마스' 라는 학교의 면접 시험이 있는 날 나의 앞 번호의 여자아이는 흔들림없는 눈동자로 한 치의 망설임도 없이 면접관이 묻는 질문에 답변했다.

'자네는 어떤 장르의 글을 쓰고 싶은가?' 라는 질문은 의례적이었지만 그녀의 대답은 조금 의외의 것이었다. 판타지를 전공하고 싶은 거라면 '아다마스' 보다 잘되어 있는 학교가 많다.

나는 그녀가 이곳처럼 보수적인 곳에서 판타지를 전공하고 싶어하는 이유를 알고 싶다는 호기심에 면접관과 그녀가 하는 이야기를 좀 더 유심히 듣게 되었다.

"왜 하필이면 판타지인가? 솔직히 우리 나라에선 판타지는 문학 취급도 못 받고 있다는 것을 모르는 건가? 게다가 이곳의 소설가 양성반은 문인 배출이 주 목적일세. 여러 가지로 자네에겐 불리하네. 판타지라면 다른 학교에도 세분화되어 나누어진 과가 제법 많을 테니 굳이 이 학교가 아니어도 될 텐데?"

면접관의 말투가 어쩐지 '우리 학교에 들어오지 말라' 는 듯한 말투라서 나는 그것이 나와는 전혀 상관없는 일임을 알고 있는데도 불구하고 내 일인 것처럼 긴장되어 꼭 쥔 주먹에 자연스럽게 힘이 들어갔다.

만약 면접관으로부터 저런 말을 듣는다면 난 어떤 태도를 보일지 자신이 없었다.

"좋아하는 것에 이유가 있어야 합니까?"

"그런 질문을 한다는 것 자체가 너무 어린 발상이네. 좋아하는 것에는 확실한 이유가 있어야 하지. 그래야 힘들 때마다 그 이유를 떠올리며 자신을 추스를 수가 있는 법이거든."

옆에 앉은 면접관이 한마디 거든다.

"이곳은 좋아하는 공부를 하기 위해, 만일 작가가 되지 못한다고 해도 최선을 다했으니까 서운하지만 할 수 없다는 마음가짐으로, 그렇지만 스스로가 납득할 수 있을 때까지 전력을 다해 부딪쳐야 할 곳이다. 라이벌이 될 친구들도 대단한 재능을 지닌 네 또래들이지. 이런 말은 우스울지 모르겠지만 남들이 너에게 글을 '조금' 잘 쓴다는 칭찬을 했다고 해서 그 말만 믿고 이곳에 들어왔다가는 1년도 못 버티고 울면서 뛰쳐나갈 거다."

어쩐지 마음속을 파고드는 말이었다.

이곳에 모여든 아이들은 모두 글을 '조금' 잘 쓴다는 말을 듣던 수준들이 아니라 대회 같은 것이 열리면 두말할 것 없이 대표로 모였던 아이들이 대다수다. 장래에 작가가 되어 있는 것이 아주 자연스럽게 머리 속에 그려지는 아이들이 모이는 곳이다. 덕분에 나의 주변에 있는 아이들도 말을 하지 않아서 그렇지 대부분 조금씩은 낯이 익은 아이들이었다.

"좋아하는 것이 이유를 만들고 난 이만큼 했는데도 안 되니까 포기한다라구요? 그럼 그게 정말 좋아하는 것 맞습니까? 좋아하는데 포기가 된다는 말입니까? 단지 재능이 없다는 이유로 그렇게 쉽게 말입니까?"

소녀의 목소리는 기가 차다는 듯한 감정이 가득했다.

"어쨌거나 여기 있는 모든 학생이 작가가 될 수는 없는 것이니까."

냉정한 면접관의 말에 소녀의 표정이 굳어졌다.

현실은 무서운 것이다. 꿈만으로는 지탱되지 않는다.

내가 하고 싶은 일을 하기 위해 열심히 길을 찾고는 있지만 앞날에 대한 보장 같은 것은 아무도 해주지 않는다.

"판타지 작가가 되고 싶은 이유는 있습니다. 글 쓰는 걸 좋아하는데 제가 가장 즐겁게 쓸 수 있는 것이 판타지이기 때문이죠. 저는 가능하다면 이 학교에서 수업을 받고 싶습니다. 그러나 지금은 제가 잘못 생각하고 있는지도 모른다는 생각이 드는군요. 적어도 학교에 면접을 보러 온 학생에게 포기하는 법을 먼저 가르치는 학교 이야기는 학교 안내 CD에도 들어 있지 않았거든요."

"비꼬는 건가? 자네는 글을 쓰기 전에 어른을 대하는 태도부터 다시 배워야 할 것 같네."

"불쾌하셨다면 사과하겠습니다만……."

그의 말에 그녀는 일단 자신이 건방져 보인다면 사과한다는 말로 그의 굳어진 얼굴을 풀도록 만들었다. 그러나 그녀에게서 이어져 나오기 시작한 말들은 면접관으로서는 용납하기 힘든 말들의 연속이었다.

　"작가는… 그렇게 대단한 것인가요? 작가를 무시하는 것이 아니라 제가 말하고 싶은 것은 스스로 글을 쓰고 그것을 봐주는 사람이 자신을 포함해서 단 한 사람의 독자라도 존재한다면 그 사람은 이미 작가가 아닙니까? '프로'가 되는 것이 힘들다는 것은 잘 알고 있습니다. 그렇지만 재능이 없다는 것을 알면서도 글 쓰는 것이 좋아 거기에 매달리는 사람에게도 당신은 이제 쓸데없는 짓 좀 그만두라고 해야 하는 겁니까? 남이 보기에 쓸데없는 짓이지만 그 사람에겐 절실한 문제인데도 그만두라고 해야 하는 겁니까?"

　소녀의 질문에 소설가 양성반의 면접을 보러 왔던 모두의 시선이 그녀에게로 집중되었다. 글을 쓰는 사람이라면 누구나 자신이 재능이 없다는 생각을 한두 번쯤은 해봤을 것이다. 그리고 그런 이유 때문에 고민하는 일도 많았을 것이고 앞으로도 그런 고민들은 계속될 것이다.

　소녀의 질문은 어쩌면 내가 묻고 싶어하는 질문과 똑같을지도 모른다.

　"여기는 우리가 면접을 보는 곳이지 학생에게 학교를 면접 보이는 곳이 아니란다. 질문에 대한 대답만 하도록 해. 학생에게는 다른 학교가 어울릴 수도 있네. 그런데도 꼭 이 학교여야 하는 이유는 뭔가?"

　"판타지를 문학으로 인정받게 하기 위해서입니다."

　그녀의 말에 면접관은 어이없는 표정을 지었다.

　"구체적으로 말해 보게."

　"작가 양성반에서 시와 소설을 구분해서 과를 만들었다는 소리를 들어보신 적이 있습니까? 제가 알기엔 이 학교도 '소설가 양성반'이라고 하지만 시와 소설을 함께 가르친다고 알고 있습니다만……."

그녀의 말에 면접관은 고개를 끄덕였다.

"그래, 나도 시와 소설을 완전히 따로 구분해서 그것만 가르치는 곳이 있다는 이야기는 들어본 적이 없네."

바로 그런 대답을 기다렸다는 듯 소녀의 얼굴이 밝아졌다.

"다 같은 문학이니까 따로 떨어지지 않았던 거예요. 판타지도 문학이니까 당연히 떨어져선 안 된다고 생각해요. 시인이 되고 싶다고 시만 공부하는 것은 아니지 않습니까? 문학이라는 것을 인정하라고 이야기하면서 문학으로부터 떨어져 나오려는 것은 모순이죠."

"이미 세분화되어 버렸는데 우리 학교로 온다고 뭐가 달라지는 건가?"

"…달라지리라는 기대보다 이렇게 이야기를 해보고 싶었던 건지도 모릅니다. 테스트 결과를 보셨으면 아시겠지만 별다른 재능이 없는 제가 많은 문인들을 배출해 낸 이 학교에 면접을 보는 것이 아니라면 단 한 번이라도 학생 자격으로 들어와 볼 수 있을 기회를 가질 수 있을지 전혀 짐작을 할 수가 없어서……. 여기는 정말 잘 쓰는 사람들이 모이는 곳이니까 만일 판타지를 하시려는 분이 계신다면 이런 생각을 가진 사람이 있다는 것도 알아주셨으면 해서요. 지금 저와 이야기를 하시면서 판타지는 단지 재미만을 위한 장르라고 말씀하실 수 있습니까? 판타지를 쓰기 위해 이렇게 절실하게 매달리는 제 앞에서 쓰레기라는 말을 하실 수 있습니까?"

그녀의 말에 면접관의 표정이 딱딱해졌다.

"질문은 하지 말라고 했을 텐데……. 자네야말로 말은 그렇게 하면서 판타지를 쓰려는 이유가 단순히 다른 쪽의 작가가 되는 길보다 쉬워 보이거나 돈이 잘 벌릴 것 같아서 그러는 것은 아닌가? 자네 정도 글을 쓰는 사람은 잘 살펴보면 어디에나 널려 있어. 잔인한 말 같지만 그게 현실이네. 자네도 그 사실을 잘 알고 있는 것 같은데… 아닌가? 그런데도 굳이 글은 쓰고 싶으니까 만만해서 잡은 것이 판타지는 아니었는지 난 그게 의심스럽네.”

그녀는 그의 말에 울컥한 표정으로 입을 열었다.

“얼핏 보기에도 문단에 등단하는 것보다 판타지 작가가 되는 것이 더 쉬워 보이는 건 사실입니다. 그러나 ‘작가’ 로 인정받는 것은 어렵죠. 실제로 제 또래의 아이들도 판타지를 수준있게 봐주진 않아요. 물론 작가 탓도 있지만 인식 탓도 큰 것 같아요. 돈에 대해서는… 작가는 고정급이 있는 직업도 아니고 수입이 전혀 없는 때도 있으니까 벌 수 있을 때 많이 벌어서 나쁠 것은 없잖아요? 그렇지만 이건 꿈일 뿐이고 솔직히 작가가 그렇게 많이 벌 수 있다는 생각은 들지 않아요. 제가 ‘프로’ 도 아니고 게다가 아직 어리니까 돈에 관련된 이야기는 잘 모르지만 과거에는 대여점이라는 것과 인터넷이라는 것이 있어서 작가들이 손해를 보는 경우가 빈번했다고 하죠? 반품되는 책들도 있었고 사서 보는 문화가 아니었으니까요. 하지만 그런 것은 요즘도 크게 다르진 않잖아요? 이런 거 저런 거 다 떠나서 쉽게 쓰여지는 글이라는 게 세상에 있기나 하는 겁니까? 이런 말은 건방지겠지만 전 논설문을 쓰는 것보다 판타지를 쓰는 게 더 어렵습니다. 판타지가 쉬울 거라는 생각은 한번 써보지도 않고 읽어보기만 한 사람들의 오만이 아닐까요? 쓰여진 것을 보고 비판하는 것은 써보고 나서 비판하는 것보다 입 밖으로 이야기하기가 더 쉬운 법이니까요.”

나와 같은 또래라는 생각이 들지 않을 정도로 계산적인 대답인 것 같았다.

"뭐… 그렇다고 해서 제가 작가만을 옹호한다는 생각은 말아주십시오. 작가를 꿈꾸고야 있지만 저 역시 한 사람의 독자에 불과한걸요. 작가에게 못마땅한 점이야 저도 상당히 많다구요. '프로'에겐 나름의 사정도 있겠지만 '아마추어'인 제가 보기엔 그것도 나름대로 배부른 소리 같기도 한걸요. 아무리 '프로'라도 아마추어 때는 사실 자기 돈 주고 책을 만들어서 통신 판매라든가 행사에 참여한다든지 해서 매번 손해만 보는 것을 알고서도 이 일에 매달리는 경우가 부지기수였을 텐데… 개구리 올챙이 적 생각 못한다고, 지금의 저처럼 굶어 죽어도 좋으니까 글만 쓰고 살았으면 좋겠다는 생각을 하던 때가 분명히 있었을 거라는 생각이 가끔씩 들기도 하죠. 그만큼 요즘에는 돈을 벌기 위한 글들이 많으니까 실망할 때가 많아요. 작가의 환경이 열악하다는 것을 알고 시작한 사람들이면서 이런저런 문제를 들쑤시며 독자에게 독자의 자격을 묻는 작가들을 보면 '작가'의 자격이 의심스러울 때도 생기거든요. 과연 내가 '프로'가 되고도 이런 말을 계속할 수 있을지는 장담할 수 없지만… 적어도 '최선을 다했으니까 어쩔 수 없어' 하고 등을 돌리고 싶진 않아요. 등을 돌릴 수 있다는 것 자체가 최선을 다했다는 소리는 아니니까."

감정이 섞인 탓일까? 약간은 정리가 되지 않은 듯한 그녀의 말에 면접관은 살짝 미간을 찡그렸다.

"아무튼 학생은 이 학교에 들어오고 싶다는 말인가?"

면접관의 짜증 섞인 말투에 그녀는 가벼운 한숨을 내쉬며 고개를 끄덕였다.

"결과는 집으로 통보가 갈 거다. 다음!"

그녀는 면접관을 향해 가볍게 목례를 하고는 면접실 문 밖으로 나갔다.

솔직하게 말하자면 나는 이미 합격이 예정되어 있던 상태였다. 여러 가지 추천 서류에서도 그렇고 이 학교에서 주최했던 대회에서도 좋은 결과를 냈었기에 가능한 일이다.

오늘 이렇게 면접에 나온 것은 말하자면 그저 확인 도장을 찍는 것이었다. 이 학교에 들어갈 의사가 있다는 최소한의 성의를 보인다라고 할까…….

그녀를 만나기 전까지는 그 사실에 대해 아무런 느낌도 들지 않았었다.

만나고 난 지금이 문제다. 뭔가 찜찜하다.

나는 그녀와 같이 이런저런 문제에 대해 심각하게 생각해 본 적이 없다.

그것은 내가 어려서이기도 하겠지만 그런 것보다 그녀만큼 미래에 대해 진지하게 생각해 보지 않았기 때문인지도 모른다.

솔직히 이야기하자면 나는 글을 쓰는 것보다 보는 것이 더 좋다. 그럼에도 이 학교에 온 것은 내게 어느 정도 글을 쓰는 재능이 있지 않을까 싶은 안이함에서였다.

물론 나도 글을 쓰는 것을 좋아한다. 그렇지 않으면 10년씩이나 다니게 될 학교에 소설만 쓰겠다고 들어올 수는 없었을 것이다. 내가 이 학교에 오기로 결정한 것도 나름대로 심사숙고해서 내린 결론이었다. 문제는 현재의 나의 기분이었다.

내가 면접을 끝낼 때까지의 시간은 얼마 걸리지도 않았다.

면접관은 그녀처럼 내게 까다로운 질문을 해대지 않았던 것이다.

“이름은?”

　내게는 단지 본인을 확인하기 위한 이름이 뭐냐는 질문밖에 하지 않았던 것이다.

　곰곰이 생각에 잠겨 있는데 저만치에서 그녀의 뒷모습이 보였다. 친구인 듯 그녀보다 머리 하나 이상은 차이가 나는 키가 큰 소녀와 담소를 나누는 듯했다(사실 처음엔 그녀의 짧은 머리 덕분에 그녀의 남자 친구인 줄 알았었다).

“벌써 끝났네?”

“빈이 너도 끝났구나. 어땠어?”

“가뿐했지. 아무래도 사전 준비를 잘했으니까.”

　키가 큰 소녀는 면접실에서 본 기억이 나지 않는 걸 보면 지망한 과가 다른 곳인 것 같았다. 면접을 잘 봤다며 신이 난 표정으로 수다를 떨어대는 그녀가 조금은 얄미워 보였다.

“저기…….”

　인상이 강하게 남았던 탓일까.

　소녀에게 말을 걸어보고 싶었던 나는 그녀를 불러 세웠다.

　소녀는 잠시 주변을 두리번거리더니 손가락으로 자신을 가리켰다.

“나?”

“응. 안녕? 난 가희라고 해.”

“그래. 안녕? 난 설아야. 이쪽은 빈이.”

“안녕! 그런데 무슨 일이야?”

“응?”

멍하게 있는 나에게 빈이라는 소녀가 피식 미소를 지었다.

"네가 불렀잖아?"

용건없이 불렀다고 하면 실없는 아이가 되어버리는 걸까?

"그냥… 나도 소설가 양성반에 면접 봤는데 다음에 보게 되면……."

'친하게 지내자' 라는 말이 어쩐지 나를 관찰하는 듯한 소녀들의 매서운 눈초리에 입에서만 맴돌았다.

'내가 널 언제 봤다고 날 붙잡고 친한 척하는 거냐 고 할 것만 같아 말꼬리를 흐리고 있는데 설아가 생긋 미소를 지으며 내가 하고 싶었던 말을 이어주었다.

"그래, 다음에 보면 친하게 지내자."

의외의 붙임성에 나는 그녀를 따라 생긋 미소를 지었다.

시간은 흘러 입학식 날이 되었다.

뭔가 시끌벅적한 분위기에 소외감을 느낀 나는 혹시나 아는 사람이 있을까 싶어 주변을 둘러보았고 나와 얼마 떨어지지 않은 곳에 그녀가 있다는 것을 발견했다.

나를 기억하고 있을지 어떨지 몰라 우물쭈물하고 곁에 가지 못하고 있는데 그녀 쪽에서 먼저 다가오더니 어딘지 모르게 졸린 눈으로 아는 척을 해왔다.

"안녕, 가희야? 기숙사 잘 찾아갔니?"

"으음, 나 조금 헤맸어."

"그래? 그게 조금 헤맬 만한 거였나?"

"후후, 나 길치거든."

쑥스러운 듯 말하는 내게 그녀는 졸려 보이는 눈을 번쩍 뜨며 반문했다.

"에? 길치라고?"

"응, 남들 한 시간 걸리는 거리를 난 두세 시간은 걸려야 찾아가니까."

나의 말에 그녀의 얼굴이 붉어졌다.

"어이, 설아야!"

빈이라고 했던가?

지난번에 설아와 함께 있었던 키가 큰 소녀가 설아를 발견하고는 우리 쪽을 향해 달려왔다.

"우리 기숙사 같이 쓰도록 허락받았어."

"응? 너희 방 같이 쓰니?"

내가 부럽다는 듯한 말투로 묻자 빈은 귀찮아 죽겠다는 표정으로 설아의 등을 쿡쿡 찔러댔다.

"설아 말이야, 짐 가지러 간다고 나갔다가 어제 몇 시에 방 찾아왔는지 아니?"

"글쎄… 기숙사가 길 찾기 쉽지 않았으니까……."

"낮 두 시에 나간 애가 밤 열 시까지 짐 들고 헤맸단다. 기숙사 점검한다고 돌아다니던 사감 선생님 아니었으면 아직도 헤매고 다녔을걸."

그녀의 말에 설아는 나를 의식한 듯 무안해했다.

"그러니까… 그게 조금 헤맬 만한 게 아니었다니까. 너무 복잡했다구."

"그래그래, 그러시겠지. 오죽하면 사감 선생님께서 두말 않고 방을 바꿔주시더라. 애 길 잃고 헤매는 일 없도록 도와주라고."

그녀의 말에 나는 피식 미소를 지었다.

"너희 방 어딘데?"

"E-29호. 나야 잘됐지. 소설가 양성반 애들 방 쪽이 다른 애들 기숙사처럼 닭장 같은 데에 비하면 거의 원룸 수준이니까. 애 본다고 생각하고 조금만 고생하지 뭐."

빈이의 말에 나는 또다시 웃음이 나왔다. 딱 부러지고 어른스러웠던 첫인상에 비해 그녀는 예상외로 덜렁거리는 듯 빈이에게 좀 과하다 싶을 정도로 갈굼을 당하고 있었던 것이다.

"그럼 나랑 아침마다 강의실 같이 갈래? 내가 그쪽으로 갈게."

"오오, 그렇게 해주면 좋지~ 저 구박마녀로부터 자유로워질 테니까."

설아가 신난다는 듯 말하자 빈은 그녀의 목에 팔을 걸며 살짝 미간을 찡그렸다.

"무슨 마녀?"

"구박마녀."

생긋 웃는 설아의 목을 조르며 그녀는 다시 목소리를 깔았다.

"이 언니의 노고도 모르고 무슨 마녀?"

"케켁! 자, 잘못했어."

"후후, 이 넓은 아량으로 언니가 오늘만 참아준다."

빈의 팔에서 벗어난 설아는 잽싸게 나의 등 뒤로 숨으며 빈의 약을 올렸다.

"메롱! 메롱! 구박마녀~ 잔소리 대마왕~ 생일도 내가 두 달은 빠르다 뭐."

…저런 성격이었던가.

"이리 와! 이리 와! 너 죽었어!"

손가락을 까딱거리는 빈에게 그녀는 또 혀를 낼름 내밀었다.

"메롱! 오란다고 가면 바보지. 메롱!"

설아와 빈을 보고 있자니 자꾸 웃음이 나왔다.

"어이! 뭐 하냐?"

"오오~ 남주야, 구박마녀가 구박해."

자신을 발견하고 오는 친구로 보이는 소녀에게 쪼르르 달려가 숨어 버리는 설아에게 조금 서운함을 느끼고 있는데 그쪽에서 나를 보고 아는 체를 해왔다.

"어? 가희야? 너희들 아는 사이야?"

남주라고 했던가? 가만히 보니 내 룸메이트였다.

어제는 짐 정리하느라 정신없어서 제대로 이야기도 못해보고, 아침에는 남주가 없어서 그냥 혼자 나왔었는데 설아와 아는 사이였나 보다.

"너희는 어떻게 아는 사이인데?"

설아의 질문에 남주는 머리를 긁적거렸다.

"내 룸메이트!"

"오오, 그래? 잘됐다. 앞으로 너희 방 놀러 갈 때 편하겠는걸. 룸메이트 눈치는 안 봐도 될 테니까."

"어이, 그런 이야기는 길부터 다 익히고 하시지~"

빈이의 말에 남주는 짐작 가는 게 있다는 듯 걱정스러운 눈으로 설아를 바라보았다.

"혹시 너 짐 옮기다가 길 잃어버리진 않았냐?"

"왜 아니겠어. 사감 선생님이 주워왔다, 주워왔어!"

"어쩐지 그럴 것 같더라. 하여튼 길치… 무섭다니까."

"과찬의 말씀입니다만……."

“칭찬 아니다.”

쿨하게 내뱉는 남주의 말에 설아는 어깨를 으쓱거렸다.

“네! 네!”

“너도 참 고생이다. 앞으로 어떻게 기숙사랑 강의실이랑 왔다 갔다 할래?”

“메에~ 로옹~ 걱정 안 해도 돼. 가희랑 같이 다니기로 했으니까.”

의기양양하게 웃고 있는 설아를 보며 남주와 빈은 동시에 내 어깨에 손을 올렸다.

“가희야.”

“응?”

“저딴 녀석 버려 버려. 친해지면 무지하게 귀찮아져.”

“우아앗! 너무해!”

나는 세 명의 소녀를 향해 생긋 미소를 지으며 천천히 입을 열었다.

“후후, 어쨌거나 모두 잘 부탁해.”

“이쪽이야말로.”

그녀들을 대표하기라도 하듯 설아는 장난스런 표정을 지어 보였다.

그렇게 그녀들과 함께 4년을 보냈다. 난 아직도 어리고 그녀들도 어리다. 많이 친해진 지금에도 예전에 느꼈던 그 찜찜함이 사라지지 않는다. 오늘 같은 날은 더 더욱 그랬다.

판타지 토론 수업이 있었고 판타지 작가 지망생인 그녀는 한참을 토론에 열을 올렸다.

평소 자신의 재능 여부에 콤플렉스가 있다는 건 알고 있었지만 그녀의 화가 난 듯한 태도는 4년 동안 한 번도 본 적 없는 것이었다.

면접 본 날을 제외하면 4년 내내 그녀는 속에 있는 진지함을 아무에 게도 보여주지 않았고 아이들에게도 그녀는 성격이 좋은 사람으로 인 식되어 있었다.

그러나 그녀는 아무런 노력 없이도 자신보다 좋은 학점을 받는 아이 들에게 유난히 날카로웠다. 자신이 몇 년을 노력해서 갈고닦아 놓은 것을 재능있는 아이들은 몇 분이면 깨우쳐 버린다는 것이 싫다고, 그 짧은 순간에도 뒤처진다는 생각을 하게 돼서 비참하다고 했다.

언제나 함께 돌아가던 길을 혼자 걸어가며 나는 또다시 그 찜찜한 기분에 시달렸다. 그녀의 방에 들러보고 싶었지만 그녀가 좋아하지 않 을 것 같아 그만뒀다.

얼마 동안 방 안에 멍하니 앉아 있었을까.

남주가 들어오더니 나를 보고 생긋 웃는다.

"가희야, 설아 방에 놀러 가지 않을래? 설아가 맛있는 거 준다고 오 래."

"오늘은 안 가는 게 좋을 것 같은데……. 설아 지금 기분이 안 좋을 거야."

"아아, 오다가 만났어. 그렇게 기분 나빠 보이진 않던데? 설아가 너 한테 뭐라고 했어?"

"아니, 설아가 내게 미안해할 만한 일 같은 건 없었어."

"으음… 그렇게 말하는 것치고는 기분이 안 좋아 보이네. 설아 일로 기분이 나쁜 게 아니라면 무슨 일이라도 있었어?"

"나 말이야… 설아를 보고 있으면 미안하고 찜찜해. 난 그 애만큼 글에 매달려 본 기억이 없거든. 재능이라는 건 나보다 그런 애에게 주 어져야 하는 게 아닐까?"

남주가 나가려다 말고 내가 앉아 있는 침대에 걸터앉으며 한숨을 내쉬었다.

"하아~ 이봐, 친구. 너 재능이라는 게 뭐라고 생각해? 물론 잘 쓰는 건 중요해. 적어도 작가를 하고 싶어하는 사람들이니까. 그런데 그것보다 중요한 게 있어. 설아를 떠나서 넌 글 쓰는 그 자체를 싫어하는 거야?"

"아니, 좋아해."

"설아 글 쓸 때 넌 노니? 물론 정도의 차이라는 건 있겠지만 노력은 누구나 하는 거야. 네가 그 녀석에게 그런 감정을 느낄 필요는 없어. 난 그 녀석 재능이 있다고 생각하거든."

"물론 나도 설아가 재능이 없다는 생각을 하는 건 아니야. 설아 글은 나도 좋아하니까……."

나의 말에 남주는 두 손을 휘휘 저었다.

"아아, 그런 게 아니야. 너 신이 모차르트와 베토벤 누구에게 더 많은 재능을 주셨다고 생각해?"

신동이라거나 하늘이 내려준 재능으로 대표되는 모차르트와 집념의 화신 베토벤이라…….

"그거야 당연히 모차르트 아니야?"

"땡! 베토벤이야. 관점의 차이는 있지만 난 재능은 열의라고 생각하거든. 모차르트는 천재일지는 몰라도 불쌍하지 않아? 재능은 사람을 행복하게 만드는 거야. 그가 아무리 노력한다고 해도 다른 사람에게는 그 노력이라는 게 보이지 않아. 그는 천재니까 잘하는 것이 당연한 거라고 생각하지."

"베토벤은?"

"뭐… 건강한 시절의 베토벤이야 내가 보기엔 워낙 잘나서 그다지 마음에 들지 않지만… 신이 베토벤에게서 가져간 걸 생각해 봐. 내가 모차르트보다 그가 더 재능이 있다고 생각하는 건 바로 그 시절 때문이니까. 계속 음악을 할 수 있었던 열의가 좋은 곡을 만들도록 한 거잖아. 모차르트에게 만일 청각을 뺏어갔다거나 시력을 뺏어갔다면 그는 음악을 할 수 없었을지도 몰라. 눈을 가리고도 피아노로 거장의 곡을 치는 놀이를 할 수 있을 정도로 능력은 있지만 그는 겁쟁이거든."

남주의 말에 나는 가벼운 한숨을 내쉬었다.

"그렇지만 열의만 가지고 재능이라고 할 순 없어. 베토벤과 모차르트는 그렇다 치더라도 모차르트보다 살리에르가 재능이 있다는 말은 할 수 없잖아?"

그녀는 나의 말에 피식 미소를 지었다.

"열의와 질투를 착각하지 마. 만약 살리에르가 모차르트를 시기하는 시간에 작품 하나라도 더 매달렸다면 모차르트보다 더 좋은 음악을 만들어낼 수 있었을지도 모르지. 설아는 자기를 살리에르라고 생각하지만 내가 보기에 그 녀석은 베토벤 과야. 물론 하도 재능없다고 꽥꽥거리고 다녀서 살리에르처럼 보일 수도 있겠지. 그 녀석이 살리에르와 다른 점은 다른 사람에 비해 터무니없이 졸작을 만들어냈다고 해도 다음 순간에는 언제나 더 나은 글을 쓰기 위해 자신의 글에 매달린다는 점이야. 언젠가 기회가 되거든 한번 설아에게 물어봐. '넌 죽으면 제일 먼저 뭐 하러 갈 거냐'고. 그 녀석은 분명히 신에게 따지러 간다고 할 거야. 아직 쓰고 싶은 게 잔뜩 있는데 왜 벌써 불렀냐고. 뭐, 재능이 '있니', '없니'에 대해서도 시끄럽게 따져 댈지도 모르지만 내가 보기엔 그건 신이 자기에게 내려준 조건을 따질 때 옵션으로 붙어가는 정도일 거고⋯ 지난번에 '네 유언 뭐라고 남길래?' 라고 물으니까 이제까지 자기가 썼던 원고를 모두 끌어안고 죽게 해달라고 이야기할 정도로 집착이 대단한 애야. 저런 녀석이 많으면 신도 얼마나 골 때리겠냐. 저 녀석처럼 집착할 필요는 없어. 저 녀석과 똑같지 않다고 해서 네가 원고에 대해 전혀 집착하지 않는다고 말할 수 있니? 사람마다 집착하는 방법도 다 다르다구. 뭐⋯ 말이 횡설수설해서 이상하긴 하지만 내 말 뜻은 저 녀석은 저 녀석이고 넌 너니까 그런 건 신경 쓰지 않아도 된다는 거다."

남주의 말에 나는 피식 미소를 지었다. 설아가 신에게 따질 목록을 들고 줄줄 읊는 장면이 자연스럽게 머리 속에 떠올랐기 때문이다.

"지금은 설아가 널 많이 부러워하고 있는 것처럼 보이는데 솔직히 말해서 설아를 부러워하는 건 너도 마찬가지 아니야?"

"응?"

내가 부러워하고 있다고?

"네가 말하는 찜찜함이라든가 설아에게 미안하다는 생각을 하는 것 자체가 그 녀석이 한 길을 보고 곧장 그 길로만 따라가는 게 부러워서 하는 이야기 같아 그런다. 하나에 푹 빠져 버리는 것도 아무나 할 수 있는 일은 아니니까."

그렇구나⋯⋯. 난 그런 걸 부러워하고 있었던 거구나.

"응, 그런 거 부러워."

"그것 봐. 그러니까 너희 둘은 애초에 서로에게 미안해할 필요가 없다니까. 생각하는 방식도 다르고 주어진 것부터가 다른걸. 아아, 너무 잘난 척 떠들어댔더니 배가 고프다. 가자! 설아 기다리겠어."

남주의 말대로 우리는 설아의 방으로 향했다. 아무리 벨을 눌러도 반응이 없기에 남주가 문이 열려 있나 살펴보았더니 잠기지 않았는지 문이 저절로 열렸다.

"뭐야? 놀러 오라고 하더니 자기들끼리 자고 있는 거야?"

남주와 내가 설아와 빈을 깨우기 위해 그녀들을 건드리는 순간 우리는 정신을 잃고 그 자리에 쓰러져 버렸다.

이것이 우리가 이 프로그램에서 헤매고 다니게 된 이유지만 어쩐지 상황이 점점 재밌게 변하고 있었다. 나는 이곳에서 어쩌면 내가 갖고 싶어했던 열의를 설아에게서 배울 수 있게 되지 않을까 하는 생각이 들어 즐거워졌다.

이런 말을 하면 빈에게 구박받을 것 같아 입 밖으로 내진 못했지만 이곳에서 좀 더 오래 있었으면 하는 생각이 들었다.

프로그램이 우리들의 모험에 대한 시작을 알린다.

—그럼 전 이만……. 즐거운 모험 되시길.

〈제1권 끝〉

설정집

안녕하세요! 언어의 마술사로 맹활약 중인—그다지 맹활약은 아니지만 본인은 자신의 비중이 크다는 것에 대해 꽤 기뻐하는 듯—설아입니다.

음… '그들만의 어드벤처' 를 조금 더 재미있게 볼 수 있도록 용어와 여러 가지 설정에 관한 설명을 하라는 작가의 독촉에 만만한 제가 제일 먼저 불려 나왔답니다. 헤헤.

일단 어드벤처의 세계는 두 가지로 나뉘어 있죠. '현실' 쪽을 먼저 소개해 드릴 게요.

저희 '아다마스' 학교는 실제로 하고 싶어하는 공부를 위주로 진행되는 수업 덕분에 많은 학생들이 다니고 있습니다.

교가나 교훈, 여러 선생님들의 특성이야 다른 학교와 다 비슷비슷해요. 뭐, 그런 거 있잖아요. 성실이니 정직이니… 학교의 명예를 빛내라는 등의……. 그리고 보니 소설가 양성반 옆의 기자 양성반은 '마감 못 지키고 뺀 은 자들 우리들이 묻어준다' 라는 이상한 급훈을 달고 있었던 것도 같네요. 그렇지만 그건 특이한 경우고 앞서 말한 것처럼 대부분이 성실이 어쩌고 미덕이 어쩌고 하는 평범하기 짝이 없는 급훈 아래 공부를 하고 있죠.

저희 소설가 양성반은 토론과 끊임없는 과제로 프로가 되기도 전에 배짱 튕기는 법을 배우고 있는 것 같습니다. 후후. 100% 기숙사 제도에 2인 1실 이라는 좋은 제도 덕분에 통학에 별다른 고생은 하지 않습니다.

그럼 판타지 세계는 어떻냐구요? 글쎄요, 일단은 제가 그렇게 많이 일을 진행시키지 않아서 크게 드릴 말씀이 없지만 확실한 것은 가상의 세계라는 거죠.

　석진 선배에게 공짜로 받은 프로그램이 이런 문제를 일으키리라는 생각은 못했는데 정말 속이 쓰립니다. 일단은 언어의 마술사인 제가 이야기를 끝내지 않는 한 현재로서는 저 프로그램에서 벗어날 수 있는 방법은 찾기 힘들 것 같습니다.

　캡슐에 대해: 처음에는 식사할 시간조차 없이 바쁜 사람과 가난한 나라들의 식량 대체 식품으로 개발되었던 것인데 지금은 완전히 자리 잡은 듯싶습니다. 정확하게 1일 권장량의 칼로리와 영양분이 들어 있고 가격도 싼 편이죠.

　드워프: 영국과 일본의 판타지 성격이 뚜렷하게 보이는 작품입니다.

　데이야 전기에 이제는 정통성의 기준이 되어버린 교과서 격 대해의 판타지죠. 저도 아주 좋아한답니다.

　슬라임: 블랍(Blob:과립 상태의 액체), 아메바(Amoeba:부정형 원생동물), 우즈(Ooze:미끈미끈한 진흙) 등등 여러 가지 종류로 나누어지지만 공통점은 악취가 나거나 한 사람 정도는 거뜬히 삼킬 수 있을 정도로 식욕이 왕성하며 산성의 액체는 자신과 닿는 모든 것을 녹여 없앱니다. 가장 보편적으로 알고 있는 슬라임은 아메바와 같은 세포막이 없는 커다란 원생동물 비슷한 것이죠. 소화액과 가짜 다리를 써서 상대를 흡수하는데 칼로 찌르거나 돌을 던진다고 해도 전혀 효과가 없습니다. 태우는 것이 가장 효과적입니다만 열에 대해서도 상당히 오래 견디는 점도 있고 해서 보통 냉기로 얼리는 방법을 추천하지만 그래선 근본적으로 없앨 수가 없습니다. 일시적으로 얼었을 뿐 해동되면 다시 먹이를 찾아 움직이거든요. 바퀴벌레보다 끈질긴 생명력이랄까……. 아무리 생각해도 슬라임이 만만한 몬스터로 나오는 것이 이상하죠.

언어의 마술사:판타지 프로그램에서 제 역할입니다. 제가 뭔가 말을 했다고 해서 바로 효과가 나타나는 것도 있지만 대부분 흐름을 조정하는 정도라 본인 스스로도 자기가 뭘 하는지 모를 정도죠. 신과 같은 의미입니다.

쉴드:단일신이라는 세계관에서 붙여진 신의 이름입니다. 정의를 수호하며 자주 태양에 비유됩니다. 덕분에 어둠은 불길한 것이고 태양이 진 뒤는 어두운 곳에 돌아다니면 안 된다는 금기의 시간도 만들어졌죠. 교화는 백합이며 순수를 상징합니다.

길치:모르시는 분이 계실까 봐 설명드리는 것이지만⋯ 길치는 복합형과 단순형이 있습니다. 단순히 기억력이 나빠서 길을 기억하지 못하고 자주 잃어버리는 사람과 방향을 기억하지 못하는(방향치) 것과 단순형이 합해진 것 등등 유형은 많지만 공통점은 하나, 길을 찾지 못한다는 것이죠.

해츨링:드래곤 파피라고도 합니다. 알에서 깨어난 후 500년 동안의 기간을 의미합니다. 모든 성룡들의 보호를 받으며 성룡식을 치를 때까지 소중히 길러집니다.

소환사에 대해:여러 가지 유형이 있지만 남주가 지닌 소환사로서의 힘은 제어 능력과 정신력입니다. 소환책을 매개물로 사용하기에 모든 것이 갖춰져도 특별한 힘이 깃든 소환책이 없으면 무용지물입니다.

피닉스:독수리와 비슷하게 생겼지만 목 주위가 황금색, 몸은 보라색, 장미빛 섞인 푸른 꼬리를 지녔습니다. 아라비아에서 태어나 이집트에서 죽음을 맞이합니다. 동양권에서는 불사조라고 부르죠. 피닉스는 5백 년 동안 살고 나면 스스로 향료를 쌓아 장작의 산을 만들고 그 위에 누워서 타 죽습니다. 그러나 이것은 완전한 죽음이 아니라 분해된 신체의 액체 부분이 응고되면 다시 한 번 피닉스가 태어납니다. 그래서 피닉스는 부모도, 자식도 없는 오로지 단 한 마리밖에 존재하지 않는 새라고 하죠. 피닉스가 무엇을 먹는다는

구체적인 자료는 아무리 뒤져도 나오지 않더군요. 말 그대로 불가사의한 새입니다.

　라미아:라미아, 또는 레이미아라고 부르는 이 예쁜 이름의 종족은 가녀린 소녀―누구?―인 제 피를 먹겠다고 설칠 정도로 어린아이나 젊은 남자의 피를 좋아합니다. 상반신은 아름다운 여성, 하반신은 뱀이죠. 그녀는 종종 엽기라고 표현할 만한 행동을 하는데 그것은 바로 자신의 눈을 자유롭게 뺐다 끼웠다 한다는 것이죠. 뭐… 덕분에 멀리 있어도 많은 일을 알 수 있다지만(예를 들면 한쪽 눈을 적지에 두고 정보를 빼낸다든지 하는 것들). 제가 보기엔 엽기라고 할 수밖에 없어요. 온순한 편이라 배웠지만 그런 말을 한 사람은 나이가 많거나 라미아를 만나보지 못한 사람일 거예요. 쳇!

　바스타드 소드:한 손으로 사용하며 필요에 따라서는 양손으로도 사용할 수 있는 손잡이가 긴 검입니다. hand and a half sword라고 부르기도 하는데 바스타드라는 뜻은 '유사', 혹은 '잡종'이라는군요. 후후……. 115~140㎝의 길이와 2~3㎝의 폭, 2.5~3㎏의 무게를 가졌죠. 기동성이 뛰어나지만 방어구 정도는 갖추고 뛰어드는 게 좋아요. 방어구 미착용 시 양손 검은 길기 때문에 여차하면 팔이 짧아 슬픈 기분을―혹은 검이 짧아―맛보시며 쉴드의 품에 안기게 될지도 모르거든요. 손잡이가 길기 때문에 균형을 잡는 법이 롱 소드와는 다릅니다. '베기'가 목적인 게르만 풍, '찌르기'가 목적인 라틴 풍의 검날 부분으로 나누던 때가 있었는데 바스타드 소드는 중간 위치의 절충형이 된 건지도 모른다는 이야기가 있기도 합니다.

　레이피어: '찌르기' 전용의 얇은 검입니다. 길이는 80~90㎝가량, 폭은 2~3㎝, 무게는 1.5~2㎏으로 근력이 없는 소년이나 엘프, 여성에게 적합합니다. 날 부분과 날 끝 부분이 일직선이며 날카롭기에 플레이트 아머 등의 금속성 갑옷의 연결 부위를 공격하기에 알맞죠. 오른손에 레이피어, 왼

손에는 망고슈라는 기본 공식이 있을 정도로 함께 사용하는 기술들이 많습니다. 고도의 훈련이 필요한 것은 두말할 필요도 없죠.

클로스 아머:천으로 만든 갑옷으로 타격 무기 등의 충격을 완화해 주기에 많은 사랑을 받았습니다. 어디까지나 속에 입는 갑옷으로 겉에는 체인 메일과 같은 갑옷을 입죠. 13C까지 많은 사랑을 받았습니다.

플레이트 아머:18~25kg의 무게가 평균입니다. 이런 걸 도대체 어떻게들 입었던 걸까요? 이렇게 무거운데도 무적의 방어 효과는 아니랍니다. 금속판을 대갈못으로 이어 만들어 팔다리 같은 부분은 허술함이 많았죠. 이탈리아와 독일식이 있는데 대량 생산에 실전용의 이탈리아 식과 단품으로 최고의 기술을 퍼부은 독일식이 있죠.

필드 아머:기병용 갑옷으로 관절을 포함한 모든 부분을 금속으로 감싼 갑옷입니다. 마창 시합 때 입던 갑옷이라는 걸 감안하면 기사를 위한 갑옷이라고 보면 정확할 것입니다. 갑옷의 효과야 무적이죠. 50kg이 평균 갑옷의 무게인데… 게다가 움직이는 것에 대한 제약도 장난 아니거든요. 사람이 갑옷을 입은 것인지 갑옷이 사람을 입은 것인지 의심이 될 지경이죠. 저라면 곱게 죽지 이런 거 절대로 못 입을걸요.

소드 스틱:남주가 구입한 무기죠. 붕어빵에 붕어는 없지만 소드 스틱은 지팡이 안에 검이 들어 있습니다. 소드 스틱에 따라 지팡이 모양도, 그 속에 숨겨진 날의 모양과 크기도 천차만별이죠. 일반적으로 지팡이로 사용하고 있는 사이에 칼집—지팡이—이 빠져 버리면 우린 그것을 불량품이라고 부릅니다. 후후. 손잡이와 칼집의 연결 부분에 잠금장치까지 되어 있으니 그렇게 쉽게 빠질 리가 없잖아요? 전체 길이는 70cm, 무게는 1kg 미만이죠. '감춰진 무기' 이자 비합법적인 수단으로 많이 사용되고 있습니다. 예를 들면 암살이라든가 테러라든가 하는……. 그러나 호신용으로 이보다 좋은 무기가 또 있을

수 있겠습니까?

　수전(袖箭):일본 닌자가 나오는 영화를 보면 볼펜이나 만년필 같은 것을 사용해 사람을 암살하거나 재워 버리는 것을 보셨을 거예요. 007 시리즈 같은 첩보 영화에서도 이 무기는 종종 등장합니다. 발사 통은 철이나 동을 원통형으로 주조하여 만든 것을 사용하며 안에 강철로 만든 용수철이 들어 있죠. 화살은 대나무의 마디가 없는 부분을 사용하고 길이는 약 23㎝, 굵기는 젓가락 정도? 주로 소매 속에 숨겨 사용하죠. 끝부분은 3㎝ 정도의 강철로 만든 화살촉을 부착합니다. 여러 세트를 가지고 다니며 여분으로 화살을 장전해 두는 것이 기본입니다. 유효 사정 거리는, 놀라지 마세요. 약 100m! 팔 힘이 필요하지 않냐구요? 에이, 그냥 샤프심을 누르듯 가뿐히 누르기만 하면 되는 거예요. 여러 가지로 복잡한 화살과는 다르죠? 다른 암기들이 몇십 년, 적어도 몇 년의 훈련을 필요로 하는 것을 생각해 볼 때 이 수전(袖箭)의 장점은 별다른 기술 없이 쉽게 사용이 가능하다는 거죠. 그렇다고는 해도 은폐해서 발사는 데에 따른 어느 정도의 기술과 연기력은 이 무기를 사용하기 위해서 반드시 익혀야 하는 것입니다.

　철적(鐵笛):철제 피리로서 호신용 타격 무기입니다. 길이는 수전(袖箭)처럼 다양합니다. 피리가 어떻게 타격 무기냐구요? 들고 때리면 타격 무기가 되는 거죠. 헤헤. 입으로 불면 소리가 나기 때문에 진짜 피리로 사용할 수도 있고 그 때문에 적을 방심시키기도 쉬워요. 피리라 파이프 형태를 하고 있으니 속이 비어 가벼우며 잘 부러지지도 않습니다. 공격뿐만 아니라 다른 금속제 무기의 공격을 막아내는 역할도 할 수 있습니다. 이 기술의 명인 엘리 씨는 피리를 연주하며 적에게 멜로디에 기를 실어 보내 적의 정신 상태를 몽롱하게 만든다고 전해지기도 합니다.

여기까지가 제가 소개해 드린 어드벤처의 세계랍니다.

이곳을 이해하시는 데 많은 도움이 되셨다면 좋겠는데 어떠셨나요?

만약 부족한 면이 있었다면 양해해 주세요. 그럼 2권에서 뵙죠. 그때까지 건강하세요!